DIANA SOUHAMI

Selkirks Insel

Buch

Alexander Selkirk, 1680 geboren, schließt sich 1703 einer Gruppe von Freibeutern an, die nur ein Ziel verfolgen: Französische und spanische Schiffe vor der südamerikanischen Küste zu plündern, um Gold und andere Reichtümer zu erobern. Doch die Kaperungen bleiben erfolglos, Sturm und Regen bedrohen das Schiff, an Bord herrschen katastrophale Zustände. Schmutz, Hunger, Fieber und Skorbut raffen die Mannschaft dahin. Streitereien unter den Matrosen nehmen zu, ein tyrannischer Kapitän tut ein Übriges. Nach einem Streit mit dem Kapitän wird Selkirk auf Juan Fernández zurückgelassen. Hier, auf dieser sturmumtosten Insel mitten im Pazifik, wird er, ganz allein auf sich gestellt, auf den Kampf ums nackte Überleben zurückgeworfen.

Die renommierte Biografin Diana Souhami erzählt die einzigartige Geschichte jenes Mannes, dessen Aufsehen erregendes Schicksal Daniel Defoe als Vorlage zu seinem berühmten Klassiker »Robinson Crusoe« diente.

Autorin

Diana Souhami hat einige hoch gelobte Bücher veröffentlicht: »The Trials of Radclyffe Hall« wurde für den James Tait Black Prize for Biography vorgeschlagen und gewann den US Lambda Literary Award. Auch »Mrs. Keppel and Her Daughter«, »Greta and Cecil«, »Gluck: Her Biography« sowie das auch auf deutsch erschienene »Gertrude Stein und Alice B. Toklas. Zwei Leben – eine Biografie« (Suhrkamp 1998) wurden Erfolge.

Für »Selkirks Insel« erhielt Diana Souhami 2001 den renommierten britischen Whitbread-Preis in der Kategorie »beste Biografie«.

Diana Souhami

Selkirks Insel

Die wahre Geschichte von Robinson Crusoe

Aus dem Englischen
von Giovanni und Ditte Bandini

GOLDMANN

Die englische Originalausgabe erschien unter dem Titel
»Selkirk's Island« bei Weidenfeld & Nicolson, einem
Unternehmen der Orion Publishing Group Ltd., London.

Für meine Mutter

Umwelthinweis:
Alle bedruckten Materialien dieses Taschenbuches
sind chlorfrei und umweltschonend.

1. Auflage
Vollständige Taschenbuchausgabe Februar 2004
Wilhelm Goldmann Verlag, München,
in der Verlagsgruppe Random House GmbH

Umschlaggestaltung: Design Team München
Umschlagfoto: Photonica/Nakamichi
Druck: GGP Media, Pößneck
Verlagsnummer: 15262
KF · Herstellung: Sebastian Strohmaier
Made in Germany
ISBN 3-442-15262-3
www.goldmann-verlag.de

Inhalt

Tausend Dank schulde ich Peter Campbell für seine erhellenden Illustrationen, Rebecca Wilson von Weidenfeld & Nicolson für ihr meisterliches Lektorat und meiner Agentin Georgina Capel für ihren Scharfsinn und ihr wachsames Auge. Danke auch Pat Chetwyn für die Korrektur des Manuskripts und Douglas Matthews für die Erstellung des englischen Registers.

Peter LeFevre verdanke ich meine Rettung vor dem Untergang in den Archiven des Public Record Office in Kew. Er lotste mich durch Logbücher, Musterrollen, eidliche Zeugenaussagen, Kaperbriefe und Schlimmeres. Und wenn ich mit scheinbar unleserlichen Manuskripten rang, entzifferte er sie ohne Mühe.

Beim großen Spezialisten für die Geschichte der Seefahrt, Glyn Williams, Verfasser von *The Great South Sea* und *The Prize of All the Oceans*, habe ich mich geradezu schamlos bedient. Für vielfältige wertvolle Hilfe danke ich den Bibliothekarinnen und Bibliothekaren des Wellcome Institute, der Royal Geographical Society, der British Library und des Natural History Museum sowie Brian Thynne, Kurator der hydrographischen Abteilung des National Maritime Museum, Greenwich, dafür, dass er mir Seekarten und Segelanweisungen aus dem 18. Jahrhundert zugänglich gemacht hat.

Unter den Menschen Der Insel danke ich insbesondere Pedro

und Fabiana Niada für geführte Bergwanderungen durch unmögliches Gelände und für eine unvergessliche Millenniumsparty; Manolo Chamorro dafür, dass er mir eine Blockhütte mit Blick auf den Pazifik vermietet hat, die genau an der Stelle stand, an der Selkirk ausgesetzt und gerettet wurde; Jamie Sidirie, der mein Beschützer und Dolmetscher wurde; der Malerin Valeria Saltzman für die tiefsinnigen Gespräche mit ihr; Ilke Paulentz für eine fürchterliche weihnachtstägliche Bootsfahrt zu den Robbenkolonien der Insel; Ivan Leiva Silva von der CONAF dafür, dass er mir Fragen und Probleme des Naturschutzes auseinander gesetzt hat; Oscar, dem ritterlichen Smutje des Versorgungsschiffs *Navarino*, dafür, dass er sich während einer zweitägigen Fahrt zu entlegenen Teilen des Archipels um mich gekümmert hat; Diamante vom Café Remo für die vielen Fische, die sie mir zubereitet, und ihrem Mann für die umwerfenden *pisco sours*, die er gemixt hat.

Jetzt wieder zu Haus, gilt mein inniger Dank Sheila Owen-Jones dafür, dass sie mich von Der Insel errettete, als ich mich außerstande fühlte, sie aus eigener Kraft zu verlassen, und für ihren ermutigenden Zuspruch in dunklen wie in schönen Zeiten. Und noch einmal und selbstverständlich danke ich für ihre unendliche Güte von ganzem Herzen Naomi Narod, meiner besten Freundin seit nunmehr unglaublichen 34 Jahren.

[Mit Ausnahme von Cowpers *Vorgebliche Verse des Alexander Selkirk* (deutsch von W.v. Koppenfels, Copyright C.H. Beck, München 2000) und einiger Passagen aus *Robinson Crusoe* (deutsch von Hans Reisiger, Copyright Manesse, Zürich 1957) sind alle zitierten Texte von G. und D. Bandini übersetzt, A.d.Ü.]

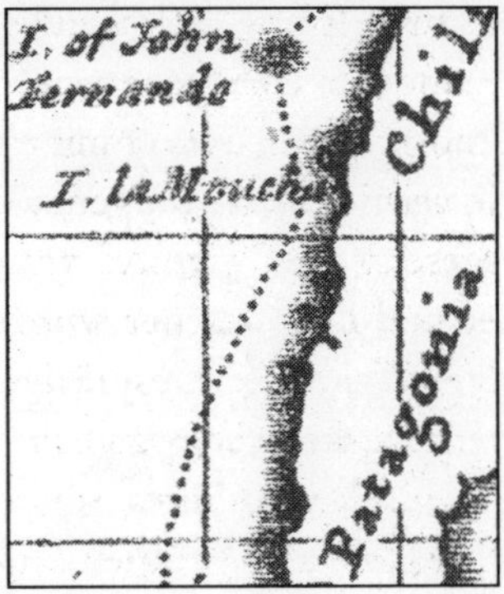

Die Insel, auf der Alexander Selkirk ausgesetzt wurde und vier einsame Jahre verlebte, liegt im östlichen Pazifik auf 34 Grad südlicher Breite, 650 Kilometer westlich der Küste von Chile. Im Jahr 1966 gab ihr die chilenische Regierung zu Ehren Selkirks, des wirklichen Robinson Crusoe, der 1719 Daniel Defoe dazu inspirierte, seinen berühmten Roman zu schreiben, den Namen Isla Robinson Crusoe.

Aber Crusoe war eine Fiktion, und seine Insel war ein fiktiver Ort. Er und Selkirk waren sich – trotz ihres parallelen Schicksals – menschlich nicht im Mindesten ähnlich. Um mir die Realität von Selkirks Verlassenheit vorstellen zu können, habe ich mich auf sein eigenes, dürftiges Zeugnis gestützt, auf dasjenige seiner Retter und Reisegenossen, auf Autoren des 18. Jahrhunderts und auf die Petitionen und Klageschriften zweier Frauen, die beide behaupteten, mit ihm verheiratet gewesen zu sein. Ich habe mich auch zu Der Insel selbst begeben, deren Stürme und schroffe Gipfel das Martyrium des einsamen Überlebenden eindrucksvoller heraufbeschwören als ganze Archive von Inventaren und Augenzeugenberichten oder die Tagebücher von Freibeutern, deren Gier nach Gold sie in hölzernen Segelschiffen um die ganze Welt trieb.

I

Die Insel

Geschmolzene Materie 1702

Von der grenzenlosen Südsee umschlossen, erschien Die Insel der Besatzung eines hölzernen Seglers, weit draußen, als Ziel, als ein Zufluchtsort. Zunächst war sie nicht mehr als ein verschwommener grauer Fleck, der sich jedoch nach dem Manövrieren durch starke Strömungen und launische Winde in schroffe Berge verwandelte, die jäh aus dem Wasser ragten. Dunkle Wolken hingen über dem östlichen Ende. Sie verhießen klares Wasser, Fleisch und Erholung von der stürmischen Reise.

Segelte man auf der Suche nach einem Ankerplatz die Leeseite ab, so wurden an den zerklüfteten Steilhängen Wälder sichtbar, von saftig grünen Tälern durchschnitten, von kaskadenreichen Bächen bewässert. Die felsigen, kiesigen Buchten wurden zu sicheren Häfen.

In der Brunstzeit der Erde ausgespien, war Die Insel einst geschmolzene Materie unter der Erdkruste gewesen. Aus Basaltpfeilern aufgebaut, war sie ein Damm aus Bergen, deren höchster Gipfel, geformt wie ein riesiger Amboss, den Ozean um fast 1000 Meter überragte. Ihre Felsen waren grau, schorfig, schlackig, mit Olivin und Pikrit geädert, codiert mit Skelettkristallen von Feldspat, Aluminium, Pottasche, Kalk... Ihre Steilufer, ihre hohen bewaldeten Grate und die trockenen seewärtigen Hänge ihrer Täler waren Lavaflächen, Überreste eines Magmaergusses – Magma, der griechischen Bezeichnung für »geknetete Masse«. An ihren Ufern lagen Brocken von schwarzer, poröser Lava, wie ausgebrannte Kohleschlacke, wie ein erloschenes Feuer.

Das Feuer konnte jederzeit wieder entflammen. Die Insel änderte sich mit den jagenden Wolken, den Phasen des Mondes, dem Regen. Krachende Geräusche, die als Echos in den Bergen widerhallten, warnten vor ihrer Ehrfurcht gebietenden Kraft. Seefahrer berichteten vom Aufbersten der Erde, von einem »Vulkan, der Steine so groß wie ein Haus auswarf«, von einer Rauch- und Feuersäule, die aus der See hervorschoss, davon, dass das Meer sich in gewaltigen Brechern zurückzog, bis die ganze Bucht trocken lag, und sich dann mit einer gigantischen Flutwelle aufs Land stürzte, die Bäume entwurzelte und Ziegen ertränkte.

Forscher äußerten ihre Ansichten über die geotektonischen Beziehungen zwischen Der Insel und dem südamerikanischen Kontinent und die Bewegung der Kontinentalplatten. Sie sammelten Gesteinsproben, nahmen sie mit, identifizierten die in diesen Steinbrocken enthaltenen Farbkörnchen als Augit, Magnetit und Ilmenit und stellten Mutmaßungen darüber an, wann der Vulkanausbruch stattgefunden haben mochte und auf welche Weise die Zeit ein Ding in ein anderes umwandelt. Ihre Analysen ließen Die Insel weniger entlegen erscheinen. Indem sie sie benannten, sie klassifizierten, ergriffen sie in gewissem Sinne von ihr Besitz, machten sie sich verfügbar und gefügig.

Im globalen Kontext war sie ein bloßer Splitter Land mit einer Länge von 19 und einer Breite von 6,5 Kilometern, einem Umfang von 54 Kilometern sowie einem Alter von vier Millionen Jahren. Auf dem niedrigen trockenen westlichen Teil wuchsen nur Zwergbäume (*Dendroseris litoralis* und *Rea pruinata*).[1] Neben einer Landspitze lag eine hufeisenförmige Bucht, in der ein kleines Boot auf Sand und Kies anlanden konnte.

Die östlichen Klippen ragten jäh aus dem Meer empor. In der Spritzwasserzone des Schuttsaums wuchsen Moose und Algen. Die See untergrub die Steilküste und nagte Höhlen in den Fels. Entlang der Südostküste wogte langhalmiges gefiedertes Gras (*Stipa fernandeziana*). Wasserfälle spülten Erdreich zu Tal, das die Brandung sepiabraun färbte. Neben einer kleinen Bucht erhoben sich aus dem mit Lavabrocken übersäten und von steinigen Bächen durchfurchten Uferstreifen zwei Berge, von steil abfallenden Rinnen zernarbt, die nach jedem Regen Wasser führten.

Feuchte Seewinde erreichten die Küste, stiegen hoch über die Berggipfel, kühlten dabei ab, kondensierten und gingen als Regen nieder, der die Grate tränkte, in Rinnsalen die Hänge hinabsprudelte und sich in den sattgrünen Tälern zu rasch fließenden Bächen sammelte. Gewölk hüllte die Berge ein, während die westlichen Hügel in Sonnenschein getaucht lagen. Winde drangen in heftigen Sturmböen in die Täler. Im feuchten Frühling spannten sich Regenbogen über die Buchten. Der Sommer kam im Dezember und dauerte bis zum März an.

In den Wäldern, die die Berghänge bedeckten, wuchsen süß duftende Sandelbäume mit dunkelbrauner Borke, Pimentbäume mit blanken Blättern und scharf schmeckenden Beeren, große *Mayu*-Bäume mit auskragenden Wurzeln, Bergpalmen mit langen geraden Stämmen, dunkelgrün und ringförmig genarbt. Entwurzelte Bäume, von den stürmischen Winden aus der dünnen Erdhaut der Bergflanken gerissen. In den Schluchten gedieh eine Schilfart mit schwertförmigen Blättern und weißen Blüten. *Gunnera masafuerae* breitete pergamentene Blätter aus. Meterhohe Baumfarne mit dunkelgrünen Wedeln gediehen in Dickichten in den bewaldeten Tälern. Kletterfarne rankten über Steine und umgestürzte Stämme, klammerten sich an Bäume und Äste. Bronzegrüne Hautfarne überzogen die offenen Lichtungen, die Ufer der Bäche, die feuchten Felswände.

Auf niedrigen Felsen wuchsen lichtliebende Rosettenbäume, die dreimal im Jahr ihre dunkelblaue Blütenpracht entfalteten. Weiß blühende immergrüne Myrten schmückten den Waldrand, im Frühling blühten die Pflaumen. Es gab Gestrüpp auf den Felsvorsprüngen und auf den Steinen Flechten. Üppige Moospolster bedeckten die Steinblöcke am Fuß der Wasserfälle. Kolonien von Blütenpflanzen und Gräsern bildeten Heideflächen. An den Talbächen wucherten Kräuter.

In ein grünes grasiges Tal, das ein schnell fließendes Flüsschen eingeschnitten hatte, schob sich eine kleine Bucht, in der Felsblöcke unter starker Brandung rollten. Bei ruhiger See konnte ein Boot am Fuß eines tunnelartig ausgehöhlten, vorspringenden Felsens festmachen. Der Fels führte zu einer fünf Meter über dem Wasserspiegel gelegenen Höhle hinauf, einem möglichen Unterschlupf für einen Menschen.[2]

Aber nur in einer einzigen, breiten und tiefen Bucht konnte ein Schiff sicher vor Anker gehen und vermochten seine Boote das Ufer zu erreichen. Diese Bucht war von hohen, von Klammen gekerbten Bergen umgeben. Ihre grasigen Hänge wurden von Sandelbäumen abgeschirmt und von Bächen bewässert. Es war ein Ort der Echos und der Düfte: freundlich in der Morgen- und der Abenddämmerung, abweisend bei stürmischem Wetter. Entlang ihrer Bäche wuchsen Rüben und Rettiche, Kräuter, wilder Hafer und Gräser. Jenseits des Tals stiegen tief eingeschnittene Schluchten hinauf, dicht bewachsen mit Baumfarnen und riesenblättriger *Gunnera peltata*. Aus diesen Klammen ergossen sich Wasserfälle. Durch dichten Wald führte ein steiler Pass auf die Südseite der Insel. Vom Scheitel dieses Jochs aus hatte man, nach beschwerlichem Aufstieg, die beste Rundumsicht auf die See. Kein Schiff, das sich Der Insel näherte, konnte unbemerkt bleiben. Viel später wurde dieses Joch als »Selkirks Ausguck« bekannt.

Und jenseits des Tals und davor lagen 10 000 Seemeilen Ozean. Der Ozean war der Schutzwall der Insel. Er hielt den Menschen (*Homo sapiens*) ab und trug nur den Wagemutigen oder den Verzweifelten an ihr zerklüftetes, steiniges Ufer. Von Menschen ungestört, erlebte Die Insel ihre Zeiten des Wachstums und Zeiten der Ruhe.

Robben und Kolibris 1702

Die Insel bewahrte jegliche Art von Leben, die sie zufällig erreichte – wenn nicht die eine Spezies, dann eine andere. Böige Winde trugen Fliegen und Bienen heran. Plankton überstand Orkane. Spinnen und Schmetterlingspuppen durchquerten in Treibholz unversehrt die Weiten des Ozeans. Würmer kamen an den Schuhen durchreisender Matrosen an Land, Katzen und Ratten sprangen von ankernden Schiffen. Es gab 46 Arten von Weichtieren und 50 Sorten Farn.

Eine Boa constrictor traf aufgerollt in der Höhlung eines gefällten Baums ein. Sie war von Brasilien aus sieben Wochen lang auf rauer See unterwegs gewesen. Der Baum trieb mit der Flut ans Ufer. Die Schlange glitt über die Steine der Bucht und ins waldige Tal. Sie fand Nahrung – Vögel, Robbenjunge, Ziegen –, Unterschlupf und Sonnenschein, aber keine Gesellschaft. Sie häutete sich und tanzte allein.

Lebensformen, die sich ungeschlechtlich fortpflanzten, breiteten sich auf eine Weise aus, die der Boa verwehrt blieb. Samen passierten unbeschadet den Verdauungsapparat von Drosseln, hafteten an den Füßen von Albatrossen, gelangten im Fell von Mäusen von einem zum anderen Teil der Insel.

Braune Pelzrobben (*Arctocephalus philippii*) erwählten Die Insel wegen ihrer steinigen Buchten, ihres tiefen Wassers direkt vor der Küste und ihrer reichen Fischgründe. Im Meer tauchten und glitten sie wendig umher und wiegten sich auf dem Rücken mit gefalteten Flossen. Auf Küstenfelsen und vorgelagerten Inselchen krochen sie unbeholfen umher und wälzten sich in der Sonne. Ihr nasses Fell verschmolz mit dem dunklen vulkanischen Gestein. Mitunter schienen sie zu weinen. Im November kamen sie an Land, um zu werfen. Jede Mutter brachte ein einzelnes schwarzwolliges Junges zur Welt.

Plattschnäuzige Seelöwen (*Otaria jubata*) brüllten, stritten und zerfleischten sich gegenseitig in jährlich wiederkehrenden Rangordnungskämpfen. Ihre Kehlen waren von den Spuren blutiger Rivalitäten gezeichnet. Der Sieger zeugte eine Herde.

Auf jedem meerüberspülten Felsen wuselten Krabben umher. Unter diesen Felsen grasten Langusten. Sie wurden Jahrzehnte alt und erreichten eine Länge von fast einem Meter. Seehechte schwärmten an der Wasseroberfläche und schienen nachts zu fliegen, Meeräschen leichten im Tang, Grundeln lauerten vor Felslöchern Krabben auf, *bacalaos* pflanzten sich im tiefen Wasser vor der Nordküste fort, Brassen schabten mit scharfen Zähnen Algen von den Felsen. Es gab Kabeljaus und Stöcker und gefleckte und gesprenkelte Aale.

Ziegen trafen auf spanischen Schiffen ein. Seeleute setzten ein paar im Hinterland der Großen Bucht aus, um mit Frischfleisch versorgt zu sein, wenn sie ihre Schiffe hier kielholten. Die Ziegen waren klein, dunkelbraun, hatten aufgerollte Hörner und weiße Flecken auf Stirn und Nase. Sie zogen sich in die Hügel zurück und vermehrten sich.

Die Insel beherbergte, beschützte und ernährte ihre Gäste. Im Gesträuch des Tals lebten Ratten (*Rattus rattus*), Mäuse (*Mus musalus*), Katzen (*Felis domestica*). All denen, die an ihren Gestaden strandeten, bot Die Insel Sonnenlicht, Wasser, Nahrung und Unterschlupf. Sie schenkte alles Lebensnotwendige.

Die Sterne führten Vögel herbei. Kolibris mit kupferroter Brust und winzigem nadelfeinen Schnabel sogen Nektar aus orangefarbenen Blüten. Sie woben hängende Nester in den Farnen. Ein Vogel, dessen Gefieder wie Metall glänzte, baute sein Nest aus Moos im Farnbusch und legte weiße Eier. Graue und weiße Sturmvögel kreisten über der See. Fliegenschnäpper schwirrten in den Tälern. Tausende von Papageitaucherpaaren gruben sich Nistgänge in die Steilküste. Zwei Schwarzhalsschwäne wurden von einem Sturm hierher verschlagen. Sie erreichten ein hohes Alter, brüteten aber nicht.[3]

Die Insel war niemals still, niemals stumm. Man hörte das Geplapper und Geschwirr der Kolibris, das Bellen der Robben, das Pfeifen der Ratten, das Murmeln der Wellen, das Rauschen des Winds in den Bäumen. Geräusche des Behagens, des Tötens und zufälligen Unheils ertönten. Ein Meeresvogel, die *fardela*, schrie in der beginnenden Dämmerung wie ein verängstigtes Kind.

2

Die Reise

The Jelly Fish.

Fig. 3.

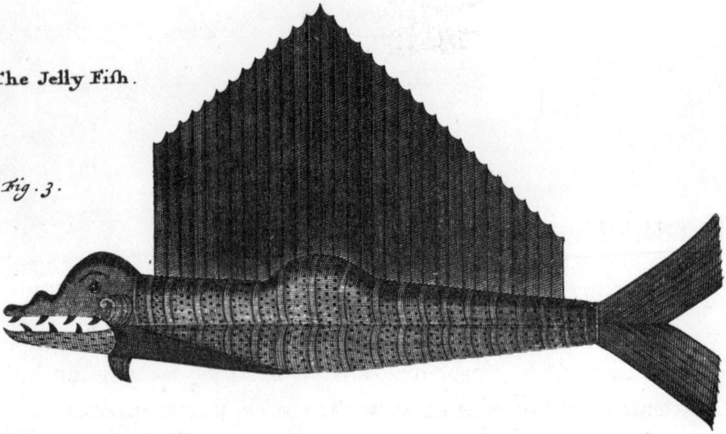

Profite und Gewinne 1703

10 000 Kilometer davon entfernt, in London, in einem Haus am Saint James's Square, redeten zwei Männer von Gold. Thomas Estcourt, 22-jähriger Erbe des väterlichen Titels, ein begüterter Gentleman, ein Unternehmer, wollte ein Vermögen machen.

Bei ihm war »der alte seeräubernde Hund« William Dampier. Er war mager und hatte dunkles Haar und dunkle Augen, dichte Augenbrauen und eine windige Art. Süchtig nach Abenteuern, war er in Sumatra Kanonier gewesen, in Mexiko Blauholzfäller, hatte mit Bergungsgut aus den Wracks spanischer Westindienfahrer gehandelt und als Bukanier die Meere durchstreift. Er hatte eine Frau, Judith, die ihn selten zu Gesicht bekam, eine Passion für die Seefahrt und periodisch zu wenig Geld.[1]

Dampier drängte Estcourt, einen Beutezug nach Südamerika zu finanzieren. Er stellte ihm »ungeheure Profite und Gewinne«, unvorstellbare Reichtümer in Aussicht, wenn er die nötigen Mittel für ein bewaffnetes und ausgerüstetes Schiff und eine kampferprobte Besatzung organisiere.[2]

Die versprochene Beute war Gold. Dampier erzählte Estcourt von den Minen von Bahia, Potosí, Santa Maria, von hühnereigroßen Nuggets, die mit eisernen Brechstangen aus dem

Fels geschlagen wurden, von Gold, das der Regen aus den Bergen in die Flüsse spülte.

Dieses ganze Gold, sagte er, steckten die Spanier ein. Sie hatten ein Monopol auf die Schätze der Südseeländer und beherrschten den Handel in dieser Region. »Sie haben mehr als genug Minen ... mehr, als sie überhaupt ausbeuten können ... Sie sind wie der Hund in der Fabel: Sie können selbst unmöglich alles fressen, missgönnen anderen aber auch den kleinsten Bissen.« Sie waren eine arrogante Kolonialmacht, von den Eingeborenen, die sie unterdrückten und bestahlen, verachtet und verabscheut. Sie hatten ihnen ihr Land und ihre Reichtümer geraubt und sie zu Sklaven gemacht.

Dampier unterbreitete Estcourt seinen Plan, ihre Goldgaleonen aufzubringen und die von ihnen besetzten Städte zu plündern. Er behauptete, die Spanier seien praktisch wehrlos: Sie hätten nur drei Kriegsschiffe, um die ganze Küste von Chile bis hinauf nach Kalifornien zu bewachen. Seine Schiffe würden nach Buenos Aires segeln und die Goldflotte des Königs von Spanien kapern – zwei oder drei mit Gold aus den Bergwerken beladene Galeonen auf dem Weg nach Spanien. Sollte das misslingen, so würde er Kap Hoorn umsegeln, die Küste Chiles hinauffahren und die Goldgaleonen angreifen, die regelmäßig Callao anliefen, den Hafen von Lima, wo der spanische Vizekönig residierte. »Zu diesem Hafen werden alles Gold, Silber, Perlen und Edelsteine samt den Guineen und anderen Schätzen gebracht, die der Südteil der Welt hervorbringt.«[3]

Er würde chilenische Küstenstädte überfallen, wie Guayaquil, wo die Häuser und Kirchen voll Gold waren. Und vor allem würde er die wertvollste Prise aller Ozeane machen: die große spanische Handelsgaleone, die jedes Jahr im Juni vom philippinischen Manila mit Ziel Acapulco (Mexiko) in See stach.[4] Ihre Reise dauerte sechs Monate. Sie transportierte Waren im Wert von 14 Millionen »Achterstücken« aus China, Indien, Persien, Japan.[5] Sie war beladen mit Diamanten, Rubinen und Saphiren sowie Seide, Musselin und Kattun aus Ostindien, mit Gewürzen und Teppichen aus Persien, Elfenbein aus Kambodscha, Goldstaub, Tee, Porzellan und Möbeln aus China und Japan. Ihre Fracht war »von unschätzbarem Wert«. Wenn die Galeone in Acapulco anlegte, wurde ein dreißigtägiger Markt abgehalten. Ihre Schätze wurden teils auf dem Seeweg nach Peru gebracht, teils von Maultierkarawanen quer durch Mexiko nach Vera Cruz transportiert und von da weiter nach Europa verschifft.[6]

Auf ihrer Rückfahrt nach Manila war die Galeone mit gemünztem und geschmiedetem Gold und Silber beladen. Sie galt als »die begehrenswerteste Beute, die sich auf der ganzen Welt finden ließ«. Nur ein einziges Mal, 1587, war es einem englischen Schiff gelungen, sie – nach sechsstündigem Gefecht – zu bezwingen. Der Kapitän Thomas Cavendish und seine Besatzung waren als Helden zurückgekehrt. Zu ihrer Triumphfahrt die Themse hinauf hissten sie eine Flagge aus golddurchwirkter blauer Seide und Segel aus blauem Damast. Jeder Matrose trug eine Goldkette um den Hals. Königin Elizabeth I. begrüßte sie in Greenwich.

Das war der Lohn des Sieges. Sollte es gelingen, die Galeone von Acapulco aufzubringen – oder auch nur eine bescheidenere Prise zu machen –, so wäre Estcourts Glück gesichert gewesen. Dies war mehr als ein gewöhnlicher Raubzug. Ein Freibeuter war etwas qualitativ Anderes als ein Bukanier, Pirat oder bloßer Dieb. Eine Kaperfahrt war ein patriotisches Unternehmen im Dienste Königin Annes. Das mit Österreich und den Niederlanden verbündete England befand sich im Krieg mit Spanien und Frankreich. Eine königliche Proklamation legitimierte »auf hoher See verübte Repressalien gegen den Besitz Ihrer katholischen Majestäten, der Könige von Frankreich und Spanien«. Der Admiralitäts-Gerichtshof verlieh Interessenten eine Lizenz, einen so genannten »Kaperbrief«, für einen solchen Angriff auf feindliche Schiffe, die mit dem nicht unwillkommenen Nebeneffekt verbunden wäre, den Angreifer reich zu machen.

Trotz der im Falle eines Misserfolgs drohenden hohen finanziellen Verluste erlag Estcourt der Verlockung. Er kaufte die *Nazareth*, ein Schiff von ungefähr 200 Tonnen, ließ es für 4000 Pfund zum Kaper ausrüsten, benannte es in *Saint George* um und übergab William Dampier das Kommando.[7]

1698 *Ein wagemutiger Mann*

Dampier kannte durchaus die Risiken und Gewinnaussichten seines geplanten Abenteuers, und zwar besser, wie er es formulierte, »als ein Lastenträger, der immer nur hin- und hertrottet und nie vom Weg abweicht«. 13 Jahre lang hatte er in mehreren Fahrten die Welt umsegelt. Er hatte, in Holzschiffen mit Namen wie *Loyal Merchant*, *Defence*, *Revenge*, *Trinity* und *Batchelor's Delight*, erbarmungslosen Meeren getrotzt. Er hatte Stürme, Folter, Schiffbruch, Meuterei, Artilleriegefechte, Krankheit überstanden, war wiederholt knapp dem Hungertod entronnen. »Von vielerlei Mühsal abgehärtet«, an ein raues Leben gewöhnt, war er nach eigener Einschätzung »ein wagemutiger Mann, den nichts so leicht beirren« konnte.[8]

Ein Beweis für die Rücksichtslosigkeit des erfahrenen Seemanns und hervorragenden Kenners der Südsee war die Tatsache, dass die Spanier seinen Namen fürchteten. Er war ein räuberischer Stratege, ein fähiger Chronist all dessen, was er sah, und ein eifriger Sammler von Informationen. Er verhörte Gefangene: Wie viele Familien lebten in ihrer Heimatstadt, wie viele Geschütze, Ausguckposten, Handwaffen und Wachen hatten sie, waren sie »kupferfarbig wie Mulatten, Mestizen oder Indianer«, waren sie reich, worin bestanden ihre Reichtümer, was waren die wichtigsten Erzeugnisse der Region, wo war die beste Anlegestelle, gab es einen Fluss oder Naturhafen in der Nähe, ermöglichte das Gelände einen Überraschungsangriff ...?

Er nahm immer die Logbücher der gekaperten Schiffe an sich. »Sie erwiesen sich als sehr nützliche Führer«, und er verzeichnete auf den Seekarten die »Passatwinde, Brisen, Stürme, Jahreszeiten, Gezeiten und Strömungen«.

Während all meiner Fahrten auf Kaperschiffen achtete ich stets auf den Tidenhub; denn wenn ich ihn kannte, wusste ich immer, wo wir unsere Schiffe am besten an Land ziehen und reinigen konnten.

Auf seinen Fahrten führte er detaillierte Tagebücher, deren 1697 unter dem Titel *A New Voyage Round the World* veröffentlichte Fassung vier Auflagen erlebte. Das Titelblatt lockte mit einem faszinierenden Itinerar:

der Isthmus von Amerika, *verschiedene Küsten und Inseln* Westindiens, *die* Kapverdischen *Inseln, die Meerenge bei* Tierra del Fuego, *die* Südsee-*Küsten von* Chile *und andere* philippinische *und* ostindische *Inseln nahe* Kambodscha, China, Formosa, Luzon, Celebes *&c.* Neu-Holland, Sumatra, *die* Nikobaren*; das* Kap der Guten Hoffnung *und* Sankt Helena.

Hier waren Traum-Orte aufgelistet, für die meisten unerreichbare Weltgegenden voller Wunder und Schrecken. Ohne die Sicherheit ihrer Sessel zu verlassen, konnten Dampiers Leser einen Tornado in einem Kanu erleben, »das jeden Augenblick von sehr schäumenden Wogen verschlungen zu werden drohte«, Orkane überstehen, »die uns wie ebenso viele ersoffene Ratten durchnässten«, hören, wie nicht ersoffene Ratten die Maisvorräte des Schiffes vertilgten, miterleben, wie Männer von Skorbut und »bösartigem Fieber« dahingerafft, von Haifischen gefressen, von Schlangen angegriffen und von Spaniern massakriert wurden – »nackt und bis zur Unkenntlichkeit zerfleischt und zerhackt«.

Dampier bot seinen Lesern alltägliche Details, beiläufige Grausamkeiten und wilde Abenteuer. Letztlich ging es ihm um Beute, aber er war auch ein akribischer Beobachter. Er lockerte seine Schilderungen von Plünderung und Brandschatzung mit ethnografischen, anthropologischen, hydrografischen und naturgeschichtlichen Informationen auf. Er beschrieb die Anatomie und das Verhalten eines Haies und zeichnete ihn ab, bevor er erklärte, wie man ihn am besten verspeiste: gekocht, ausgedrückt und anschließend mit Essig und Pfeffer geschmort. Die Leguane der Galapagosinseln waren »so zahm, dass ein Mann binnen einer Stunde zwanzig von ihnen mit einer Keule erschlagen konnte«. Die Riesenschildkröten waren fett und süß von Geschmack und blieben, auf den Rücken gedreht, tagelang halb lebendig und essbar. Die Turteltauben waren so zutraulich, »dass ein Mann an einem Vormittag 5 oder 6 Dutzend davon mit einem Stock töten konnte«.

Dampier hatte Affen gegessen, Pinguine, Heuschrecken und überhaupt alles, was kreuchte oder fleuchte. Flamingos, schrieb er, lieferten

ein hervorragendes Fleisch, das weder fischig noch sonst irgendwie unangenehm schmeckt. Ihre Zunge ist groß, mit einem großen Fett-Knubben an der Wurzel, und ist ein wahrer Leckerbissen: ein Gericht von Flamingo-Zungen wäre jeder Fürstentafel würdig.

Seine Leserschaft konnte erfahren, wie man im Einzelnen ein Schiff kielholt, Segel flickt, eine zum Ankern geeignete Bucht findet oder eine Stadt plündert. Er schilderte ihr die Symptome des Skorbuts, beschäftigte sich mit dem mutmaßlichen Einfluss des Mondes auf die Gezeiten und empfahl, bei Sturm das Großsegel zu beschlagen und den Besan zu reffen. Er schrieb über Sagopalmen, über das Trocknen von Vanilleschoten in der Sonne, über Gegenmittel gegen Skorpionstiche und über die Eingeborenen von Guam, die »geschickter als jedes andere Volk im Bau von Booten oder *Prauen*« waren – Booten, die so leicht und schnittig waren, dass sie eine Reisegeschwindigkeit von 24 Knoten erreichten –, über Kriegstänze und Feierlichkeiten anlässlich der Beschneidung elfjähriger Jungen auf der Insel Mindanao: »Der mohammedanische Priester packt die Vorhaut mit zwei Stöckchen und schneidet sie mit einer Schere ab.«

Was Sex anbelangte, war Dampier eher vorsichtig. Für die zivilisierteren Mitglieder seiner Besatzung war er ein Tauschgeschäft. Sie hatten ihre *Delilas* oder *Schwarzen Misses*, die sie sich für ein Glasperlenkettchen oder einen silbernen Armreif mieteten. Häufiger wurden die Frauen allerdings schlicht vergewaltigt und mit den unerwünschten Sprösslingen sitzen gelassen. Schwarze Sklavinnen gebaren auf dem Schiff milchkaffeefarbene Kinder nicht näher geklärter englischer Abstammung. Auf Mindanao, wo »die Eingeborenen sehr geschickte Giftmischer sind«, wurden zwei Matrosen ermordet, als sie »durch ihre allgemeinen Spitzbübereien und ihren zu vertraulichen Umgang mit Frauen Anstoß erregten«. Der Schiffsarzt sezierte die Leichen und stellte fest, dass die Leber »so schwarz wie Kork« war.

Trotz all ihrer skandalösen und Aufsehen erregenden Mitteilungen waren Dampiers Tagebücher durchaus purgiert. In England bemühte er sich, in achtbaren Kreisen akzeptiert zu werden. Auf Piraterie stand der Galgen. Es durfte nicht bekannt werden, dass er sich an einer Meuterei beteiligt, mit Schwerverbrechern verkehrt, der Vergewaltigung von Frauen und der Misshandlung von Gefangenen Vorschub geleistet hatte. Am Londoner Kanzleigericht (*Chancery Court*) häuften sich im Laufe der Jahre die eidlichen Zeugenaussagen, die ihn der Unentschlossenheit, der Launenhaftigkeit, der Taubheit gegenüber Ratschlägen und der Grausamkeit bezichtigten.

Eine »unersprießliche« Fahrt unter seinem Kommando, die die *Roebuck* 1698 in »den entlegeneren Teil der *Ostindischen Inseln* und an die benachbarte Küste der *Terra Australis*« führte, endete damit, dass seine Besatzung meuterte, das Schiff unterging und er bei seiner Rückkehr nach England vor ein Militärgericht gestellt wurde, das zu dem Ergebnis gelangte, »dass besagter Kapitän Dampier nicht geeignet [sei], mit dem Kommando eines Schiffes Ihrer Majestät betraut zu werden«.[9]

Insbesondere wurde er des »sehr harten und grausamen Verhaltens« gegen seinen Ersten Leutnant George Fisher für schuldig befunden. Er hatte ihn mit einem Stock verprügelt, ihn »für eine beträchtliche Zeit« in Eisen legen lassen, ihn »in einem fremden Land« eingekerkert und ihn dann nach England zurückgeschickt. Zu seiner Rechtfertigung behauptete Dampier, Fisher habe ihn stundenlang beschimpft und »mir mit der Faust gedroht, mich offen verhöhnt und mir gesagt, er habe nichts für mich übrig... Er habe mich einen alten Hund und einen alten Schurken genannt und der Besatzung gesagt: Männer, nehmt euch vor diesem alten seeräubernden Hund in Acht, denn er plant, mit euch und dem Schiff des Königs zu fliehen.«[10]

Von solchen Auseinandersetzungen stand in *New Voyage Round the World*, der redigierten Fassung von Dampiers Tagebüchern, kein Wort zu lesen. Dampier gab zu, bei der Fertigstellung des Manuskripts unterstützt worden zu sein. Wie er sagte, bedeutete es »für jemanden mit meiner Schulbildung und meinem Beruf alles Andere als eine Erniedrigung, das, was ich schrieb, von Freunden durchsehen und korrigieren zu lassen«. Er zielte auf eine vornehme Leserschaft ab und widmete das Buch Charles Montagu, dem Präsidenten der Royal Society und Ersten Lord der Schatzkammer. Es bedeutete ihm viel, von den Tagebuchschreibern Samuel Pepys und John Evelyn und dem Satiriker Jonathan Swift zum Essen eingeladen zu werden und mit dem Schriftsteller und politischen Berater Daniel Defoe und dem Ersten Lord der Admiralität, dem Earl of Orford, zu verkehren.

Giolo von Meangis 1691

Eine von Dampiers zwielichtigeren geschäftlichen Unternehmungen betraf Giolo, einen Sohn des Königs von Meangis, einer kleinen von Fischern bewohnten Insel nordwestlich von Neuguinea.[11] Giolo war ein reich tätowierter Mann. Eine Ehefrau hatte seinen ganzen Körper – Brust, Schultern, Hüften, Rücken, Arme und Beine – über und über mit Landkarten und Mustern bedeckt, indem sie mit einer Nadel in seine Haut stach und dann pflanzliche Pigmente in die Stiche einrieb.

Mit diesem auffälligen Körperschmuck erwies sie ihm jedoch einen Bärendienst. Wenn man von Kruzifixen auf dem Unterarm absah, waren Tätowierungen in England ungebräuchlich. Giolo fiel Beutejägern in die Hände und wurde von seiner Insel verschleppt. Er war eine Kuriosität, eine marktfähige Ware. Dampier kaufte ihn 1690 einem Mr. Moody in Madras ab und nahm ihn mit nach England, wo er hoffte, »aus meinem bemalten Prinzen keinen geringen Gewinn zu schlagen«. Er plante, Giolo gegen eine entsprechende Gebühr einem sensationslüsternen Publikum vorzuführen und mit seiner Hilfe wohlhabende Geschäftsleute zu gewinnen, die ihm die nächste Expedition finanzieren würden. Giolo, behauptete er, hatte ihm

verraten, dass es auf seiner Insel viel Gold gab, und ich weiß, dass er nicht wissen konnte, wie man es sammelt, außer er hatte es mit eigenen Augen gesehen, außerdem kannte er dessen Wert nicht, noch treiben die Menschen seiner Insel irgendwelchen Handel mit anderen Völkern, aber was mich davon überzeugte, dass es auf seinem Eilande

Gold gibt, ist die Tatsache, dass alle Inseln in der Umgebung mehr oder weniger davon besitzen – warum sollte es bei dieser also anders sein?[12]

Dampier dagegen kannte durchaus den Wert von Gold. Mit Giolo als Führer würde er es sich holen. Er würde auch mit Gewürzen handeln, denn auf Meangis gab es Nelken und Muskatnüsse.

Giolo segelte mit Dampier auf der *Defence*. Als er im September 1691 in London eintraf, war seine Gesundheit durch Heimweh und die monatelange eintönige Kost von Salzfleisch und fauligem Wasser zerrüttet. Er träumte nur noch davon, auf seine kleine sonnige Insel zurückzukehren. Dampiers Begeisterung für ihn legte sich rasch, als die erhofften Profite ausblieben. Er empfand es als eine zunehmende Belastung, für seine Ernährung und Unterkunft sorgen zu müssen, und so verkaufte er ihn. Die neuen Eigentümer warben für Giolo mit einem gedruckten Flugblatt:

Diese erstaunliche Person ist um die dreißig Jahre alt, anmutig und durchaus wohl proportioniert, äußerst bescheiden und anständig, ordentlich und sauber; aber ihre Sprache ist nicht zu verstehen, noch ist sie des Englischen mächtig.

Während der Dauer ihres Aufenthalts in der Stadt wird sie jeden Tag in ihrem Logis im Blue Boar's Head, *in der* Fleet Street, *unweit der* Water Lane, *zu besichtigen sein; wo sie auch, sofern ihre Gesundheit es erlaubt, noch eine Zeit lang bleiben wird.*

Sollten aber Personen von Stand, Herren oder Damen, den Wunsch haben, diesen edlen Menschen in ihrem eigenen Haus zu sehen, oder an jedem anderen ihnen genehmen Ort in oder in der näheren Umgebung der Stadt London, *so werden sie höflichst ersucht, diesen ihren Wunsch rechtzeitig bekannt zu geben, und er wird zu jeder Zeit, die sie festzulegen belieben, sofern es am Tage ist, bereit stehen, ihnen in einer Kutsche oder Sänfte seine Aufwartung zu machen.*[13]

Gefangen und von seiner Welt abgeschnitten, verlor Giolo jede Hoffnung auf Befreiung und Heimkehr. Seine neuen Besitzer versuchten, ihn etwas aufzuwerten. Sie erklärten in ihren Annoncen, dass auf seinem Rücken – gegen eine entsprechende Gebühr – »eine lebendige Darstellung eines Viertels der Welt« zu sehen sei, »wobei der Polar- und die Wendekreise sich um den Nordpol auf seinem Nacken zentrieren«. Eingraviert in einen einzigen elenden Menschen war die ganze unerforschte Welt. Seine Tätowierungen, behaupteten sie, machten ihn unempfindlich gegen »den Biss der verschiedensten giftigsten, schädlichsten Kreaturen…; als da wären Schlangen, Skorpione, Vipern und Hundertfüßer &c«.[14]

Sie zeigten ihn auch, für sechs Pence pro Besichtigung, auf Jahrmärkten neben anderen Wundern der Natur: Zwergen, Riesen, Tanzbären, Hermaphroditen aus Angola, zwei an der Schädeldecke zusammengewachsenen kleinen Mädchen, einem ganz mit Fischschuppen bedeckten Kind und Jane Paterson aus Northumberland, die ein Monstrum mit dem Kopf, der Mähne und den Hufen eines Pferdes und dem Körper eines Jungen zur Welt gebracht hatte.

Giolos Laufbahn als Jahrmarktsattraktion verlief nicht glücklich, noch war seine Resistenz gegen Gifte gesichert. Er bekam die Pocken, und seine tätowierte Haut bedeckte sich mit qualvoll juckenden Pusteln. Er kratzte sich in Oxford zu Tode.

Ein Mann namens Will 1680–1684

Dampier kannte Die Insel, wusste, wie fruchtbar und abgeschieden sie war. Kein Monarch erhob Anspruch auf sie. Beutejäger, welche die Südsee durchstreiften, konnten sie, wenn sie sie fanden, als Anlegestelle benutzen, um ihr Schiff zu kielholen.

Es war der Weihnachtstag des Jahres 1680, als er sie zum ersten Mal sichtete. Er segelte mit einer Bande von Bukanieren unter dem Kommando von Kapitän Bartholomew Sharp, einem »Mann von unerschrockenem Mut, der nicht die geringste Angst hatte, einem frechen Feind ins Gesicht zu blicken«.[15] Sie waren fast ein ganzes Jahr auf See gewesen, hatten Stürme und sintflutartigen Regen, Skorbut und Fieber erduldet und mit ansehen müssen, wie der größte Teil ihrer Besatzung niedergemetzelt wurde. Eine kostbare Beute, ein mit drei Zentnern Gold beladenes Schiff, war ihnen entkommen. Sie waren verdreckt, entmutigt und krank. Sie sehnten sich nach Frischfleisch, Gemüse, sauberem Wasser und festem Boden unter den Füßen.

Ein Gefangener, ein spanischer Lotse, führte ihr Schiff, die *Trinity*, zur Nordwestbucht nahe dem ausgehöhltem Felsen und der Höhle. Die Bucht bot keinen Schutz. Ringsum ragten Klippen auf, von der Brandung gepeitscht. Zweimal machte der hohe Seegang den Leinen ihrer instabilen Verankerung den Garaus. Sie erblickten ein Wäldchen von Sandelbäumen, einen klaren Bach und auf den Berghängen Ziegen, aber keine Stelle, an der ein Boot hätte landen können. Sie fuhren weiter nach Osten zur Großen Bucht mit dem weiten Tal. Das Ufer schien den Pelzrobben zu gehören, »die einer Art angehörten«, schrieb Dampier, »die ich nirgendwo außerhalb dieser Meere beobachtet habe«. Zu Tausenden,

ich könnte vielleicht sagen: Millionen, lagerten sie in den Buchten oder schwammen hin und her in der See um Die Insel… Sie liegen auf der Wasseroberfläche, spielen und sonnen sich bis in einem Abstand von einer oder zwei Seemeilen vom Ufer. Wenn sie an Land kommen, blöken sie wie Schafe nach ihren Jungen; und obwohl sie an Hunderten anderer Jungen vorbeikommen, ehe sie ihr eigenes erreichen, gestatten sie keinem, an ihren Zitzen zu saugen. Die Jungen sind wie Hündchen und liegen viel am Ufer, aber wenn einer von uns sie schlägt, eilen sie, ebenso wie die Alten, ins Meer und schwimmen sehr schnell und geschickt davon. An Land aber liegen sie sehr träge herum und gehen uns nicht aus dem Weg, es sei denn, wir schlagen sie; dann schnappen sie aber nach uns. Ein Schlag auf die Nase tötet sie rasch.[16]

Es blieb nicht bei *einem* Hieb auf die Nase. Solche Schläge waren ein Sport und ein amüsanter Zeitvertreib. Diese Tiere waren zum Totschlagen da. Robbenfelle ließen sich tragen, Robbenfleisch essen, Tran eignete sich als Bratfett und als Lampenöl. Doch einmal kam die Vergeltung. Als ein Matrose gerade dabei war, einen frisch getöteten jungen Seelöwen abzuhäuten, kehrte dessen Mutter unbemerkt zurück:

Sie packte den Kopf des Mannes mit dem Maul und zerfurchte ihm mit den Zähnen den Schädel an vielen Stellen, wodurch sie ihn so schwer verletzte, dass er, obgleich wir ihm jede mögliche Pflege angedeihen ließen, binnen weniger Tage starb.[17]

Das Weihnachtsfest des Jahres 1680 verlief auf Der Insel für die Bukaniere nicht sehr friedvoll. Es war zwar Sommer, aber das Wetter war stürmisch, und die Männer meuterten. Sie hatten ihren Anteil an der Beute – der jetzt »kaum einen Pfifferling wert« war – verspielt und machten ihre Kommandanten für den Misserfolg der Expedition verantwortlich. Sie setzten Sharp ab, wählten John Watling, einen »alten Freibeuter und wackeren Seemann«, zu dessen Nachfolger und schlossen Edmund Cook in Eisen, als dessen Diener William »gestand, dass sein Herr mit ihm häufig Sodomie« getrieben habe.[18]

Zwei Wochen später erschienen drei spanische Kriegsschiffe, die auf Die Insel zuhielten. In ihrer Eile, sich in Sicherheit zu bringen, ließen die Bukaniere einen Miskito-Indianer[19] zurück: einen Sklaven namens Will, der für sie keinerlei Bedeutung hatte. Will war in den Bergen auf Ziegenjagd. Von einer Anhöhe über der Großen Bucht aus sah er die *Trinity* davonsegeln und die Spanier näher kommen.

Will war einer von unzähligen Ausgesetzten, aber ihm war immerhin ein glücklicheres Los beschieden als Watling, der bereits einen Monat später in einem Seescharmützel ums Leben kam. Er zog sich in die Berge zurück, um nicht den Spaniern in die Hände zu fallen. Er hatte ein Gewehr und ein Messer bei sich. Als ihm das Schießpulver ausging, kerbte er die Klinge des Messers und sägte damit den eisernen Gewehrlauf in Stücke. Nachdem er mithilfe des Feuersteins aus dem Gewehr Feuer gewonnen hatte, hämmerte und bog er das glühend gemachte Eisen mit Steinen und schmiedete sich auf diese Weise Harpunen- und Lanzenspitzen, Angelhaken und eine Klinge. »Mit vielen Mühen« wetzte er diese Geräte zurecht.

Aus Stein schliff er sich eine 25 Zentimeter lange Doppelaxt und bohrte in der Mitte ein Loch für einen Holzschaft. Nicht weit vom Meer, zwischen den Bäumen am Ufer eines Baches, baute er sich eine Holzhütte. Er schlief auf einem Lager aus Ziegenfellen und zerschnitt Robbenhaut zu Angelschnüren.

Drei Jahre lang lebte Will dort allein. 1684 befuhr Dampier wieder die Südsee. Am 22. März sah Will von einem hohen bewaldeten Hang aus Dampiers Schiff, die *Batchelor's Delight*, Die Insel ansteuern. Da er wusste, dass die Besatzung nach frischer Nahrung lechzte, erschlug er drei Ziegen und briet sie auf heißen Steinen mit Kohl und Kräutern. Als die Männer in Kanus an Land kamen, erwartete er sie auf den Felsen. Dampier beschrieb die Begegnung:

Als wir landeten, sprang ein Meskito-Indianer mit Namen Robin als Erster ans Ufer und rannte zu seinem Meskito-Bruder, warf sich ihm zu Füßen aufs Gesicht, worauf dieser ihm aufhalf, ihn umarmte und sich seinerseits vor Robin bäuchlings auf den Boden warf, nur um jetzt von diesem wieder hochgezogen zu werden.
Es bereitete uns großes Vergnügen, die Verwunderung und Zärtlich-

keit und Feierlichkeit dieser Begegnung zu beobachten, die auf beiden Seiten von größter Zuneigung zeugte; und als ihre höflichen Zeremonien abgeschlossen waren, traten auch wir, die wir zugesehen hatten, hinzu, und jeder von uns umarmte den Aufgefundenen, der überglücklich war, so viele seiner alten Freunde, wie er glaubte, eigens zu seiner Rettung kommen zu sehen.

Er hieß Will, so wie der andere Robin. Dies waren die Namen, die ihnen die Engländer gegeben hatten, denn sie selbst hatten unter sich keine; und sie erachten es als eine große Gunstbezeigung, von einem von uns einen Namen zu erhalten; und sie beklagen sich, dass sie keinen haben, wenn wir ihnen keinen geben, wenn sie bei uns sind – und sagen dann von sich, dass sie arme Menschen sind und keinen Namen haben.[20]

Juan Fernández 1574–1591

Der Insel gab der Kapitän eines Kauffahrers einen Namen. Don Juan Fernández segelte im Oktober 1574 mit seinem Schiff *Nuestra Señora de los Remedios*[21] von Peru nach Chile. Die übliche Route von Callao die Küste entlang nach Valparaíso war unberechenbar. Sie konnte drei Monate oder auch ein ganzes Jahr in Anspruch nehmen. Starke Strömungen und Gegenwinde ließen Schiffe nur langsam und mühselig vorankommen.

In der Hoffnung, dort günstigere Winde zu finden, nahm Juan Fernández Kurs nach Westen auf die offene See. Nach 26 Tagen stieß er unvermutet auf Die Insel. Zusammen mit zwei anderen bildete sie einen Miniatur-Archipel. Von der Südspitze der Hauptinsel durch eine tosende Meerenge getrennt, lag ein Nebeninselchen, ein nackter Fels von knapp neun Kilometer Umfang. 150 Kilometer weiter westlich ragte die Schwesterinsel bis zu 1500 Meter hoch aus der See. Fernández sah von weitem ihre Schlucht, ihre senkrechten Felswände, ihre Wasserfälle.

Er nannte die größere Insel *Más a Tierra* (»Näher zum Festland«), das Nebeninselchen *Santa Clara* und die westliche Insel *Más a Fuera* (»Weiter draußen«). Insgesamt nannte er sie die »Inseln von *Santa Cecilia*«, da er sie am 22. November, dem Festtag der Heiligen, gesichtet hatte.[22] Andere bezeichneten sie nach dem Mann, der vom Wind in ihre Nähe getrieben worden war und sie auf diese Weise »entdeckt« hatte, als *Juan-Fernández*-Inseln.

Er fuhr genau nach Osten und erreichte in vier Tagen Valparaíso. Niemand glaubte ihm, als er behauptete, die Strecke von Lima hierher in lediglich einem Monat geschafft zu haben. Er wurde bezichtigt, sich der Hexerei bedient zu haben, um Winde und Strömungen umzukehren, und musste sich vor der Inquisition rechtfertigen. Als aber andere Seefahrer seine Route bestätigten, wurde er wegen des erwiesenen Dienstes für den König von Spanien mit einem Landgut in Quillota und dem Titel »Oberlotse der Südsee« belohnt.

Dann fuhren Kaufleute zu Der Insel, um auf ihr Sandelbäume zu fällen, Pelzrobben zu erlegen und Langusten zu fangen. Es wurden Überlegungen angestellt, Die Insel zu kolonisieren, sie als Stützpunkt für die Verteidigung der Südsee, welche die Spanier als ihren Besitz betrachteten, zu verwenden. Ein Geschäftsmann, Kapitän García Carreto aus Estremadura, brachte eine Ladung Langusten, Holz und Robbenfelle nach Valparaíso. Durch diese Unternehmung ging Die Insel gewissermaßen in seinen Besitz über. Am 20. August 1591 stellte ihm Don Alonso de Sotomayor, Statthalter von Santiago und Gouverneur und Oberrichter des Königreichs Chile, dann eine offizielle Landzuteilungsurkunde aus:

Im Namen Seiner Majestät bewillige ich Ihnen kraft des königlichen Befehls, der mich befugt, Ländereien zuzuteilen, fünfhundert cuadras Land auf besagter Insel... Ich ermächtige Sie, das Land, das ich Ihnen im Namen Seiner Majestät zuteile, in Besitz zu nehmen dergestalt, dass Sie es sich mit all seinen Früchten und Erträgen zu Eigen machen.[23]

Kapitän Carreto besetzte Die Insel mit Ziegen, Schweinen, Rüben und 60 südamerikanischen Indianern. Die Indios fällten Bäume, bauten Boote und Hütten, bestellten den Boden, fingen Fische und Langusten und bemühten sich allgemein um das Voranschreiten seiner geschäftlichen Interessen. Sie bewunderten den Regenbogen, der sich im Morgennebel über das Tal wölbte, hörten den Ruf der *fardelas*, sahen die Kolibris Nektar aus Blüten saugen. Nur für eine begrenzte Zeit war Die Insel so etwas wie ihre Heimat.

Carretos Kolonie war kein Glück beschieden. Sie beschränkte sich auf das weite Tal der Nordbucht. Die Insel war zu weit vom Festland entfernt, um regelmäßige geschäftliche Kontakte zu ermöglichen. Carreto verlor die Lust an dem Unternehmen. Die Indianer hinterließen Spuren: verfallene Hütten und Trampelpfade, die den Wald durchzogen. Als sie Die Insel verließen, zogen sich die Ziegen in die Berge zurück, verwilderten die Feldfrüchte und nahmen die Robben und Fische wieder zu. Nur gelegentlich kamen kleinere Schiffe aus Valparaíso herüber, um sich eigenmächtig mit Holz, Fisch und Fellen einzudecken. Und nur gelegentlich landeten Kapitäne wie Dampier hier an, um ihre Schiffe zu kielholen, »Gartensamen für Salate« auszusäen und ihre Vorräte wieder aufzustocken.

Die Saint George *und die* Cinque Ports 1703

Thomas Estcourt formulierte zusammen mit drei weiteren Geldgebern »Vertragsbestimmungen für die Südseefahrt der *Saint George*«. Sie würden die verbindlichen Richtlinien für die Unternehmung darstellen – ein Handbuch für die korrekte Vorgehensweise und die von beiden Seiten akzeptierte Autorität zur Schlichtung etwaiger Dispute.

Für Offiziere und Mannschaft galt das Prinzip: »Nichts gefangen, nichts verdient«. Es war ein Ansporn zum Kämpfen, da Beute ihren einzigen Lohn darstellen würde. Ein Rat von Schiffsoffizieren würde in regelmäßigen Abständen den Fortgang der Expedition überprüfen. Von allen Sitzungen und gefassten Beschlüssen würden Protokolle erstellt werden. Über alle erbeuteten Waren würde peinlichst Buch geführt werden.

Dampier sollte im Laufe der Reise immer wieder die Gelegenheit suchen, die bis dahin jeweils erbeuteten Güter an die Eigner nach London zu schicken – wodurch vermieden werden sollte, dass sie aufgrund von Schiffbruch oder feindlichem Angriff verloren gingen. Nach seiner Rückkehr in die Heimat würde die Beute nach dem althergebrachten Schlüssel zwischen Unternehmern und Arbeitern verteilt werden: zwei Drittel für die vier Eigner, ein Drittel, in ihrem jeweiligen Rang entsprechenden Anteilen, für die 120 Offiziere und Matrosen. Ein Fünftel der Gesamtbeute würde vorab der Krone zufallen. Während der Reise würde sich jeder Mann für kleinere Einkäufe – Schnaps, Mädchen, Papageien – einen Vorschuss auf die zu erwartende Entlohnung auszahlen lassen können.

Dampier weigerte sich, ohne Edward Morgan, Pirat, Dieb und Spießgeselle auf einer früheren Kaperfahrt, in See zu stechen. Die Abfahrt zögerte sich hinaus, bis Morgan, der wegen Betrugs im Gefängnis saß, wieder auf freien Fuß kam. Dann wurde er als – für sämtliche Ausgaben verantwortlicher – »Zahlmeister und Agent« angeheuert. Ein weiterer Freund, John Ballett, sollte als Wundarzt und James Barnaby, der mit Dampier auf der *Roebuck* gesegelt war, als Zweiter Leutnant mitfahren. John Clipperton war Obermaat, William Funnell Zweiter Maat, James Hill Steuermann und Samuel Huxford Erster Leutnant.

Es wurde vereinbart, dass kein Besatzungsmitglied während der Fahrt auf dem Meer ausgesetzt oder auf Land zurückgelassen werden sollte. Die *Saint George* sollte zusammen mit einem

Schwesterschiff segeln, der *Fame*, die unter dem Kommando Kapitän Pullings stand. Dampier hinterlegte 2000 Pfund als Garantie für das »anständige und ehrliche Betragen von Offizieren und Mannschaften«. Er erklärte sich bereit, eine Strafe von 5000 Pfund zu bezahlen, sollte er es versäumen, »alle genannten Vereinbarungen gewissenhaft und getreulich zu beachten, zu befolgen, zu respektieren, einzuhalten und zu erfüllen«.[24]

Er stellte sicher, dass seine Frau Judith für die Dauer seiner – möglicherweise mehrjährigen – Abwesenheit über ausreichende Einkünfte verfügen würde. Während der Vorbereitung dieser Reise, im Jahr 1702, hatte er als »Express-Transporteur im Hafen von London« gearbeitet und Waren von den Schiffen zu ihrem jeweiligen Empfänger befördert. Jetzt wandte er sich an Lord Godolphin vom Schatzamt mit der Bitte, die Fortzahlung seiner entsprechenden Bezüge zu garantieren. Im Januar 1703 gab Godolphin dem Gesuch mit folgendem Schreiben statt:

William Dampier ist in einer Angelegenheit von öffentlichem Interesse für einige Zeit auf See abkommandiert und hat darum ersucht, dass seine Bezüge in der Zwischenzeit fortgezahlt und seinen Rechtsnachfolgern ausgezahlt werden mögen, welches Gesuch mir billig erscheint, weswegen ich Sie ermächtige und beauftrage, zu veranlassen, dass die Bezüge vorerwähnten William Dampiers für die Dauer seiner durch den bestimmten Auftrag, zu dem er jetzt abkommandiert wird, bedingten Abwesenheit aus der Staatskasse fortgezahlt und seinen Rechtsnachfolgern ausgezahlt werden mögen.[25]

So groß war Dampiers Respektabilität. Am 16. April meldete die *London Gazette*, Kapitän William Dampier habe »anlässlich seines unmittelbar bevorstehenden Aufbruchs zu einer weiteren Seereise nach Westindien die Ehre [gehabt], die Hand Ihrer Majestät zu küssen, der er durch Seine Königliche Hoheit, den Lord Groß-Admiral, vorgestellt worden war«.[26]

Die *Saint George* war für acht Monate verproviantiert, hatte einen vollständigen Satz Ersatzsegel, fünf Anker samt dazugehörigen Ketten, eine Tonne Ersatztauwerk, 22 Kanonen, 100 Handfeuerwaffen, 30 Entermesser, 30 Fässer Schießpulver, 30 Kanonenkugeln und eine Tonne Gewehrkugeln. Mit 120 Mann war sie bewusst überbesetzt. Bei ihrer Größe hätte eine 20-köpfige Besatzung vollauf genügt. Der Mannschaftsraum im Bug war keine acht Meter lang. Aber um gekaperte Schiffe zu bemannen und Städte zu plündern, waren zusätzliche Männer erforderlich, und man rechnete ohnehin damit, dass viele sterben, bei Gefechten umkommen oder desertieren würden.

Die Männer hatten vor allem mit Entbehrungen und Gefahren zu rechnen. Alle Häfen der Südsee waren ihnen verschlossen. Bedenkenlos konnten sie nur vor kleinen Inseln ankern, auf die Spanien keinen Anspruch erhob. Gerieten sie in Gefangenschaft, würden sie getötet, dem Hundertod preisgegeben oder in einem spanischen Kerker landen. Prisen waren schwer zu machen. Die Chancen, an Skorbut oder Ruhr zugrunde zu gehen, waren erheblich höher als die Aussichten auf Gold. Gewalt und Meuterei lauerten stets in unmittelbarer Nähe. Die Besatzung bestand aus Enttäuschten und Verzweifelten jeder Nationalität und Altersstufe. Was sie anlockte, waren die Hoffnung auf Beute und der Anteil an großen Mengen kostenlosen Schnapses. Und vielleicht auch die grenzenlose See, der Nachthimmel, das Abenteuer, die unbekannten Länder und die Chance, einem Leben ohne Zukunft zu entrinnen.

Noch in London gerieten Dampier und Kapitän Pulling aneinander. Daraufhin weigerte sich Pulling, im Verband mit Dampier zu segeln, und nahm stattdessen Kurs auf die Kanarischen Inseln. (Sein Schiff flog im August 1703 in die Luft, als ein Matrose sich mit einer brennenden Kerze in der Hand Branntwein aus einem Fass zapfte.)

Lotsenboote führten die *Saint George* zur Themsemündung, über die *Flats* und zu den *Downs*, der nahe den berüchtigten

Goodwin Sands gelegenen Reede an der Küste von Kent. Ein günstiger Wind trieb das Schiff am 30. April 1703 in den Ärmelkanal. 18 Tage später erreichte es Kinsale, einen befestigten Marktflecken in der südirischen Grafschaft Cork. Dort gab es eine – bei Ebbe trockene – kleine, sandige Bucht, die Ruinen einer alten Burg, tiefes Wasser in der Bucht von Money Point und Felsen, die »the Sovereign's Bollocks« (»des Königs Klöten«) genannt wurden und denen man großräumig ausweichen musste, denn »sie sind sehr heimtückisch«.

Fünf Monate lang lag die *Saint George* in der Bucht von Kinsale und wartete auf die *Cinque Ports Galley*, den Ersatz für ihre ausgefallene Begleitung. Die Männer begannen sich zu langweilen. Dampier setzte diejenigen, die ihm unbrauchbar erschienen, an Land und nahm dafür neue Rekruten an Bord. Die Lebensmittel gingen zur Neige, und das Schiff wurde neu verproviantiert. Die Verpflegung bestand aus Brot, Fleisch, Käse und täglich einer Gallone (rund 3,8 Liter) Bier pro Kopf. Das Bier war besonders stark gebraut, damit es länger hielt. Es gab Fässchen, Korbflaschen, Kruken, große Fässer und Tonnen gefüllt mit Rum, Claret, Branntwein und Arrak.[27] Wasser, für menschlichen Genuss wenig geeignet und nur zum Kochen brauchbar, füllte das unterste Fassdeck und diente damit gleichzeitig als Ballast.

Fleisch wurde als Basis einer gesunden Ernährung erachtet und lebendig verstaut – in Form von so vielen Ochsen, Schafen, Schweinen, Ziegen, Hühnern und Gänsen, wie man in den Stauraum gestopft bekam. Überall stank es nach Exkrementen und tierischem Elend. Katzen wurden mitgeführt, damit sie die Schiffsratten dezimierten, und Hunde, um bei Landgängen zu jagen. Eingesalzenes Rind- und Schweinefleisch galt als bis zu fünf Jahren haltbar. Das Fleisch wurde zweimal – mit Salz aus Newcastle und französischem Meersalz – eingesalzen und in Fässer voll »Blutlake« gepackt, einem durch Einkochen, Abschäumen und Klären der Fleischsäfte gewonnenen Sud. Gleichfalls in Fässern abgepackt, sollten Butter und Käse (aus Suffolk: hart und dünn, aus Magermilch hergestellt) sechs Monate halten. Es gab Vorräte an Zwieback, getrockneten Erbsen, Korinthen, Reis und Hafermehl und große Mengen Kautabak, aber keinerlei Zitrusfrüchte oder Frischgemüse.[28]

Noch bevor Dampier Kinsale verließ, verschlechterten sich die Beziehungen zu seinen Geldgebern drastisch. Die Eigner beschwerten sich über die ständigen Verzögerungen und Dampiers häufige Geldforderungen – er wollte das Schiff noch zusätzlich ausrüsten und verlangte einen Vorschuss von 450 Pfund. Empört waren sie auch über die Mengen an Bier, welche die Besatzung konsumierte: »Über ein Oxhoft pro Tag, und alles Übrige scheint mit derselben Verschwendungssucht gehandhabt zu werden.« Der Agent der Eigner schrieb, die Herren hätten »eine so schlechte Meinung von Kapitän Dampiers Verhalten und Fähigkeiten, dass wir an dem Erfolg der Reise zu verzweifeln beginnen und Ihnen empfehlen, die von Ihnen hinterlegte Kaution bereits jetzt als verfallen zu betrachten«.[29]

Die *Cinque Ports Galley* traf am 6. August ein. Es war ein kleines Schiff von rund 130 Tonnen, mit 20 Kanonen bestückt und mit 90 Mann Besatzung.[30] Charles Pickering, ihr Kapitän und Miteigner, war mit ihr zu einer früheren Gelegenheit nach Marseille gesegelt, »um den Feinden der Königin Hilfe zu leisten«. Auch er hatte schon zu wiederholten Malen – wegen Verrats, Verstoßes gegen die Zollgesetze und Betrugs – vor Gericht gestanden. Zu seinen Offizieren gehörten Thomas Stradling, Erster Leutnant, Thomas Jones, Maat, John Cobham, Konstabel (Geschützführer), James Broady, Wundarzt, und ein mürrischer Schotte namens Alexander Selkirk, der Steuermann oder Navigationsoffizier des Schiffes war.[31]

In amtlichen Dokumenten tauchte sein Name wahllos als »Selcraig«, »Selchraige«, »Sillcrigge«, »Silkirk« oder »Selkirk« auf. Er wurde 1680 in Nether Largo geboren, einem Dörfchen in der ostschottischen Grafschaft Fife, an der weiten Biegung der Largo Bay.[32] Ein langer Strand verband die benachbarten Städtchen Ely und Anstruther miteinander. Im Hafen von Largo ankerten Fischerboote, Handels- und gelegentlich auch Kriegsschiffe, die ihre Besatzung für Fahrten in ferne Meere vervollständigen mussten. Hinter der Bucht erstreckte sich ein dicht bewaldetes Gebiet, das Keil's Den genannt wurde. In der Mündung des Firth of Forth lag die – von Robben und Kolonien brütender Papageitaucher, Kormoranen, Dreizehenmöwen und Seeschwalben bevölkerte – Isle of May.

Alexander war der siebte und letzte Sohn von John Selcraig und dessen Frau Euphan. Sie hatten keine Töchter und waren, als er geboren wurde, seit 13 Jahren miteinander verheiratet. Sein Vater erwartete von ihm, dass er, gleich ihm, Gerber und Schuster werden würde. Für Alexander verhieß die See Abenteuer, Gold und die Befreiung aus dem muffigen Dorfleben. Seine Mutter glaubte, als siebtem Sohn sei es ihm bestimmt, anderen Glück zu bringen und selbst ein Vermögen zu machen. Sie ermutigte ihn in seinem Ehrgeiz, was »Ursache vielfältigen häuslichen Zanks und Streits« war.[33]

Die Selcraigs waren schottische Presbyterianer und betrachteten als solche England als eine verachtungswürdige Kolonialmacht. Es gab einen Monarchen, aber zwei Ökonomien. Ein 1689 erlassenes Thronfolge-Gesetz band Schottland hinsichtlich seiner Kirchen- und Staatsverfassung enger an England. Die Gegner der Vereinigung mit England »gaben ihrer Verstocktheit durch Steine und Straßenkot und Flüche Ausdruck«. Die »hitzigen Presbyterianer« und »Squadroni«, wie Daniel Defoe sie nannte, schlugen Fenster ein, »zogen johlend durch die Dunkelheit und nannten die Engländer Hunde«. Sie schlugen Trommeln, bewaffneten sich mit Pistolen, Schwertern und Dolchen und erklärten, dass ganz Schottland zusammenhalten und dass es keine Union geben würde.[34]

In Glasgow wurden Rädelsführer in der Burg eingesperrt. In Dumfries wurde der anstößige Erlass unter dem Marktkreuz verbrannt. In Nether Largo führte Alexanders ältester Bruder John »eine große Rotte« an, die »mit Stöcken und Knütteln bewaffnet« die Kirchentür versperrte, den episkopalistischen Geistlichen John Auchinleck als »anglisierten Verräter« anpöbelte und mit dem Tod bedrohte, wenn er es wagen sollte, den Sonntagsgottesdienst abzuhalten. Auchinleck machte, dass er fortkam. Er »verteilte alles vorhandene Geld unter die Armen und legte sein Amt nieder«.

Sechs Jahre später, als Fünfzehnjähriger, wurde Alexander des »unschicklichen Betragens« in derselben Kirche bezichtigt und zu einer Disziplinarsitzung der Kirchenältesten vorgeladen. In den Gemeindeakten steht zu lesen:

1695. Alexander Selchraig 25. August vorzuladen. *Heute tagte das Ältestengericht. Von Alexr. Selchraig, Sohn des John Selchraig, Ältesten in Nether Largo, war des Längeren wegen seines unschicklichen Betragens in der Kirche die Rede; an den Kirchendiener ergeht die Anweisung, ihn aufzusuchen und zum nächsten Sitzungstermin vor dieses Gericht zu zitieren.*

Am 27. August tagte das Ältestengericht. Alexr. Selchraig, Sohn des John Selchraig, Ältesten in Nether Largo, wurde aufgerufen, erschien aber nicht, da er auf See gegangen ist; diese Angelegenheit wird bis zu seiner Rückkehr vertagt.[35]

Im Laufe seiner acht Jahre auf See – vom Zeitpunkt seiner Vorladung durch das Ältestengericht von Largo bis zu seiner Anheuerung als Steuermann auf der *Cinque Ports* – wurde Selkirk zu einem abgehärteten Mann und Seefahrer. Aller Wahrscheinlichkeit nach lernte er sein Metier auf einer schottischen Expedition in die Südsee, der er sich im Alter von 15 Jahren anschloss. Durch dieses Unternehmen wollte sich Schottland als Kolonialmacht etablieren. Es wurde bekannt als das »Darién-Desaster«.[36]

Man plante, auf dem Isthmus von Darién, einem trostlosen Streifen Land in Nordpanama, zwischen dem Karibischen Meer und der Südsee, eine Kolonie zu errichten. Dieses »Klein-Kaledonien« sollte eine Überlandroute kontrollieren, die den Reichtum der Welt, der östlichen wie der westlichen, nach Schottland kanalisieren würde.

William Paterson war die treibende Kraft hinter diesem Projekt: 1695 gründete er die *Company of Scotland*, die Handel mit Afrika und beiderlei Indien treiben würde. Er bezeichnete den Isthmus von Darién als »das Tor der Meere und [den] Schlüssel zum Universum«.[37] Stark beeinflusst wurde er durch Lionel Wafer, der 1684 zusammen mit Dampier auf der *Trinity* gesegelt war. Wafer, seines Zeichens Bukanier, Wundarzt und Barbier, führte ein Tagebuch seiner Reisen nach Panama. Dampier fertigte davon eine Abschrift an, die er später Paterson zu lesen gab. Wafer schrieb über die Goldminen von Canea und Santa Maria und die Straße nach Portobelo, auf der Maultierkarawanen die Schätze Perus zur karibischen Küste transportierten. In wahrhaft hymnischen Tönen schilderte er Darién, seine von ganzjährig sprudelnden Quellen bewässerten Täler, seinen fruchtbaren Boden und die kopfgroßen Ananasfrüchte.

Die einheimischen Cuna-Indianer, behauptete Wafer, würden

die Kolonisatoren mit offenen Armen empfangen. Von kupferfarbener Haut und mit Goldringen und -plättchen geschmückt, lebten sie in einfachen Dörfern von mit Bananenblättern gedeckten Hütten. Sie hassten die Spanier, die sie zu Sklaven gemacht hatten. Wafer hingegen wurde von ihnen akzeptiert, weil er sie mit »Arznei und Aderlass« kurierte. Im Gegenzug erzählten sie ihm von ihrem Land.

Man schmiedete großartige Pläne. 20 Prozent der Steuern und Erlöse aus Warengeschäften, Gold, Silber und Edelsteinen würden der Handelskompanie zufallen. Die Kolonie würde in Distrikte eingeteilt werden, die Gouvernementsräten in eigenen Verwaltungszentren unterstehen würden: Fort Saint Andrew auf einem Landvorsprung über der Bucht, New Edinburgh hoch oben in den Bergen.

Fünf Schiffe wurden ausgerüstet: *Caledonia, Saint Andrew, Unicorn, Dolphin* und *Endeavour*. Werbeplakate, die in schottischen Kaffeehäusern aufgehängt wurden, versprachen Freiwilligen wie Selkirk Abenteuer und Reichtum. Jeder Mann würde 50 Morgen Ackerland und ein Haus auf 225 Quadratmeter Grund erhalten. Gouvernementsräte bekämen doppelt so viel zugeteilt. Familienangehörige könnten auf Kosten der Kompanie nachreisen.

Widerstand regte sich von Seiten der *Lords of Trade and Plantations* (Kronausschuss zur Überwachung des Handels und der Kolonien) in London. Sie beabsichtigten, das Projekt zu stoppen und Darién für die Krone zu annektieren. Im Juni 1697 zitierten sie Dampier und Wafer nach London. Sie zahlten Wafer eine bestimmte Summe, damit er die Veröffentlichung seines Manuskripts hinausschob und dadurch nur sie über die Informationen verfügten. Paterson tat das Gleiche.

Die Schiffe legten, mit 1200 Freiwilligen an Bord, am 14. Juli 1698 von Leith ab. Die geplante Route verlief die Ostküste Schottlands hinauf, um die Orkneyinseln herum in den Atlantik, hinunter nach Madeira, dann weiter nach Westindien, ins Karibische Meer und in den Golf von Darién. Knappe Rationen und Todesfälle bestimmten die ganze Überfahrt. Theoretisch waren die Schiffe für neun Monate verproviantiert, aber das Salzfleisch fing schon nach wenigen Tagen an zu schimmeln, das Brot wimmelte von Rüsselkäfern, und an Öl und Butter mangelte es von vornherein.

Auf der Höhe von Aberdeen gerieten die Schiffe in dichten Nebel und verloren den Sichtkontakt. Auf Madeira stürzten sich die Männer, gierig nach frischen Lebensmitteln, verzweifelt an Land. Sie verschlangen unreifes Obst und wurden krank. Die Insulaner hielten sie für algerische Seeräuber und griffen sie an. Offiziere tauschten ihre scharlachroten Jacken und gefiederten Hüte gegen Frischfleisch ein.

Während der Fahrt über den Atlantik nach Antigua und von da weiter nach Guadeloupe und der »Krabbeninsel« bei Puerto Rico raffte der Tod die Männer wie die Fliegen dahin: Alexander Alder, Robert Hardy, Andrew Baird, Thomas Fullarton, Peter Wilmot... Hunger und Krankheiten machten ihnen den Garaus. Ein Sanitätsmaat, Walter Johnson, nahm gegen sein Fieber zu viel Laudanum und »schlief bis zum Tod«. Die Offiziere waren gnadenlos. Da die Vorräte fast vollständig aufgebraucht waren, bedauerten sie es, wenn an einem Tag weniger als vier oder fünf Männer starben. Die Kranken erhielten weder Hafermehl noch Wasser und wurden auf Deck gelassen, der schlechten Witterung preisgegeben. Wer Lebensmittel stahl, wurde zum Spießrutenlaufen verurteilt und von den am wenigsten geschwächten Kameraden mit geknoteten Tauenden zu Tode geprügelt.

Sie brauchten vier Monate, um Darién zu erreichen. Die *Unicorn* schrammte beim Einlaufen in die Bucht über ein Riff und war von da an leck. »Es ist ein sehr feuchtes Land«, hatte Wafer untertreibend geschrieben. »Über ein langes Stück Weges werdet Ihr das Quaken von Fröschen und Kröten, das Summen von Moskitos oder Mücken und das Zischen... von Schlangen hören.«[38]

Die Männer waren sintflutartigen Regenfällen ausgesetzt, die Luft war feucht, es wüteten heftige Stürme und Orkane. Hier in den Mangrovensümpfen sollten diejenigen, welche die Überfahrt überlebt hatten, New Edinburgh und Fort Saint Andrew bauen. Aber magere Rationen und Krankheiten hatten sie hoffnungslos geschwächt. »Unsere Körper verfielen und wurden von der harten Arbeit so ausgezehrt, dass wir bald wie bloße Skelette aussahen.«

Die Siedler verloren jegliches Interesse an ihrer neuen Heimat, ihrem trostlosen Neukaledonien, wo ihnen nur der Tod drohte. Nach zwei Monaten hatten sie es mit Müh und Not geschafft, sich ein paar primitive Hütten zu bauen und Gräber für 200 Verstorbene auszuheben. Sie ernährten sich von Eidechsen und Pelikanen und dem Wenigen, was sie den feindseligen Cuna-Indianern abbetteln konnten. Sie verzehrten sich danach, diese Hölle zu verlassen, aber sie konnten nirgendwohin. Zehn Männer, die Waffen aus der *Unicorn* gestohlen hatten und desertiert waren, wurden wieder eingefangen und in Eisen gelegt. Ein Plan, mit der *Saint Andrew* auf Bukanierfahrt zu gehen, wurde gleichfalls vereitelt. Es brach eine Epidemie tropischen Fiebers aus, dessen Symptome Flecken, entzündete Augen und Gelenke sowie galliges Erbrechen waren.

Dann griffen die Spanier an. Sie hatten Garnisonen, Forts und Infanterieeinheiten in Cartagena, Santa Maria und Panama und entsandten 800 Mann Infanterie mit dem Auftrag, was von Fort Saint Andrew schon stand, zu zerstören und die Hütten von New Edinburgh niederzubrennen. Ein aus Nord wehender Wind erschwerte den Schotten die Flucht.

Es war fast unmöglich, Hilfe aus der Heimat anzufordern. Als zwei Entsatzschiffe, die *Olive Branch* und die *Hopeful Bin-*

ning, 1699 in Darién eintrafen, fanden ihre Besatzungen nur Ruinen und Gräber vor. Von den fünf Schiffen, die 15 Monate zuvor vom Firth of Forth ausgelaufen waren, kehrte nur eines, die *Caledonia*, nach Schottland zurück. An Bord waren lediglich 300 Männer, und auch von diesen starben noch viele, ehe das Schiff die Mündung des Clyde erreichte.

Ein Faustkampf 1701

Wer solche Entbehrungen überlebte, war stark und ein Glückspilz. Hatte Selkirk sich mit 15 Jahren noch lediglich »unschicklich« betragen, so neigte er jetzt als 21-Jähriger entschieden zur Gewalttätigkeit. Das in Aussicht gestellte Vermögen war ausgeblieben, und alle Gefahren der See hatten es nicht vermocht, sich mit einem sesshaften Leben in Nether Largo abzufinden. Im November 1701 brach im väterlichen Haus ein »Tumult« aus, der Beschwerden von Seiten der Nachbarn auslöste. Selkirk, sein Vater, seine Mutter, sein Bruder Andrew, sein ältester Bruder John und dessen Frau Margaret Bell wurden zu einer Disziplinarsitzung der Kirchenältesten zitiert. Die Largoer Gemeindeakten berichten Folgendes über den Tumult:[39] Andrew hatte eine Kanne Meerwasser ins Haus geholt. Selkirk trank ahnungslos daraus und spuckte dann das Salzwasser aus. Andrew lachte ihn aus. Selkirk fasste dies als eine Beleidigung auf, schlug ihn mit einem Knüppel, beschimpfte ihn, drohte, ihn umzubringen, und machte Anstalten, in das Obergeschoss zu gehen und die Pistole ihres Vaters zu holen. Um ihm den Weg zu versperren, setzte sich ihr Vater mit dem Rücken gegen die Tür auf den Boden. Selkirk schlug ihn. Andrew lief zu John und Margaret, die ganz in der Nähe wohnten, Hilfe holen.

Ihre Mutter, die eine wüste Schlägerei befürchtete, lief aus dem Haus. John versuchte, den Vater zum Aufstehen zu bewegen und zum Kamin zu führen. Selkirk »warf seine Jacke hin« und forderte John zu einem Faustkampf heraus. Ihr Vater ging dazwischen. Selkirk nahm ihn und den Bruder in den Schwitzkasten und rang beide zu Boden. Margaret versuchte ihn zurückzureißen. John rannte nach draußen. Sie folgte ihm und schrie dabei Selkirk an: »Du elender Schuft, willst du beide auf einmal, deinen Vater und meinen Mann, ermorden?«, woraufhin Selkirk sich auch gegen sie wandte. Sie konnte nicht genau sagen, wo er sie geschlagen hatte, aber »seither [litt] sie unter heftigen Kopfschmerzen«.

Selkirk wurde aufgefordert, am 25. November vor den Kirchenältesten zu erscheinen. Er kümmerte sich nicht darum, sondern fuhr stattdessen ins nahe gelegene Städtchen Cupar. Zwei Tage später wurde ihm erneut befohlen, sich in der Kirche einzufinden, in die Kanzel zu treten und »sich vor der versammelten Gemeinde wegen seines skandalösen Betragens rügen zu lassen«. Diesmal gehorchte er. Er bekannte, durch seinen tätlichen Angriff auf seine Brüder gesündigt zu haben, »gelobte Besserung in der Kraft des Herrn und wurde so entlassen«.

Diese Episode gibt einen Eindruck von Selkirks Temperament und der Art, wie man in Nether Largo mit Auswüchsen von Gewalt umging. Er sehnte sich nach der See zurück und ihren größeren Gefahren und Freuden. Er war 23 Jahre alt, ein Seemann, Kämpfer und Überlebenskünstler. In Largo hielt ihn nichts. Es war unerträglich, von diesem Schwächling von einem Bruder verspottet und lächerlich gemacht zu werden – und sich dem Urteil bigotter Kleinstädter beugen zu müssen, die nichts von den Mächten des Meeres wussten, der Tücke des Skorbuts oder der Hitze der Sonne an einem südlichen Himmel.

Die *Saint George* und die *Cinque Ports* verließen Kinsale am 11. September 1703. Noch in derselben Nacht hatte der betrunkene Dampier in seiner Kabine einen »heftigen Wortwechsel« mit seinem Ersten Leutnant Samuel Huxford. Er rief den Steuermann James Hill und befahl ihm, wieder Kurs nach Kinsale zu nehmen und Huxford an Land abzusetzen. Hill weigerte sich, diesen Befehl auszuführen.

Das war kein viel versprechender Reisebeginn, und gewiss nicht dazu angetan, der Besatzung Zuversicht einzuflößen. Dampier kümmerte sich nicht im Mindesten um die Vertragsbestimmungen, an deren Formulierung er mitgewirkt und die er so bereitwillig unterschrieben hatte. »Zwistigkeiten und Fehlentscheidungen machten unsere rosigsten Hoffnungen zunichte«, schrieb der Maat der *Saint George*, William Funnell, in sein Tagebuch.[40]

Sie nahmen Kurs Süd, auf die vor der westafrikanischen Küste gelegene Insel Madeira. Selkirk war als Steuermann mit der Navigation betraut. Dampier lobte ihn als »den besten Mann auf der *Cinque Ports*«. Kapitän Pickering, »eine der Säulen der Expedition«, war von seinen Fähigkeiten beeindruckt. Auf dem unermesslichen Ozean, in dieser Nussschale mit Leinwandsegeln, rang Selkirk mit Zeit und Schwerkraft, der Stärke der Winde, den Planetenbewegungen und den Gezeiten.

Die Aufmerksamkeit durfte keinen Moment erlahmen. Von der Minute an, da er Kinsale hinter sich verschwinden sah, hielt er Kurs und Geschwindigkeit des Schiffes Stunde für Stunde, Wache für Wache, Tag für Tag mithilfe »gegisster Besteckrechnung« fest. Er stützte sich auf ungenaue Seekarten sowie Gezeiten- und Mondphasentabellen.[41] Er bediente sich eines Bleilots, um die Tiefe des Meeres zu messen, eines Holzquadranten, um die Höhe von Gestirnen zu ermitteln, eines Jakobsstabs, um die geografische Breite (die nördliche oder südliche Entfernung vom Äquator) anhand des Polarsterns festzulegen, eines Sonnenhöhenmessers, um sie anhand der Mittagshöhe der Sonne zu bestimmen, eines Azimutkompasses, um die Richtung von Gestirnen zu peilen, eines Steuerkompasses, eines Sternhöhenmessers, um die Uhrzeit nachts, und einer Sonnenuhr, um sie am Tag abzulesen.[42]

Er notierte den anhand des Kompasses gesteuerten Kurs, die Geschwindigkeit des Schiffes im Wasser, die magnetische Abweichung der Sterne, die Abdrift des Schiffes, den Stand der Strömungen und Gezeiten, die Launen der Witterung. Messfehler kumulierten sich, und Gefühle waren oft trügerisch.

50 Seemeilen am Tag waren eine gute Geschwindigkeit. Bei klarem Wetter überprüfte er um zwölf Uhr mittags die durch gegisste Besteckrechnung ermittelte Breite anhand der Meridianhöhe – des Winkels zwischen dem Horizont und der Sonne. Die geographische Länge – seinen Ort entlang einer gedachten Ost-West-Achse – konnte er allerdings nicht berechnen. Die Theorie der Längenberechnung war bereits seit der Antike bekannt. Selkirk wusste, dass relative Zeit und Ort durch die Umdrehung der Erde um ihre Achse bestimmt wurden: eine Drehung von 360 Grad in einem Tag, 15 Grad in einer Stunde. Um den Längenunterschied – den Winkel – zwischen dem Meridian seines momentanen Ortes und irgendeinem festen Bezugsmeridian, wie etwa dem von Greenwich, ermitteln zu können, hätte er aber *im selben Moment* seine eigene Ortszeit und die Ortszeit am Bezugsmeridian wissen müssen. Die Differenz zwischen den beiden, etwa eine Stunde, wäre der Längenunterschied, nämlich 15 Grad, gewesen. Aber eine Uhr, die eine solche Messung ermöglicht hätte, war noch nicht erfunden worden. Solch ein Chronometer hätte über Monate und Monate hinweg, auf einem schwankenden Schiff, in jedem Klima, absolut ganggenau bleiben müssen.

Im Jahr 1703 war dies noch nichts weiter als ein Wunschtraum. John Harrison, jener Uhrmacher, der »die Länge finden« und einen solchen Zeitmesser konstruieren würde, war damals erst zehn Jahre alt.[43] Selkirk und andere zeitgenössische Seefahrer versuchten sich damit zu behelfen, dass sie die Bewegung des Mondes im Verhältnis zur Sonne und den hellsten Sternen ermittelten. »Eifrige Erforscher des Firmaments« erstellten Tabellen der Mondentfernungen. Aber sie kannten weder die Gesetze, welche die Bewegung des Mondes bestimmten, noch die relative Position der Sterne als Zeitanzeiger zueinander.

Die Ermittlung der Länge war ein ermüdendes Rätselraten, und Navigation erwies sich ebenso sehr als Glücksache wie eine Wissenschaft. Es war leicht, vom Kurs abzukommen, sich hoffnungslos zu verfahren und durch feindliche Schiffe, Stürme, schwindende Vorräte und verheerende Krankheiten ein böses Ende zu finden. Mithilfe primitiver Hilfsmittel aus Holz, Glas und Schnur, mit schlichten Magneten, Grips und Wachsamkeit bemühten sich Selkirk und sein Schiff, mit der kühlen Anmut der unbeirrt rollenden Welt im Einklang zu bleiben. Es gab vieles, was ihn und die Besatzung von solch reinem Bestreben abzulenken trachtete: Streitigkeiten, Trunkenheit, Meuterei, Rüsselkäfer im Zwieback und Mangel an Zitronen oder Limonen.

Eine Bande von Heiden 1703

Nach zwei Wochen erreichten die Abenteurer die Insel Madeira. Von Interesse war sie für sie lediglich wegen ihres Weins. William Funnell beschrieb sie als einen angenehmen, aber leider von Portugiesen bewohnten Fleck Erde. Eine steinerne Mauer, Kanonen und eine Burg verteidigten ihre Küste. Weinberge bedeckten ihre Südhänge. Dampier schickte Boote an Land, um die Weinvorräte aufzustocken.

Dann segelten die Männer weiter zu den Kapverdischen Inseln. Als sie vor Saint Jago[44] ankerten, stürzten Horden von Einheimischen lärmend herbei, um Schweine, Hühner, Wassermelonen, Bananen und Kokosnüsse gegen Hemden, Hosen und Stoffballen einzutauschen. Funnell bezeichnete sie als Mörder, Diebe und Schurken: »Sie reißen einem am helllichten Tag, und selbst wenn man mitten unter Menschen ist, den Hut vom Kopf; und wenn man ihnen die *eigenen* Waren überlässt, bevor man *ihre* hat, kann man sie gleich verloren geben.«[45]

Die Freibeuter betrachteten sich als Engländer, zivilisiert und mit entsprechenden Vorrechten ausgestattet. Sie deckten sich mit Trinkwasser und Brennholz ein, fingen sich einen Affen als Maskottchen und nahmen Schwarze beiderlei Geschlechts als Sklaven an Bord. Sie ließen sie hungern und lehrten sie mit Prügeln Gehorsam.

Sie blieben fünf Tage in Saint Jago – fünf äußerst spannungsgeladene Tage. Die Auseinandersetzungen zwischen Dampier und Samuel Huxford wurden immer hitziger. Schließlich setzte Dampier Funnell zufolge Huxford samt Diener, Seemannskiste und Kleidung um Mitternacht des 12. Oktober an Land und stach vier Stunden später in See. Dampier bestritt dies, aber andere schmückten die Geschichte sogar noch weiter aus. John Welbe, Fähnrich auf der *Saint George*, erklärte, Dampier habe Huxford in ein Boot gestoßen, ihm Seemannskiste und Kleider hinterher geworfen und habe dann einem portugiesischen Beamten auf Saint Jago, »einer Art *corregidor*«, befohlen, ihn einzusperren. Huxford sei es irgendwie gelungen, wieder an Bord zu kommen, aber Dampier habe ihn vertrieben.

Mr. Huxford flehte ihn an, doch nicht so unmenschlich zu sein, ihn unter einer Horde von Banditen und Negern auszusetzen, sondern er möge ihm gestatten, sich in die Pinasse zu legen, ansonsten wäre er auch gern bereit, als gemeiner Matrose zu dienen, wenn er nur nicht an Land unter eine Bande von Heiden musste.[46]

Dampier fand solches Gewinsel abstoßend. Er vereinbarte mit Thomas Stradling, Huxford gegenüber zu behaupten, diesen auf der *Cinque Ports* segeln zu lassen. Doch Huxford war argwöhnisch und weigerte sich, die *Saint George* zu verlassen. Da »packte ihn [Dampier] und warf ihn eigenhändig über Bord in Leutnant Stradlings Boot«. Stradling verfrachtete ihn auf ein portugiesisches Handelsschiff, und *Saint George* und *Cinque Ports* segelten ohne ihn davon.

Huxford wurde dann auf Saint Jago ausgesetzt, wo er drei Monate später, »teils vor Hunger«, starb. Welbe sagte, er hätte es Dampier nicht übel genommen, wenn er Huxford in Irland zurückgelassen hätte, aber ihn auf Saint Jago sterben zu lassen sei eine »ungeheuerliche Barbarei« gewesen. Überrascht habe ihn Dampier damit allerdings nicht, da er (Welbe) wisse, »dass er schon früher, als Kommandant der *Roebuck*, eine ähnliche Grausamkeit begangen hatte«. Auch damals hatte Dampier seinen Ersten Leutnant – den Offizier, der eigentlich sein engster Mitarbeiter hätte sein sollen – ausgesetzt.

Die Geißel der Meere 1703

Die Schiffe segelten südwärts entlang der brasilianischen Küste, »unentschlossen, wo sie als Nächstes ankern sollten«. Die Vorräte gingen langsam zur Neige. Die Männer gierten nach frischem Fleisch und Gemüse und waren aufgebracht, als »auf dem

Boden der Bierfässer große Haufen Rückstände erschienen, die menschlichen Eingeweiden nicht unähnlich waren«.[47]

Sie aßen alles, was sie nur fangen konnten. Am 22. Oktober zogen sie einen Hai, einen Delphin und zwei unbekannte Kreaturen aus dem Meer: einen »Gallertfisch«, geleeartig, schleimig und grün, mit einer »ungeheuren hohen Finne und einem tief eingeschnitten Maul«, und einen großen Fisch, den sie »Altes Weib« tauften: dunkelblau, mit gelben Flossenspitzen und mit Flecken und Kreuzen übersät.

Diese Tiere wurden gezeichnet, seziert, partiell zu medizinischen Zwecken konserviert (Haifischhirn beispielsweise galt als probates Mittel gegen Gallensteine) und ansonsten in einem großen Kupferkessel auf einem Backsteinherd zu einer fragwürdigen Mahlzeit gekocht.

Hai und Gallertfisch stellten nach dem Pökelfleisch und dem von Käfern wimmelnden Zwieback eine willkommene Abwechslung dar. Weiße Tölpel »von der Größe einer Ente« landeten auf den Schiffen und im Kochtopf. »Sie sind so einfältig, dass sie, wenn sie des Fliegens müde sind und man die Hand ausstreckt, sich darauf niederlassen.« Sie schmeckten »sehr fischig«, und die Seeleute brachten sie nur mit Unmengen Salz herunter.

Krankheiten griffen um sich. Mitte November hatten schon 15 Männer Fieber, und es kamen täglich neue hinzu. Man versuchte mit Aderlass dagegen anzugehen – drei Deziliter Blut aus einer Stirn-, Arm-, Fuß- oder Zungenvene gezapft. Die vorgeschriebene Menge wurde mit kleinen Suppennäpfen abgemessen. Wenn dieses Mittel nicht zu helfen schien, wurde dem Kranken ein Absud aus Gerste, Gewürznelken, Süßholz und Wasser verabreicht. War eine dieser Ingredienzien gerade nicht vorrätig, so nahm man stattdessen irgendetwas Anderes.

Die Schiffsärzte John Ballett und James Broady hatten keine sehr genauen Vorstellungen davon, warum Menschen eigentlich krank wurden und was sie wieder gesund machte.[48] Wenn der Patient genas, ging man davon aus, dass dies die Folge der jeweiligen Behandlung sei. Wer an der »roten Ruhr« litt, bekam Anis oder Quitten, geriebene Muskatnuss, Laudanum oder heiße Backsteine zum Daraufsitzen. Ein paar Kupfereimer dienten dazu, dass »die armen erbarmungswürdigen Kranken sich in ihrer Schwäche darin erleichtern könnten und nicht gezwungen wären, zum Schiffsschnabel oder an die Wanten zu gehen, um sich zu erleichtern, oder aber ihre Gefährten durch Gestank zu belästigen«.

Der Skorbut, »die Geißel der Meere«, forderte mehr Todesopfer als ansteckende Krankheiten, Entkräftung, Kanonenkugeln oder Schiffbruch. Seine Ursachen galten als »unendlich mannigfaltig und unerforschlich«. Vielleicht war er eine Erkrankung der Milz, oder wurde durch den Schiffszwieback verursacht, vielleicht zog man ihn sich auch durch schmutzige Kleider und Kajüten, die feuchte Seeluft, das gepökelte Schweinefleisch, durch Kummer und Sorgen oder die Hitze des Tages zu.

Wer den Krankheitsverlauf beobachtete, konnte über seine Schrecken nur staunen: Mattigkeit, Apathie, Zahnfleischentzündung, übel riechender Atem, Lockerung und Ausfall der Zähne, weiche Knie, geschwollene Muskeln, diffuse dumpfe und stechende Schmerzen, blaue oder rote Flecken auf der Haut, »manche groß und manche so klein wie Flohbisse«, und »eine Hartleibigkeit, die kein Seifenzäpfchen, Klistier noch irgendein Laxativ besiegen kann. 14 Tage lang konnten sie nicht ein einziges Mal zu Stuhle gehen.«[49]

Die Seeleute wussten, dass an Skorbut Erkrankte – wenn sich nur die Gelegenheit dazu bot – Zitronen, selbst auf leeren Magen, mit einer wahren Gier auslutschten. Sie hatten Kranke frisches Obst und Gemüse essen und rasch wieder gesund werden sehen. Nichtsdestoweniger wurde noch jahrzehntelang kein gesetzmäßiger Zusammenhang zwischen Obst und Gemüse und Skorbut erkannt. Man glaubte, dass Frischfleisch, Wein, Zucker und »andere angenehme Dinge« ihn heilen würden, oder Hafermehl, oder mit einem Eidotter verrührtes Bier, oder vielleicht der Saft von Orangen, Zitronen oder Limetten, oder vielleicht Kleie, Mandeln und Rosenwasser, oder grüner Ingwer, oder ein Dampfbad, wenn sich ein solches einrichten ließ, oder starker Essig und »ein schönes Bad in Tierblut«.

James Lind, der Schiffsarzt, dem die Verhütung und Behandlung des Skorbuts gelingen sollten, war noch gar nicht geboren. Man schrieb bereits das Jahr 1747, als er an Bord eines Kriegsschiffs, der *Salisbury*, einen kontrollierten Versuch mit verschiedenen Antiskorbutmitteln durchführte. Als Probanden dienten ihm zwölf Matrosen mit ähnlichen Symptomen von fortgeschrittenem Skorbut. Sechs Wochen lang gab er ihnen die normale Schiffskost zu essen: morgens Hafergrütze, mittags Hammelbrühe, Pudding und Zwieback und abends Gerste, Rosinen, Reis, Korinthen, Sago und Wein. Jeweils zwei von ihnen erhielten aber zusätzlich eine jeweils andere tägliche Ergänzung ihrer Diät: Apfelwein; »Vitriol-Elixier« (eine Mischung aus Schwefelsäure, Zimt, Ingwer und Alkohol); Essig; Meerwasser; zwei Orangen, eine Zitrone sowie einen Absud von Muskatnuss, Knoblauch, Senfsaat, Gerstenwasser und Myrrhe. Die »schnellsten und deutlichsten positiven Auswirkungen« waren bei den Männern zu beobachten, die das Obst bekommen hatten. Lind veröffentlichte diese Resultate 1753 in seinem *Treatise of the Scurvy*. Er hatte in einem spekulativen Zeitalter eine wissenschaftliche Vorgehensweise gewählt.

Aber im Jahr 1703 konnten Ballett und seine Gehilfen auf der *Saint George* und der *Cinque Ports* nicht viel anderes tun, als den Skorbutkranken den Kot, »hart wie getrocknete Schafköttel«, mit einem Spatel aus dem Mastdarm zu bröckeln. »Wärme den Spatel vor und bestreiche ihn mit Öl.« Außerdem entfernten sie ihnen septisch gewordene Partien des Zahnfleisches, um den Unglücklichen den Verzehr ihres Zwiebacks mit Salzfleisch zu erleichtern.

Genug, um jeden Mann zu entsetzen 1703

Am 2. November passierten die Schiffe den Äquator. Die Gesunden erhielten die traditionelle Taufe: Sie wurden mit einer Leine zur großen Rah hochgehievt, von oben ins Meer fallen gelassen und dann von einem Boot wieder aufgefischt. Viele, schrieb Funnell, »erhielten dadurch ihre Hautfarbe zurück, nachdem sie mit der Zeit sehr schwarz und schmutzig geworden waren«.

Tagelang kamen die Schiffe, von stürmischen Südwinden »arg gebeutelt«, nicht von der Stelle. Die Männer konnten sich nicht einmal schreiend verständigen oder sich auf Deck aufrecht halten. Frierend, von der Gischt durchnässt, ständig in Gefahr, von einem Brecher über Bord gespült zu werden, blieb ihnen nichts anderes übrig, als die Kanonen und Anker zu sichern und darauf zu warten, dass der Wind abflaute.

Die Fieberepidemie breitete sich immer weiter aus. Kapitän Pickering lag auf der *Cinque Ports* völlig entkräftet in seiner Hängematte. Das Kommando übernahm sein Leutnant, Thomas Stradling, ein erst 21-jähriger »Gentleman zur See«. Selkirk mochte seine hochmütige Art nicht und beklagte sich darüber, dass weder er noch Dampier sich an die Vertragsbestimmungen hielten.

Am 24. November erreichten sie die vor der brasilianischen Küste gelegene Ilha Grande. Sie ankerten in einer Bucht an der Südwestseite der Insel. Das Hinterland war dicht bewaldet. Es erschien wie ein Dschungel, »nur bewohnt von Schakalen, Löwen, Tigern &c., die nachts einen ganz abscheulichen Lärm veranstalten, genug, um jeden Mann zu entsetzen«.[50]

Die Männer füllten die Brennholz- und Wasservorräte wieder auf und brachten die Schiffe notdürftig in Ordnung. Die Laderäume wurden mit Wasser und Essig ausgewaschen, die Kammerdecken geräuchert, und der Gestank verflüchtigte sich ein wenig. Der Waffenschmied improvisierte eine Esse, Küfer flickten Fässer, Zimmerleute die Masten. Aber die Schiffe waren in einem schlechten Zustand und fingen an zu lecken. Ihre Beplankung war von Schiffsbohrmuscheln durchsiebt. Die Rümpfe waren nicht verhäutet, und es bestand keine Möglichkeit, sie auf einer gottverlassenen Südseeinsel »ohne die nötigen Materialien und Einrichtungen« zu reparieren.

Boote wurden zum drei Seemeilen entfernten Festland geschickt und kehrten mit Rum beladen zurück. Die Toten wurden begraben. Kapitän Pickering »schied aus diesem Leben«. Er wurde feierlich, mit Gebeten, Ehrenbezeigungen und Salutschüssen, in der Nähe eines Wasserfalles beerdigt. Dampier bestätigte Thomas Stradling in seinem Amt als neuer Kapitän der *Cinque Ports.*

Pickerings Tod war ein schwerer Verlust. Die Männer hatten ihn als gerecht empfunden. Dampier geriet mit seinem neuen Ersten Leutnant, James Barnaby, in Streit. Ein nächtliches Trinkgelage endete damit, dass Barnaby »um Erlaubnis bat, seine Kiste und Kleider von Bord zu nehmen«. Er erklärte, er würde lieber unter Portugiesen leben, als diese Reise noch weiter fortzusetzen. Dampier entgegnete, er könne seine Sachen packen und gehen, wohin es ihm immer beliebte.

Dann versuchte Barnaby an Land zu gehen. Dampier hielt ihn fest, band ihm die Hände hinter dem Rücken zusammen und ließ ihn den ganzen Tag wie einen Sack auf Deck liegen. Gegen Abend schnitt ihn ein Matrose los, *und gegen zehn Uhr nachts schafften Barnaby und acht weitere unserer Männer ihre Kisten und Kleider in die Pinasse und forderten noch einige aus der Besatzung auf, mit ihnen ins Boot zu steigen; was diese dann taten, da Kap. Dampier völlig betrunken in seiner Kajüte lag.*[51]

Das war Meuterei. Zwölf Männer hatten die *Saint George* verlassen und ihre Pinasse gestohlen. Dampier vermutete, dass sie vorhatten, eine portugiesische Barke in Küstennähe zu kapern und sich dann als Piraten durchzuschlagen. Er machte ihnen einen Strich durch die Rechnung, indem er dem Gouverneur von Rio de Janeiro Briefe schickte, »um ihn vom schurkischen Teil ihres Plans in Kenntnis zu setzen«. Die Männer wurden nie wieder gesehen.

Selkirk bezeichnete ihre Flucht als eine »große Schwächung für das Schiff und einen Schaden für die ganze Reise...« Dampier, erklärte er, »hätte nicht zulassen dürfen, dass diese Männer an Land gingen«. Nach Pickerings Tod und diesem Fall von Meuterei wurden Dampier, Morgan und Stradling geheimnistuerischer und noch mehr auf ihren Vorteil bedacht als bisher. Sie machten alles zwischen sich aus, »ohne dass auch nur einer aus der Besatzung des Schiffes irgendetwas erfuhr«.[52]

Je mehr die Männer vom Entscheidungsprozess ausgeschlossen wurden, desto aufsässiger verhielten sie sich. Sie brauchten eine klare Strategie und eine gemeinsame Zielsetzung. Sie waren seit mittlerweile fünf Monaten auf See: Gold hatten sie bis dahin keines zu sehen bekommen, sie hatten keine einzige Prise gemacht, und ihre Schiffe befanden sich in einem sehr schlechten Zustand. Der Kapitän war unbeherrscht und ständig betrunken, und man schien den eigentlichen Zweck des Unternehmens aus den Augen verloren zu haben.

Die zwei Schiffe nahmen südlichen Kurs auf Kap Hoorn. Dampier ordnete an, dass sie erst wieder vor der Juan-Fernández-Insel Anker werfen würden. Die Lebensbedingungen wurden für die Männer von Tag zu Tag unerträglicher. Das Dörrfleisch und das Getreide wimmelten von Ameisen, Kakerlaken und Rattenkot.

Die Habseligkeiten derjenigen, die an Skorbut oder Fieber gestorben waren, wurden Gegenstand leidenschaftlicher Auktionen: Eine Seemannskiste, die in London fünf Shilling gekostet hatte, ging jetzt für drei Pfund weg. Schuhe für einen Preis von ursprünglich vier Shilling »Sixpence« brachten 31 Shilling. Ein halbes Pfund Garn, dessen Preis zwei Shilling betragen hatte, fand für 17 Shilling »Sixpence« einen neuen Besitzer.

Als sie sich Kap Hoorn näherten, wurde der Himmel schwarz. Sie refften und beschlugen die Segel und warteten auf den Sturm. In der Nacht des 4. Januar 1704 schlug der Wind mit einer solchen Gewalt zu, dass er berghohe Wellen auftürmte. Regen prasselte »wie aus einem Sieb« herab. Flächenblitze peitschten die See und ließen die zerschellenden Wogen wie Flammen aufleuchten. Die Schiffe trieben, wohin der Sturm sie jagte. Die Brecher fegten über das Deck, zerschlugen Relings, Masten und Rahen, durchnässten die Männer und lösten die Anker aus ihrer Befestigung. Es brannten weder Laternen noch Feuer zum Wärmen oder Kochen. Die Kranken zitterten in feuchten Hängematten auf den unteren Decks. Während der Nacht verlor ein Schiffsjunge oben in der Takelung den Halt und ertrank. Die Männer krochen auf allen vieren über die Decks, beteten und gaben sich und ihr Schiff schon verloren.

Erst als ein Elmsfeuer, eine elektrische Entladung in Form einer Lichtkugel, am zerschmetterten Masttopp erschien, wagten sie es, daran zu glauben, dass der Sturm vorüber war. Als der

Morgen graute, war die See ruhig. Aber die Schiffe hatten den Sichtkontakt zueinander verloren. Dampier ging davon aus, dass sie sich an Der Insel wieder vereinigen würden. Selkirks Berechnungen ergaben, dass die *Cinque Ports* sich westlich von Kap Hoorn befand. Er drehte das Schiff nach Norden in die Große Südsee und hielt entlang der chilenischen Küste auf Juan Fernández zu.

Dampier aber hatte die Orientierung verloren. Drei Tage lang segelte er östlich des Hoorns in nördlicher Richtung. Er erkannte seinen Fehler erst, als er »entgegen allen Erwartungen« der Ostküste Feuerlands vorgelagerte Inseln sichtete. Er nahm Funnells kritische Beurteilung seiner Navigationskünste, er sei wohl doch nicht der »größte Lotse« dieser Meere, äußerst übel. Seine Männer mussten ein zweites Mal dem Hoorn trotzen.

Die *Cinque Ports* erreichte Juan Fernández am 4. Februar mit einer Besatzung, deren Kopfzahl sich von 90 auf 42 Mann reduziert hatte. Sie waren nur mehr in Lumpen gekleidet, und sie waren ausgehungert und krank. Sie wandten sich gegen Stradling und beschuldigten ihn der Unfähigkeit als Kommandant, der Ungerechtigkeit und des Betrugs. Selkirk schürte die Unzufriedenheit noch weiter. Er verabscheute Stradlings aristokratische Selbstherrlichkeit und warf diesem vor, er habe nach Pickerings Tod keine einzige Beratung mit der Mannschaft abgehalten, und die Vertragsbestimmungen würden vollkommen ignoriert.[53]

Stradling verlor jede Autorität. Die *Cinque Ports* ankerte eine Seemeile vor der Küste, auf der Ostseite der Großen Bucht, die Wassertiefe betrug 45 Faden.[54] Die Männer stiegen in die Boote und hielten auf die klaren Bäche, die mit Ziegen übersprenkelten Berghänge, die über die Felsen krabbelnden Krebse und Langusten zu. »Zwei Tage lang lag das Schiff wie verlassen da.« Stradling hatte es für sich allein, nur der Schiffsaffe leistete ihm Gesellschaft.

Dampier sichtete Die Insel, segelte aber daran vorbei. »Unser

Kapitän glaubte, das sei nicht die richtige Insel«, schrieb Funnell verächtlich. Keine zwei Seekarten gaben für sie die gleiche Breite an. Dampier glaubte, sie liege auf »33:30 Süd, 45 *leagues* westlich der Küste von Chili«.[55] Tatsächlich liegt sie auf 34°47' südlicher Breite. Als tagelang kein weiteres Land in Sicht kam, segelte das Schiff zurück. Und »als wir die große Bucht passierten, sahen wir unseren Mitsegler Kap. Stradling auf der *Cinque Ports*«. Auf diese Weise identifizierte Dampier seinen Anlaufhafen.

Dampier nahm mit den Meuterern der *Cinque Ports* Verhandlungen auf. Die Schiffe, versprach er, würden »mit Holz und Wasser versehen, übergeholt und ausgebessert werden«. Die Kranken würden auf Der Insel wieder genesen. Sobald sie sich alle erholt hätten, würden sie eine Prise machen. Bald würde die richtige Arbeit losgehen. Reichtümer wären zum Greifen nah. Er sei Stradlings Vorgesetzter und werde dafür sorgen, dass die Beschwerden der Männer Gehör fänden. Von nun an würden regelmäßige Ratsversammlungen stattfinden und die Vertragsbestimmungen eingehalten werden. »Sie ließen sich durch die unaufhörlichen Beteuerungen Kapitän Dampiers überzeugen«, schrieb Funnell, »und kehrten an Bord ihres Schiffes zurück.«

1704 *Löwenhatz*

Die Insel machte einen deprimierenden Eindruck: »das melancholische Geheul der unzähligen Robben auf dem Strand … felsige Steilhänge, unwirtliche Wälder, vor Feuchtigkeit triefend, hohe Berge, deren Gipfel sich hinter dichten, dunklen Wolken verbargen, auf der einen Seite, und eine stürmische See auf der anderen«.[56]

Aber so unfreundlich sie auch erscheinen mochte – sie erwies sich nach den Entbehrungen auf See als ein paradiesischer Zufluchtsort. Selbst die auf Saint Jago aufgegriffenen Sklaven konnten in den Bächen die erlittenen Demütigungen von sich waschen.

Die Männer zündeten Feuer an und brieten Langusten in der Glut, sie richteten Zelte für die Kranken auf, improvisierten primitive Unterkünfte und plünderten die Umgebung. Eine Ziegenkeule, gebraten, mit Kräutern gewürzt und mit gekochtem »Palmkohl«, wie sie ihn nannten, serviert, ergab »eine sehr gute Mahlzeit, und der Kohl war so schmackhaft wie der beste Gartenkohl, den wir jemals gegessen hatten«.[57] Die Palmen waren hoch, und jede trug in ihrem Wipfel eine einzelne »Frucht«. Die Männer schafften es nicht, die glatten Stämmen hochzuklettern, also hackten sie für jeden »Kohlkopf« einen Baum um. Sie bedeckten Die Insel mit sterbendem Holz.

Sie fingen Fische »in solcher Menge, dass es fast nicht zu glauben war – Stöcker, Meeräschen, Groppen, Brassen und Langusten«. Sie verspeisten sie gegrillt, gebraten oder in Seelöwentran gebacken. Sie ließen ein Feuer Tag und Nacht brennen. Des Morgens lagen Hunderte winziger Kolibris – die Männchen kupferfarben, die Weibchen weiß und metallisch blau –, die vom Licht der Flammen angelockt worden waren, tot bei der Glut.

Die Schiffe wurden an Land gezogen und gekielholt. Man sammelte Brennholz und füllte etliche Tonnen Wasser und eine Tonne Seelöwentran als Bratfett und Lampenöl in Fässer ab. Funnell verfolgte die Abschlachtung der Seelöwen mit geradezu akademischem Interesse. Er maß ein besonders großes Exemplar: Es hatte eine Länge von sieben Metern, einen Umfang von viereinhalb Metern und eine Fettschicht von 43 Zentimeter Dicke.

Die Seelöwen fürchten den Menschen sehr, und sobald sie einen näher kommen sehen, flüchten sie ins Wasser, wovon sie sich nämlich nie allzu weit entfernen. Werden sie hart bedrängt, so drehen sie sich um und stemmen den Körper mit den Vorderflossen hoch und reißen drohend das Maul auf, so dass wir, wenn wir einen erlegen wollten, um Tran zu kochen, ihm gewöhnlich eine Pistole vor den offenen Rachen hielten und in diesen hineinfeuerten. Aber wenn wir uns mit ihm ein wenig vergnügen wollten, veranstalteten wir eine Löwenhatz, wie wir das nannten: Dann bewaffneten sich sechs, sieben oder acht von uns oder auch mehr mit einer Halbpike und stachen ihn damit tot, was uns gewöhnlich Belustigung für zwei oder drei Stunden bot, denn so lange dauerte es, ehe es uns gelang, ihn zu erlegen. Und nicht selten machte er uns wacker zu schaffen. Aber da er eine plumpe Kreatur war – und wir ihn von vorn und von hinten und von allen Seiten bedrängten –, musste er zwangsläufig unterliegen. Dennoch scheuchte er uns oft ziemlich herum; und manchmal rannte er selbst davon, ohne jedoch zu wissen, wohin, da wir uns gewöhnlich zwischen ihn und das Wasser postierten.

Darin bestanden also die Freuden des Engländers fern der Heimat. Die Robben waren auf solche Quälereien nicht vorbereitet. Sie hatten Die Insel zu einem Ort erkoren, an dem sie gefahrlos schwimmen, Fische fangen, sich auf Felsen sonnen und ihre Jungen großziehen konnten.

1704 *Ein unbedeutendes Scharmützel*

Dieser Aufenthalt auf Der Insel dauerte vier Wochen. Gegen Mittag des 29. Februar kam ein Schiff in Sicht. Dampier gab Befehl, die Verfolgung aufzunehmen: »Wir holten alle unsere Leute an Bord, zogen Rahen und Marsstengen hoch, machten unsere Pinassen an unseren Tauen fest, ließen die Ankerkette schlippen und liefen aus.«

Hier winkte eine Prise. In ihrem Beutefieber ließ die Besatzung der *Cinque Ports* Ersatzanker, -tauwerk und -segel, die Fässer mit Trinkwasser und Seelöwentran und acht Mann, die in den Bergen auf Ziegenjagd waren, auf Der Insel zurück.

Es wurde eine ungeordnete, planlose Verfolgungsjagd. Auf offener See verloren sie zwei Boote. Eines lief voll Wasser und musste aufgegeben werden. Im zweiten blieben ein Mann und ein Hund ohne Trinkwasser und Lebensmittel auf den Wogen des Ozeans zurück.

Um elf Uhr nachts hatten sie das Schiff eingeholt. Dampier hatte es für einen Spanier gehalten, aber es war ein französischer Kauffahrer – er hatte Tauwerk geladen – und in einem besseren Zustand als die zwei englischen Schiffe. Es war gut bemannt, verdrängte doppelt so viel Wasser wie die *Saint George* und war mit etwa 30 Kanonen bestückt. Im Morgengrauen kam die *Cinque Ports* nah genug heran, um zehn Kanonen abzufeuern. Die Franzosen antworteten mit einer stärkeren Breitseite. Die *Cinque Ports* schwenkte ab, minderte Segel und blieb hinter der *Saint George* zurück. Jetzt konnte sie ihre Kanonen nicht mehr einsetzen, ohne das Schwesterschiff zu gefährden.

Den Befehl, dieses Schiff zu attackieren, hatte Dampier nur gegeben, um seine aufrührerische Besatzung abzulenken. Als das Gefecht begann, galt sein vordringlichstes Bedürfnis seiner persönlichen Sicherheit:

Er stand auf dem Quarterdeck hinter einer tüchtigen Barrikade, die er aus Matratzen, Teppichen, Kissen, Decken &c. hatte aufschichten lassen, um sich vor dem feindlichen Kartätschenfeuer zu schützen; und da stand er nun mit seiner Flinte in der Hand. Weder sprach er seinen Männern Mut zu, noch gab er ihnen irgendwelche vernünftigen Anweisungen, wie dies in solchen Gelegenheiten gewöhnlich von einem Kommandanten zu erwarten ist.[58]

Die Männer wollten sich diese Prise auf keinen Fall entgehen lassen. Sie brauchten eine Entschädigung für die sechs Monate des Leidens, die hinter ihnen lagen. Wenn schon nichts anderes, wollten sie zumindest ihre Vorräte ergänzen und ein besser erhaltenes Schiff kapern. Sie hatten die Heimat auf der Suche nach Gold und Reichtümern verlassen und nichts als Hunger und Elend vorgefunden. Viele waren umgekommen, 30 waren noch immer krank. Sie kämpften, Breitseite für Breitseite, sieben Stunden lang. Auf der *Saint George* wurden neun Männer getötet und noch mehr verletzt. Das französische Schiff war schwer beschädigt. Auch seine Verluste waren hoch: viele Tote und 32 Verwundete, von denen jeder entweder ein Bein, einen Arm oder ein Auge verloren hatte.

Dampier tat dieses Gefecht als »ein unbedeutendes Scharmützel« ab. Er sei, wie er sagte, nicht »dorthin gekommen, um gegen Franzosen zu kämpfen«.[59] »Aus Angst, der Feind könnte uns rammen und entern, befahl er, Segel beizusetzen.« Laut John Welbe war dies der einzige Befehl, den er im Laufe des ganzen Gefechts gab.

Sturmböen trieben die Schiffe auseinander und ließen das Geschützfeuer ersterben. Die Männer befürchteten, dass dieses Schiff, wenn es davonkäme, alle ihre Hoffnungen zunichte machen könnte. Es würde Kurs auf Lima nehmen. Sein Kapitän würde die spanischen Behörden von dem Angriff in Kenntnis setzen. Und daraufhin würden mit Schätzen beladene Handelsschiffe umgeleitet werden und die südamerikanische Küste meiden.

Als der Wind abflaute, wollten die Männer den Kampf wieder aufnehmen. Aber Dampier beabsichtigte nichts dergleichen. Sie beschwerten sich »sehr ungehalten darüber, dass sie so um ihre erste Prise betrogen werden sollten«. Dampier prahlte, er »wisse, wohin man fahren müsse, um an jedem beliebigen Tag des Jahres Beute in Höhe von 500 000 Pfund zu machen«.[60] Man glaubte ihm kein Wort. Dieser Kapitän suchte, sobald es ernst wurde, hinter einer Matratze Deckung und war nicht fähig, Befehle zu erteilen. Er war feige, inkompetent und meistens betrunken.

Doch Dampier machte ihnen weis, dass er eine ganz bestimmte Strategie verfolge. Man hatte Segel, Boote und Männer auf Der Insel zurückgelassen. Zuerst müssten sie umkehren und das alles an Bord nehmen. Dann würden sie Richtung Lima segeln. In diesen dicht befahrenen Gewässern würden sie ohne jedes Risiko Schiffe aufbringen, ihre Vorräte wieder auffüllen, ihren Verband vergrößern und Gefangene machen, für die man Lösegelder erpressen konnte. Dann würden sie im Schutz der Dunkelheit die Stadt Santa Maria überfallen, wo das Gold aus den nahe gelegenen Bergwerken zwischengelagert wurde.

Also nahmen die zwei Schiffe wieder Kurs auf Die Insel. Kurz bevor sie ihr Ziel erreichten, flaute der Wind ab, die See war ruhig, und sie waren gezwungen, die Schiffe zur Großen Bucht zu rudern. Dort hatten inzwischen zwei große französische Kriegsschiffe Position bezogen. Sie feuerten auf die *Cinque Ports* und machten sich dann an die Verfolgung.

Die Männer ahnten allmählich, dass sie mit Offizieren wie Dampier und Stradling niemals irgendwelche Schätze erbeuten würden. Als sie sich nach Norden wandten und die Küste Perus ansteuerten, brach beinah eine offene Meuterei aus. Selkirk, Welbe und Clift beschwerten sich über die dauernden planlosen Kursänderungen. Trotz anders lautender Zusicherungen wurden weiterhin keine allgemeinen Beratungen abgehalten. Dampier, Stradling und Morgan trafen alle Entscheidungen nach wie vor unter sich.

Und jetzt hatte man keine Ersatzsegel, -taue oder -anker, keine Boote und nur spärliche Wasser- und Lebensmittelvorräte. Ohne Boote und Taue war es ihnen unmöglich, die Schiffe abzuschleppen, wenn sie in eine Flaute gerieten oder in einem Sturm die Segel verloren. Sie konnten in flachem Wasser nicht anlanden, ebenso wenig ungesehen nachts an Land gehen. Ohne

Wasser vermochten sie ihre kargen Rationen nicht zu kochen, und ohne Leinen und Anker konnten sie nirgendwo festmachen.

1704 *Keine geringe Vermessenheit*

Die Toten waren Futter für die Geschöpfe des Meeres. Die Verletzten suchten bei ihren Wundärzten Hilfe. Im engen Raum unter dem Kanonendeck tat John Ballett sein Bestes: Er schiente gebrochene Knochen, grub Bleikugeln aus Muskeln, nähte Schusswunden, behandelte Verbrennungen mit Quitten und Portulak, renkte ausgekugelte Gelenke mehr oder weniger wieder ein und amputierte zermalmte Füße und Hände.

Ballett hielt es für ratsam, Amputationen morgens vorzunehmen, niemals aber bei Vollmond. Seine Knochensägen verwahrte er, stets gut geschliffen und sauber, in geölten Tüchern, damit sie nicht rosteten. Außerdem verfügte er über ein Sortiment von Messern, Holzhämmern, Meißeln und Nähnadeln, starkes gewachstes Garn, Rollen von Rohbaumwolle und große Schüsseln voll Asche, um das Blut aufzufangen.

Der Verletzte musste seine Einwilligung zur Amputation geben und wurde davon in Kenntnis gesetzt, dass er sterben konnte. »Es ist keine geringe Vermessenheit, das Ebenbild Gottes zu verstümmeln.«[61] Zwei kräftige Männer hielten den Patienten fest. Man achtete darauf, dass er die Instrumente nicht zu sehen bekam. »Mit ruhiger Hand und entschlossenen Bewegungen schnitt [Ballett] Fleisch, Sehnen und alles bis zum Knochen weg.« Dabei ließ er Hautlappen stehen. Dann sägte er den Knochen durch, nähte die Hautlappen zusammen, stillte die Blutung mit Baumwolle und stützte den Stumpf mit einem Kissen hoch. Die amputierten Gliedmaßen wurden in einem Bottich gesammelt, »bis sich eine Gelegenheit bot, sie über Bord zu kippen«.

Selbst wenn nur der Fuß zerquetscht war, nahmen die Wundärzte den größten Teil des Beins ab – »der Schmerz ist der gleiche, und für den Patienten ist es am vorteilhaftesten so, denn ein langer Stumpf würde nur stören«. Für die Entfernung einzelner Finger und Zehen gab es spezielle Scheren.

Eine private Vereinbarung 1704

Dann legten sich die Freibeuter in der Nähe von Callao, dem Hafen der peruanischen Hauptstadt Lima, auf die Lauer. Sie beschlugen die Segel, um nicht schon von weitem entdeckt zu werden. Es war vereinbart, dass man jedes – einlaufende oder auslaufende – Schiff angreifen würde.

Am 22. März wurden zwei Schiffe gesichtet, die auf den Hafen zuhielten. Eines davon war dieselbe französische Galeone, die sie mit so hohen Verlusten bekämpft hatten, ohne sie kapern zu können. Die Männer betrachteten dies als eine Gelegenheit, die angefangene Arbeit zu Ende zu führen. Stradling schlug vor, dass die *Saint George* sich den Franzosen vornehmen sollte, während die *Cinque Ports* das andere, kleinere Schiff verfolgte. Dampier lehnte dies ab.

Woraufhin ihm einer unserer Männer ins Gesicht sagte, er sei ein Feigling, und ihn fragte, ob er in diese Weltgegend gekommen sei, um zu kämpfen, oder nicht. Und er entgegnete, er sei nicht hier, um zu kämpfen, denn er wisse, wohin man fahren könne, ohne zu kämpfen.[62]

Solche Prisen, tönte Dampier, seien »kleine Fische«. Die Unwägbarkeiten und Gefahren solcher Scharmützel würden durch den möglichen Gewinn nicht aufgewogen. Einzig das Fehlen von Booten, sagte er, hindere ihn daran, der Mannschaft ein Vermögen in die Hände zu spielen.

Ebendieser Mangel an Booten hielt die Mannschaft von einer Meuterei ab. Meerwasser hatte ihre Lebensmittelvorräte verdorben. Sie lechzten nach sauberem Wasser, frischen Lebensmitteln, Aktivität und Gold. Aus Langeweile gerieten sie untereinander in Streit und zerfielen in rivalisierende Gruppen. Es gab heftige Auseinandersetzungen und Prügeleien, insbesondere zwischen Seeleuten und Landratten. Ralph Clift machte für diese Kämpfe Dampiers »Missregierung« verantwortlich:

Es wäre seine Pflicht gewesen und hätte auch in seiner Macht gestanden, solche Streitigkeiten und Kämpfe zu verhindern, aber er hörte sich nur die Klagen der einen und der anderen Partei an und unternahm nichts dagegen.[63]

Als sie am nächsten Morgen das auslaufende spanische Handelsschiff *La Ritta* aufbrachten, schienen sich ihre Strapazen endlich auszuzahlen. Auf den überraschenden Angriff nicht vorbereitet, leistete die Galeone keinerlei Widerstand. Ihre Ladung bestand aus Schnupftabak, Spitzen, Wolle, Seide, Teer, Tabak, Schildpatt, Bienenwachs, Seife, Zimt, Nelkenpfeffer, Holz und »einer hübschen Summe Geldes«.

Dies hätte der Wendepunkt sein können, ein erster Erfolg, eine Rechtfertigung für all die bisherige Mühsal und Langeweile. Doch Dampier ließ das Schiff weiterfahren. Zwar ließ er Waren im Wert von 4000 Pfund umladen und nahm zwei der 40 schwarzen Sklaven an Bord, doch er gestattete den Männern nicht, das Schiff zu durchsuchen oder es als Prise zu nehmen. Er erklärte der Besatzung, zu viel Beute würde sie »bei seinen größeren Plänen nur behindern«, und er habe keinen Offizier mit ausreichender Erfahrung, um ein so großes Schiff zu kommandieren.

Niemand glaubte ihm. Die allgemeine Verärgerung wuchs. Selkirk behauptete, Dampier sei vom spanischen Kommandanten bestochen worden, ihm die Weiterfahrt zu gestatten: »eine private Vereinbarung, die Dampier und Morgan eine Ranzion einbrachte«.

»Wir mussten uns wohl oder übel mit dem begnügen, was wir hatten«, schrieb Funnell in sein Tagebuch. Am nächsten Morgen dann gelang es den Piraten, ein anderes Schiff, die *Santa Maria*, zu überraschen und »ohne mehr als drei Kanonen abzufeuern« zu kapern. Es hatte Indigo und Koschenille geladen sowie laut Selkirk »mehrere Kisten Silber im Wert von 20 000 Pfund« an Bord. Erneut erlaubte Dampier der Besatzung nicht, das Schiff zu durchsuchen oder zu behalten. Er nahm ihm die Boote ab – zwei Schaluppen und eine Barkasse – und ließ es wieder gegen Zahlung eines Bestechungsgeldes ziehen. Morgan verstaute das Tafelsilber des Kapitäns, das 200 Pfund wert war, in seiner Kabine.

Jedem, der ihn zu kritisieren wagte, drohte Dampier an, ihm den Schädel einzuschlagen, ihn auszusetzen oder über Bord zu werfen. Er vertröstete die Männer mit großartigen Schilderungen der Unmengen Gold, die in der Stadt Santa Maria auf sie warteten, und versprach allen eine Erhöhung ihres Beuteanteils. Die Männer hörten schon gar nicht mehr hin. Diese Diebe hatten längst jegliches Vertrauen verloren.

Sie planten, Santa Maria nachts von Booten aus zu überfallen. Die Stadt lag am äußersten Ostende des Golfs von Panama. Um sich auf den Überfall vorzubereiten, legten sie in Gallo an, einer Insel, die Trinkwasser, Brennholz und einen Sandstrand bot. Sie bestückten die spanischen Boote mit *pedreros* – kleinen Geschützen, die außer mit Kugeln auch mit Steinen, Nägeln und Schrott geladen werden konnten.

Um sich die Zeit zu vertreiben, schossen sie große Echsen und Affen. Und wieder fiel ihnen unerwartet eine leichte Beute in die Hände: eine spanische Barke, die unter dem Kommando eines arglosen Indianers stand. Er hielt sie für Spanier und nahm Kurs auf sie in der Hoffnung, ihnen Proviant abkaufen zu können. Er musste seinen Irrtum teuer bezahlen. Er und seine Mannschaft »verloren sich selbst, ihr Boot und ihr Geld«. An Bord befand sich auch ein Mann aus Guernsey, der von den Spaniern gefangen genommen worden war, während er am Golf von Campeche als Blauholzfäller arbeitete. Er hatte zwei Jahre in einem mexikanischen Gefängnis verbracht, dem er schließlich entrann, weil er vorgeblich zum Katholizismus übergetreten war. Eine Bedingung seiner Freilassung lautete, dass er in Mexiko bleiben oder nur auf spanischen Küstenseglern anheuern würde.

Die Freibeuter versenkten die Barke und setzten ihre Besatzung aus. Den indianischen Kapitän behielten sie als Lotsen. Der Mann aus Guernsey war überglücklich, seinen Befreiern danken zu können.

1704 *Eine höchst unbehagliche Nacht*

Vor dem Überfall auf Santa Maria rief Dampier seine Offiziere zu einem ungewohnten Kriegsrat zusammen. »Nun ist es bei einem Kriegsrat üblich«, schrieb Fähnrich John Welbe, »dass als Erster der jüngste Offizier seine Meinung äußert«,

> *aber Kap. Dampier pflegte immer selbst als Erster zu sprechen; und wenn dann einer der Offiziere gegenteiliger Ansicht war, geriet er in hellste Wut und sagte, wenn dieser es so viel besser wisse als er, dann möge er doch gleich das Kommando übernehmen. Er war immer so von sich eingenommen, dass er nie auf Vernunftgründe hörte.*[64]

Am 25. April lagen die *Saint George* und die *Cinque Ports* bei Kap Garachiné, am östlichen Ende des Golfs von Panama, vor

Anker. Der indianische Lotse sollte Dampier, Stradling, Funnell, Selkirk und 100 bewaffnete Männer in den drei erbeuteten spanischen Booten den Fluss hinauf nach Santa Maria führen. Die restlichen Männer sollten auf den zwei Schiffen warten und Wache halten, bis die Boote zurückkehrten.

Ein starker Ebbstrom und ein wolkenbruchartiger Regen erschwerten das Vordringen flussaufwärts. Die Männer drängten sich in den offenen Booten in der Dunkelheit zusammen, während es »gewaltig donnerte und blitzte«. Sie wurden völlig durchnässt und »verbrachten eine höchst unbehagliche Nacht«. Dampier hatte Branntwein dabei. Stradling schlug vor, ihn mit den Männern zu teilen. »Kap. Dampier antwortete: Wenn wir die Stadt einnehmen, werden sie mehr als genug Branntwein bekommen; aber wenn wir die Stadt nicht einnehmen, werde ich ihn selbst brauchen.«

Am nächsten Morgen kamen fünf Indios in einem Kanu vorbeigepaddelt. Sie fragten sich offenbar, warum sich so viele durchnässte Ausländer im Uferschilf versteckten. Von Dampier dazu aufgefordert, erzählte ihnen der gefangene Lotse, sie seien aus Panama, und lud sie ein, an Bord zu kommen. Die Indios paddelten rasch davon. Daraufhin eröffneten die Freibeuter – laut Funnell auf Dampiers Befehl hin – das Feuer. Dampier schickte den Flüchtigen eine Schaluppe hinterher, doch sie konnten entkommen.

Das war ein ernstes Problem. Mit Sicherheit würden die Indios den spanischen Behörden melden, dass englische Strauchdiebe mit Nägeln und Steinen auf harmlose Menschen schössen. Man würde ihnen in Santa Maria auflauern und alle Wertsachen aus der Stadt schaffen.

Dampier entschloss sich, sofort anzugreifen. Er befahl Stradling, die zwei Schaluppen und 44 Männer zu nehmen und zu einem kleinen Dorf namens »Schuchaderoes« zu fahren, das nicht weit von Santa Maria lag. Er und die anderen würden, sobald die Flut einsetzte, mit der Barke folgen. Von dort aus würden sie im Schutz der Dunkelheit Santa Maria stürmen.

Stradling und seine Männer konnten das Dorf nicht finden. Laut Dampiers Karten hätte es sich am Nordufer des Flusses befinden müssen. Sie griffen drei vorüberpaddelnde Indios auf und zwangen sie, ihnen als Führer zu dienen. Stradling schickte fünf Bewaffnete und zwei der Indianer in deren Kanu voraus mit dem Auftrag, das Dorf ausfindig zu machen. Die Dunkelheit brach herein. Die Führer wurden unkooperativ. Von der Südseite des Flusses her hörte man Hunde bellen, also hielten die Männer darauf zu. Als sie sich dem Ufer näherten, sprangen die Indianer aus dem Kanu und verschwanden. Stradlings Männer schossen in die Nacht, hatten aber keine Ahnung, wen oder was sie trafen. Ihre Schüsse wurden sofort erwidert. Am Morgen, als alles ruhig war, gingen die Männer an Land. Alles, was sie fanden, waren leere Hütten, Obstbäume, Hühner, Mais und Yamswurzeln. Die Dorfbewohner waren in die Hügel geflohen.

Am folgenden Tag fuhr Stradling wieder flussabwärts, um nach Dampier zu suchen, der nicht aufgetaucht war. Er stieß nur durch Zufall auf ihn. Dampier hatte die Einfahrt in den Fluss verpasst und einen Tag und eine Nacht in einem kleinen Seitenarm verbracht. Im gekaperten Kanu lag ein Packen Briefe. Ein Schreiben des Präsidenten von Panama warnte den Gouverneur von Santa Maria vor 250 bewaffneten Engländern, welche die Absicht hätten, Santa Maria zu plündern. Vor sieben Tagen, schrieb der Präsident, habe er zur Verstärkung der dortigen Garnison 400 Soldaten nach Santa Maria entstandt. Wenn der Gouverneur diesen Brief in Händen halte, würden die Soldaten mit Sicherheit schon eingetroffen sein.

Besorgt, aber nicht entmutigt, brachen Dampier, Stradling und 87 bewaffnete Männer mit den gekaperten Schaluppen und dem Kanu zur Stadt auf. Bis zu ihrer Rückkehr sollten John Clipperton, William Funnell und 13 andere die Barke bewachen.

Dies sollte nicht allzu lange dauern. Die Angreifer waren bereits um Mitternacht wieder zurück, in Auflösung begriffen und untereinander zerstritten. Es gab mehrere Verletzte und einen Toten. Einen halben Kilometer vor Santa Maria hatten spanische Soldaten an drei verschiedenen Stellen im Hinterhalt gelegen und auf sie geschossen. Die Männer behaupteten, sie hätten den Feind in die Flucht geschlagen und seien bereit gewesen, in die Stadt einzufallen, aber Dampier verbot es ihnen. Er sagte, es habe keinen Zweck mehr, da die Spanier bestimmt schon ihre Frauen und Kinder und all ihre Wertsachen aus der Stadt geschafft hätten – »was sie nämlich immer als Erstes tun, wenn sie erfahren, dass ein Feind im Anmarsch ist«.[65]

Die Männer ruderten zu ihren Schiffen zurück. Sie hatten endgültig genug. Sie verachteten diesen Kapitän, der gefährliche Aktionen plante und dann beim ersten Hauch von Pulvergeruch seine Meinung änderte. Ab dem 6. Mai hatten sie nichts anderes zu essen als gekochte Bananenblätter. Die tägliche Ration bestand in fünf Blättern für sechs Mann.

Sie trennten und entzweiten sich 1704

Und dann schien das launische Glück ihnen endlich wieder hold zu sein. Um Mitternacht desselben Tages brachten sie ein Handelsschiff auf, die *Asunción*. In der Dunkelheit überrascht, leistete seine Mannschaft keinerlei Widerstand. Geladen hatte es Mehl, Zucker, Branntwein, Wein, Quittenmarmelade, Salz und Ballen von Leinen und Wolle. Wie Selkirk schilderte, gab es da genügend Lebensmittel für vier Jahre.

Es hätte ein Höhepunkt sein können, eine Wende. Mitfahrende Passagiere erzählten von 80 000 spanischen Dollar, die in Lima irgendwo an Bord versteckt worden seien. Selkirk und

Funnell erhielten das Kommando über das gekaperte Schiff. Die Barke, die man bei dem missglückten Angriff auf Santa Maria benutzt hatte, wurde versenkt, und die *Cinque Ports* und die *Saint George* nahmen mit ihrer kostbaren Beute Kurs auf die Bucht von Panama und Taboga.

Selkirk glaubte, man wolle vor der Insel ankern und dann das Schiff gründlich durchsuchen. Aber wieder hatten Dampier und Morgan andere Pläne. Während die Mannschaft Lebensmittel umlud, ließen sie Perlen, Seide und »große Ingots oder Barren von Silber und auch von Gold« in der Kabine der *Saint George* verschwinden. Dann, nach vier Tagen auf Taboga, erteilte Dampier ohne jede vorherige Beratung den Befehl, das Schiff freizulassen.[66]

Dies stellte die Expedition vor die entscheidende Zerreißprobe. Die Männer machten ihrer Empörung Luft. Sie mochten Diebe sein, aber sie erwarteten von ihren Führern eine Strategie, Fairness und eine konsequente Handlungsweise. Ralph Clift schrieb:

Nachdem Dampier und Morgan sich nach Herzenslust bedient hatten, erlaubten sie den Männern nicht, das Schiff zu durchsuchen, sondern ließen es samt Besatzung und allen noch an Bord befindlichen Gütern wieder frei und hätten es den Männern der St. George *und* Cinque Ports Galley *fast nicht gestattet, sich mit Kleidung zu versorgen, obwohl sie sie dringend nötig hatten.*

Auch Stradling fühlte sich hintergangen. Für ihn blieben keine »großen Ingots oder Barren« übrig. Er brüllte Dampier an, nannte ihn einen Säufer, der seine Offiziere aussetzte, Schätze stahl, sich hinter Decken und Matratzen versteckte, sobald es zu einem Gefecht kam, sich bestechen ließ, mit unmöglichen Prisen prahlte, die er angeblich machen wollte, und wenn einmal wirklich ein Schiff in seine Hände fiel, es wieder ungeschoren abziehen ließ. Er sagte, er würde ihn nicht weiter begleiten. Lieber wollte er mit der *Cinque Ports* allein segeln – so klein das Schiff auch sein mochte.

Getrennt, waren beide Schiffe der brutalen spanischen *guardia-costa* und den anderen Gefahren des Meeres ungeschützt ausgesetzt. Eine solche Trennung bedeutete einen klaren Bruch der vertraglichen Vereinbarung mit den Eignern. Die Männer durften sich aussuchen, mit welchem Kapitän und auf welchem Schiff sie fahren wollten. Die Qual der Wahl hielt sich in Grenzen. Selkirk beschloss, sich Stradling anzuschließen. Diese letzte Prise hatte ihm persönlich nichts anderes als Lebensmittel eingebracht: Mehl, Zucker und Orangen. Auch er machte Dampier für das Scheitern der Expedition verantwortlich:

Kap. Dampier verweigerte den Besatzungen der zwei Schiffe die Erlaubnis, das Schiff zu durchsuchen, obwohl sie, wenn sie es getan hätten, jeden Schatz, der an Bord versteckt sein mochte, gefunden hätten. Und wegen seiner Weigerung, die Schiffsbesatzungen das Schiff durchsuchen zu lassen, trennten und entzweiten [die zwei Kapitäne] sich und segelten jeder auf eigenem Kurs davon.

Stradling bestand darauf, dass seine Mannschaft ihren Anteil an der gesamten Beute erhielt. Dampier überließ ihm 1100 Pfund, aber nichts vom Silber oder Gold. Stradling gab den Männern, die mit ihm segelten, ihren jeweiligen Anteil. Selkirk erhielt 17 spanische Dollar.

Am 19. Mai 1704 nahm Dampier, auf der Suche nach dem Goldschiff von Manila, wieder Kurs auf Peru. Stradling wandte sich Richtung mexikanische Küste. Klein, schlecht ausgerüstet und mit lediglich 40 Mann Besatzung, konnte es die *Cinque Ports* ohne den Schutz der *Saint George* unmöglich schaffen.

Während Vorräte und Hoffnung schwanden, entbrannten immer heftigere Meinungsverschiedenheiten. Stradling geriet mit Selkirk in Streit, ließ ihn zur Strafe im Lagerraum einsperren und vertraute seine Aufgaben einem rangniedrigeren Offizier namens William Roberts an. So allein auf sich gestellt, konnten die Männer in drei Monaten nur ein einziges Schiff aufbringen, die *Manta de Cristo*. Es hatte vor Anker gelegen. Roberts und der Konstabel John Knowles ruderten an Land, um die Lösegeldforderung für die Prise zu überbringen. Die Spanier nahmen sie gefangen und lehnten jede Zahlung ab. Als Vergeltungsmaßnahme ließ Stradling das gekaperte Schiff, das laut Selkirk ohnehin nichts wert war, in Brand stecken.

Die *Cinque Ports* segelte weiter, die Fahrt war langweilig, die Tage waren heiß und die Vorräte knapp. Dann begann das Schiff zu lecken. Es dümpelte in Küstennähe vor sich hin, während zwei Mann Tag und Nacht die Lenzpumpe bedienen mussten. Die Hoffnung schwand immer mehr. Es erschien gleichermaßen unmöglich, in die Heimat zurückzukehren, wie diese Fahrt nach nirgendwo noch weiter fortzusetzen. Ein Jahr waren sie jetzt schon unterwegs, und das Resultat waren keine Schätze, sondern Hunger, Enttäuschung, Chaos und viele Tote gewesen. Stradling nahm Kurs auf Die Insel. Er hoffte, die Masten, Segel, Vorräte und Männer, die man sechs Monate zuvor dort zurückgelassen hatte, bergen und den Rumpf dieses undichten Kahns flicken zu können.

1704 *Die Würmer fressen dort Schiffe*

Im September 1704 erreichte die *Cinque Ports*, von Ruderbooten geschleppt, die Große Bucht Der Insel. Zwei der zurückgelassenen Männer lotsten die Boote ans Ufer. Sie berichteten, die Franzosen hätten die Steilküste im Osten Der Insel bezwungen und sie völlig überrumpelt. Sie mussten den Mann, der damals zusammen mit dem Hund im losgerissenen Boot abgetrieben worden war, gefunden und verhört haben. Die beiden hatten sich retten können, indem sie sich im dichten Bergwald versteckt hatten. Tagelang hatten sie sich von nichts anderem als Wurzeln und Blättern ernährt. Sie hatten die Bucht beobachtet und gewartet, bis die Schiffe wieder verschwunden waren. Von Hunden aufgestöbert, hatten sich ihre sechs Freunde ergeben oder waren erschossen worden. Die Franzosen hatten die gesamte Ausrüstung der *Cinque Ports* mitgenommen: Anker, Taue, Boote – alles.

Die Insel war zu den verlassenen Männern freundlich gewesen, ihr Winter mild. Sie hatten sich in der Nähe des Ufers eine Feuerstelle aus großen Steinen und eine Hütte aus Sandelholz mit einem Grasdach gebaut. Robben- und Ziegenfleisch, Gemüse und Fisch waren ihre Hauptnahrungsquellen.

Die *Cinque Ports* wurde übergeholt, und man nahm die Reparaturarbeiten in Angriff. Aber ohne Ersatzmasten und -tauwerk war es ein mühseliges Unterfangen. Und »Würmer«, Schiffsbohrmuscheln (*Teredo navalis*), hatten den Schiffsboden befallen und die Eichenplanken zernagt.[67] Laut Selkirks Aussage sahen diese Planken »wie eine Bienenwabe« aus. Es sei ein »großer Fehler« Dampiers gewesen, den Rumpf nicht von Anfang an mit geteertem Filz zu verhäuten. Dampier hatte behauptet, »dort, wo sie hinfuhren, drohte ihnen keinerlei Gefahr von den Würmern«. Doch er war schon auf ähnlichen Fahrten gewesen. In seinem Tagebuch hatte er die »Würmer« der Karibik als »die größten, die ich jemals gesehen habe« beschrieben. Es war idiotisch gewesen anzunehmen, diejenigen der Südsee könnten weniger verfressen sein.[68]

So konnten die Küfer, Schmiede, Kalfaterer und Segelmacher trotz all ihrer Anstrengungen nur wenig ausrichten. Die Masten wurden gespleißt und die Segel geflickt, aber die Planken blieben so wurmstichig, wie sie waren. Und das Verhältnis zwischen Selkirk als dem Steuermann des Schiffes und Stradling als dessen Kapitän wurde zunehmend feindseliger. Selkirk hielt es für unsinnig, ihre Fahrt auf diesem lecken Schiff, das bei rauer See keinerlei Sicherheit bot, fortzusetzen. Sie würden damit kein feindliches Schiff angreifen und keine Prise machen können. Er sagte Stradling, sie sollten nicht eher weitersegeln, als bis sie die Möglichkeit gehabt hätten, die Bohrmuscheln durch Ausbrennen des Schiffsrumpfes abzutöten und die beschädigten Planken zu ersetzen.

Stradling wollte keine weitere Zeit verlieren. Die Insel war für ihn nicht mehr der Erholungsort, als der sie sich noch ein Jahr zuvor präsentierte. Er hatte genug von ihren Wasserfällen, Tälern und rauschenden Bächen. Was er jetzt brauchte, waren Taten und Erfolg, wenn er die Expedition und seinen Ruf noch irgendwie retten wollte. Er sagte, er wolle wieder nach Peru segeln und zusammen mit Dampier nach der Galeone aus Manila Ausschau halten. Zumindest würden sie ein gut erhaltenes Handelsschiff kapern, das sie unversehrt nach Westindien und von da wieder nach Haus bringen würde.

Die Wasser-, Tran- und Brennholzvorräte wurden wieder aufgefüllt, Ziegen lebendig an Bord gehievt, Fische eingesalzen sowie Rüben und Kräuter eingelagert. Die Männer waren ausgeruht, die Kranken waren genesen oder gestorben. Anfang Oktober ordnete Stradling an, Segel zu setzen. Selkirk riet der Besatzung, den Befehl zu verweigern. Seiner Ansicht nach würden sie mit diesem Schiff nirgendwo anders als auf dem Meeresboden landen.

Stradling, der Gentleman-Seefahrer, reagierte mit herablassendem Spott auf seine »übertriebene« Vorsicht. Selkirk geriet in Rage und antwortete mit seinen Fäusten. Stradling bezichtigte ihn der Anstiftung zur Meuterei. Er erklärte, er solle seinen Willen haben und auf Der Insel bleiben: Das sei immer noch ein besseres Los, als ihm eigentlich zustünde.

Selkirks Sorge wegen des Schiffes war berechtigt. Aber niemand entschied sich dafür, bei ihm zu bleiben, auch keiner seiner

Freunde. Ebenso wenig versuchten die anderen, Stradling umzustimmen. Sie hatten schon genug Zeit verloren. Mochte das Schiff auch leck sein, so blieb es doch ihre einzige Chance, ihre verbliebenen Träume zu verwirklichen.

Stradling befahl, Selkirks Seemannskiste, Kleidung und Bettzeug an Land zu bringen. Selkirk beobachtete vom Strand aus, wie die Männer sich für die Abfahrt rüsteten. Der Streit hatte eine unerwünschte Wendung genommen. Bei seinen Brüdern und den Gemeindeältesten von Largo wäre die Angelegenheit mit einer Strafpredigt und einem Versprechen, sich zu bessern, erledigt gewesen.

Er bat Stradling, ihm zu verzeihen, ihm zu erlauben, wieder an Bord zu kommen – er werde sich von nun an fügen. Stradling erwiderte, er solle sich zum Teufel scheren, wenn's nach ihm ginge, könnten sich ruhig die Geier an ihm mästen. Er hoffe, sein Schicksal werde den anderen Männern eine Lehre sein.

Selkirk sah zu, wie die kleinen Boote abfahrtbereit gemacht wurden. Er sprang von Stein zu Stein und versuchte, an Bord zu steigen, wurde aber zurückgestoßen. Er watete ins Wasser und flehte um Erbarmen. Er sah zu, wie der Anker gelichtet und das Schiff ins offene Meer geschleppt wurde. Das Geräusch der Ruder, die ins Wasser getaucht wurden, die Kommandorufe, die kleinen Silhouetten der Männer, welche die Taue belegten und die Segel losmachten, alles prägte sich unauslöschlich seinem Geist ein. Es wehte eine leichte Brise aus West. Das Schiff schob sich hinter die Steilküste und verschwand. Gegenüber dieser Verlassenheit besaß sein ganzes bisheriges Leben die Tröstlichkeit eines Traums.

3

Die Ankunft

Hudson Bay
C. Farwell
Schetland
Orknys
Scotland
Ireland
England
Channel
NEW BRITAN
Iams Bay
N. S. Wales
New France
Newfound Land
Main Bank
N. Scoti
N. England
New York
Iersey
Maryland
Virginia
Chesepeake Bay
Carolina
C. Charles
Barmudas
Western Isl.
Spain
Madera
Marocco
Bay of Mexico
Bahama Isl.
Canaria I.
Nun
C. Blanco
Cape Verde
Cuba
Hispaniola
Caribbe Isl.
Jamaica
Caldonia
Darien
Cartag.
Popay
Surranam
Caribana
GUINEA
Sherbro
ATLANTICK
OCEAN
Amazones R.
AMAZONS
SOUTH
AMERICA
BRASIL
C. St Augustin
Ascention
Port of Lima
PACIFICK
Port of Arica
Parguay
P. of Coquimbo
I. of John Fernando
I. la Mouche
Chili
R. de la Plata
Patagonia
Sibbil de Wards I.
Straits of Magellan
States I.
Terra del Fuego
C. Horn
St Anns I.
I. le Grande
90
80
60
50
40
30
20
10
360

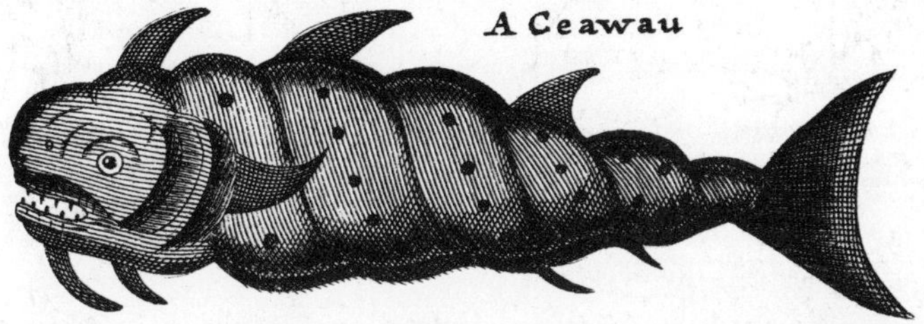

Monstren der Tiefe 1704

Als das Schiff verschwunden war, verließ ihn jede Hoffnung. Das Meer dehnte sich endlos hin. Er wusste, dass die Linie des Horizonts lediglich die Grenze seines Gesichtsfeldes war. Die See, die ihm Freiheit und Reichtum verheißen hatte, hielt ihn jetzt gefangen.

Thomas Jones, James Ryder, William Shribes, John Cobham... Er dachte, sie würden seinetwegen zurückkommen. Er harrte am Ufer aus, suchte mit den Augen den Ozean ab. Welches Schicksal sie auch erwarten mochte, er wünschte sich nur, bei ihnen zu sein. Sollte ihr Schiff sinken, wäre er bereitwillig mit ihm untergegangen. Es war schließlich auch *sein* Schiff.

Laurence Wellbroke, Martin Cooke, Christian Fletcher, Peter Haywood... sie machten seine Welt aus. Der Zweck dieser gemeinsamen Reise war nicht nur Gold gewesen: Es war auch darum gegangen, Mut zu beweisen, ein gemeinsames Ziel zu haben, Männer zu sein. Ohne sie war Die Insel ein Gefängnis und er ein Seemann ohne Schiff, ein Mann ohne Stimme.

Es wurde kühler, der Wind kräuselte das Wasser, und einen Moment lang wirkte eine vereinzelte Welle oder eine Wolke wie ein Segel auf ihn. Seine Hoffnung war, dass jemand Stradling überreden würde, seinen Entschluss zu ändern. Sie würden seinetwegen zurückkommen. Er würde sie mit Feuern und mit Essen willkommen heißen.

Er wartete außerhalb der Zeit, wie ein Hund. Gebete, hatte man ihm beigebracht, besaßen Wirkmacht. Er flehte Gott an, ihn aus dieser Klemme zu befreien. Er redete ihm gut zu. Der Gedanke an Stradling versetzte ihn in Rage. Selbst Dampier, der verrückte Säufer, hatte Huxford nicht allein ausgesetzt, sondern mit einem Gefährten und unter Menschen. Stradling aber hatte ihn, Selkirk, mit bewusster Bösartigkeit in der Einsamkeit zurückgelassen und ihn noch dazu verhöhnt, während das Boot davongefahren war.

Er blieb in der Nähe des Ufers. Er kletterte über die Steine zum westlichen Ende der Bucht, um einen weiteren Ausblick auf den Ozean zu haben. Die Pelzrobben gerieten in Panik und tauchten unter, die Wogen zerschellten an den Felsen. Senkrechte Klippenwände hielten ihn in der Bucht gefangen. Er kraxelte zurück, zum östlichen Ende mit dem reißenden Bach, wo die Bäume bis ganz hinunter ans Wasser reichten.

Die Sonne sank, die Luft wurde kühler, die Berge starrten finster herab. Die Dunkelheit kam, und der Mond begann seine Bahn über den Ozean. Die Robben heulten die ganze Nacht. Das waren Monstren der Tiefe. Er fürchtete, sie würden einen immer engeren Kreis um ihn ziehen und ihn zuletzt zwischen ihren Kiefern zermalmen. Er feuerte einen Schuss in die Luft. Eine Minute lang schien Stille in der Bucht eingekehrt zu sein. Dann ging es wieder los mit dem Gekrächze und Geheule. Die Insel war ein Ort des Schreckens.

Während seiner Auseinandersetzung mit Stradling war ihm Die Insel wie ein Ort des Überflusses und des Behagens erschienen. Die sichere Alternative. Er hatte argumentiert, dass es möglich, ja sogar angenehm sein würde, hier eine Zeit lang zu leben.

Dass die Rettung nicht lange auf sich warten lassen würde. Aber in den tanzenden Schatten der Nacht lauerte die Angst. Etwas Böses belauerte ihn. Etwas Feindseliges beobachtete jede seiner Bewegungen. Er fürchtete sich vor Kannibalen. Fürchtete sich, verhöhnt und verspeist zu werden.

Der Wind brauste durch das Tal, der Wind, der, wie er mit der Zeit feststellen sollte, am stärksten bei Vollmond war. Er entwurzelte Bäume. Sie ächzten und krachten. Das Geräusch verschmolz mit dem Donnern der Brandung, den Rufen der Robben und den Schreien der Opfer nächtlicher Räuber.

Bauchgrimmen 1704

Es war früher Frühling, und rings um ihn erneuerte sich das Leben, aber er hasste Die Insel, ihr unwegsames Terrain, ihre grimmigen Wasserfälle und böigen Winde. Eine leichte Nachtbrise steigerte sich im Nu zu einem Wirbelwind. Es war so, als sei der Wind in diesen Bergen zu Hause.

Die Zeit verging. »Er verlor den Mut, die Kraft, fast jede Fähigkeit zu handeln.« Er blieb am Ufer, trank Rum, kaute Tabak und wandte kein Auge von der See. Er starrte so konzentriert und so lange darauf, dass ihm nur noch halb bewusst war, dass er nach einem Segel Ausschau hielt. Oft ließ er sich von einem Wasser in die Luft stoßenden Wal oder einem Lichtreflex täuschen.[1]

Nah am Ufer stand eine improvisierte Hütte aus Segeltuch, Sandelholz und Binsen. Er verstaute seine Habseligkeiten darin und beneidete ihre Erbauer. Sie waren fortgekommen.

Er hatte seine Kleider und sein Bettzeug, eine Pistole, Schießpulver, Kugeln, eine Axt, ein Messer, einen Kochtopf, eine Bibel, ein Gebetbuch, sein Navigationsbesteck und Karten zur Deutung der See, die ihn gefangen hielt. Er hatte zwei Pfund Tabak und lediglich eine Taschenflasche Rum. Er hatte ein wenig zu essen, genug für drei Mahlzeiten – Quittenmarmelade und Käse –, aber weder Brot noch Salz. Als seine Schnapsflasche leer war, wurde es hart für ihn. Alkohol half zu vergessen.

»Anfangs aß er nichts, ehe nicht der Hunger ihn zwang, teils aus Kummer und teils wegen seines Mangels an Brot und Salz; ebenso wenig ging er zu Bett, ehe nicht der Schlaf ihn übermannte.« Er trank aus den Bächen, wenn er Durst hatte, bespritzte sich mit Wasser, wenn es ihn juckte oder wenn er stank oder es ihm heiß war. Er pinkelte da, wo er gerade stand, schiss auf die Steine, aß Rüben und Brunnenkresse so, wie er sie aus der Erde zog, sammelte am Ufer Schildkröten und Langusten und kratzte ihr Fleisch mit dem Messer aus.

Er wurde mager und schwach. Er wollte sterben und von diesem Schicksal erlöst sein. Er fand Trost in dem Gedanken, dass er sich, sollte kein Schiff mehr auftauchen, jederzeit mit der Pistole das Leben nehmen konnte. Er dachte auch daran, sich zu ertränken, auf den Horizont zuzuschwimmen, bis ihn die Kräfte verlassen würden. Aber er hatte Haie die Leichname auf See bestatteter Männer verschlingen sehen, und beobachtet, wie eine solche Bestie einem Jungen, der vom Masttopp gestürzt war, ein Bein abgerissen hatte.

Und dann wollte es so scheinen, als ob Die Insel ihn töten, ihm die Arbeit abnehmen würde. Das Schildkrötenfleisch verursachte einen Durchfall, der seine Därme wie mit Messern peinigte, sein Kot war flüssig, er würgte und übergab sich und rechnete schon mit seinem baldigen Ende. Er kroch auf sein Lager und vergaß, auf die Rückkehr des Schiffes zu hoffen.

Der Schmerz ließ nach, er überlebte, was die Hauptsache war. Er sammelte unter den Sandelbäumen Reisig und Äste, zündete mit dem Flintstein seiner Pistole ein Feuer an, brachte in seinem Kessel Wasser zum Sieden und kochte sich aus wilder Minze und Melegueta-Pfeffer (*Aframomum paradisi*) einen Tee, von dem er hoffte, dass er gut gegen Bauchgrimmen sein würde.

Allein auf dieser Insel 1704–1709

Selkirk nahm an, dass früher oder später ein Schiff daherkommen und, von der See gebeutelt, in der Bucht Zuflucht suchen würde, aber »später« konnte für ihn auch zu spät bedeuten. Er hatte auf unbewohnten Inseln gebleichte Menschenschädel gesehen, bleibende Zeugnisse Ausgesetzter und Gestrandeter.

Andere Männer hatten Die Insel überlebt: die beiden, die den Franzosen entronnen waren. In den sechs Monaten hatten sie keine allzu großen Entbehrungen erdulden müssen, wenn sie andererseits auch, als ihnen jene zweifelhafte Rettung zuteil wurde, keinen Augenblick gezögert hatten, sich ihr anzuvertrauen. Und Will, der Miskito-Indianer – seine Rettung lag schon zwei Jahrzehnte zurück. Die Überreste seiner Hütte versanken, hoch oben in den Bergen, im Farnbusch. Wie Will konnte Selkirk sich aus dem Metall seiner Pistole Harpunen- und Lanzenspitzen schmieden, konnte durch Aneinanderreiben von Hölzchen Feuer machen, konnte sich von Robbenfleisch und Kohl ernähren und sich Kleider aus Tierfellen anfertigen.

Und Dampier hatte von einem noch weiter zurückliegenden Schiffsuntergang in der Großen Bucht erzählt, den ein einziger Mann überlebt hatte. »Er lebte fünf Jahre lang allein auf dieser Insel, ehe ein Schiff vorbeikam und ihn mitnahm.«

Ausgesetzte und Schiffbrüchige schlugen sich irgendwie durch, bis Rettung kam: Pedro de Serrano trank Schildkrötenblut und überlebte auf einer unfruchtbaren Pazifikinsel sieben Jahre lang ohne Süßwasser; er wurde allerdings wahnsinnig. Philip Ashton, 1700 von Piraten gefangen genommen und dann auf Roatán, einer Insel im Golf von Honduras, ausgesetzt, schlug sich mit Schlangen und einem Wildschwein herum, doch er blieb am Leben. So gesehen konnte Selkirk sich noch glücklich schätzen angesichts der Situation, in der er sich befand. Er war ein kräftiger Mann. Er konnte das Leben auf Der Insel monate-, ja sogar jahrelang überstehen.

Er spielte mit dem Gedanken an Flucht, an ein Floß aus mit Robbendärmen zusammengebundenen Stämmen, einen Einbaum. Aber das nächstgelegene Festland war Valparaíso, über 600 Kilometer östlich. Sollte er durch pures Glück diesen heimtückischen Ozean überleben, seine launischen Strömungen, die Gewalt seiner Wogen, den Appetit seiner Haie und die Hitze der Sonne, so blieb noch immer die *guardia-costa*, und wenn er *der* in die Hände fiel, würde sie kein Erbarmen kennen. Prinzipiell ließ die spanische Küstenwache keinen Engländer, der diese Meere kannte, je wieder laufen. Sollte er das Festland erreichen, so würde man ihn ins Arbeitshaus oder in die Bergwerke stecken, ihn in Eisen legen, ihn foltern, um Informationen über seine Spießgesellen aus ihm herauszupressen. Ihn günstigstenfalls umbringgen.

Liefe ein französisches Schiff Die Insel an, so würde er sich ergeben und auf Gnade hoffen, aber den Spaniern würde er sich niemals ausliefern. Sollten sie kommen, würde er sich für diesen Fall ein Lager, ein Versteck, hoch oben im Bergwald einrichten.

Also hoffte er auf Rettung und fürchtete, an diesem erdrückenden Ort einsam und verlassen zu sterben. Er sah hinaus auf den Ozean in der bangen Erwartung, Dampier, Clipperton, Funnell, Morgan, Bellhash vermöchten ihn in die Welt, die er kannte, zurückzubringen. Ihr Unglück war seine größte Hoffnung. Die *Cinque Ports* konnte, leck wie ein Sieb, zurückgedümpelt kommen. Er vermutete, dass auf beiden Schiffen weitere Meutereien ausbrechen würden. Mehr Männer würden sich gegen Dampier auflehnen. Er war ein Abenteurer, ein erfahrener Seemann, aber nicht fähig, mit Menschen umzugehen. Meuterer würden ihn verlassen, Schiffe kapern, die Blutflagge hissen und ihr Glück versuchen. Aus den zwei Schiffen konnten schon längst sechs geworden sein.

Selkirks Insel war der beste Ort, um ein Schiff überzuholen, um Trinkwasser zu fassen und sich mit frischen Lebensmitteln einzudecken. Mochte kommen, wer wollte – er würde seinen Besuchern Gemüse und Ziegenbrühe gegen ihren Skorbut anbieten. Sein Feuer würde ihre Kleider trocknen und ihre Knochen wärmen. Sie würden sich in der Bergluft wieder erholen. Er würde jeden Mann aus der Besatzung willkommen heißen – jeden außer Stradling. Lieber wollte er bis an sein Lebensende hier ausharren, als Stradling jemals wiedersehen zu müssen.

Und so wurde Wachehalten sein ganzer Lebensinhalt. Er war von der ständigen Angst gepeinigt, er könnte ein vorüberfahrendes Schiff übersehen oder von einem Feind überrascht werden. Er hielt Ausschau im ersten Licht des Morgens, mittags und am Abend. Er stieg hinter der Bucht hinauf zu seinem Ausguck, seinem Aussichtspunkt. Er blickte auf die See rings umher. Er musterte Die Insel, ihre zerrissenen Formen, ihre Gipfel und Täler, ihren Ableger Santa Clara, die Farnwälder. Tag für Tag verging, ohne dass er das rettende Schiff gesehen hätte. Er sah überhaupt kein Schiff.

Hier zeigte sich ein Paradox der Freiheit: Er war frei von Pflichten, Schulden, Beziehungen, den Erwartungen seiner Mitmenschen – und doch sehnte er sich nach den Zwängen der Vergangenheit, nach dem Schmutz und der Enge des Lebens an Bord.

Hunger und Durst waren willkommene Ablenkungen. Er aß Wurzeln, Beeren, Vogeleier. Er schoss Robben und Seevögel. Eine Ziege starrte ihn neugierig an. Er erschlug sie mit einem Knüppel, kochte sie mit Rüben, würzte sie mit Piment. Ratten raschelten im Unterholz in Erwartung ihres Anteils.

Tage zerflossen zu Wochen und Monaten. Was immer Die Insel besaß, konnte er verwenden; was immer ihr fehlte, musste er sich versagen.

Er verzehrte sich »vor brennender Sehnsucht danach, wieder ein menschliches Antlitz zu sehen«. Er war allein auf einem abgelegenen Fleckchen Erde inmitten des Ozeans. Chile war 350 Seemeilen entfernt, Largo knapp 8000. Er war ein ungeselliger Mensch, aber jeder Streit und jede Provokation waren diesem Zustand vorzuziehen. Hätte Stradling ihm einen schwarzen Sklaven dagelassen, hätten sie ein Boot bauen, Ziegen züchten können. Hätte er ihm weibliche Gefangene dagelassen, hätte er sich ein Geschlecht von Dienern heranziehen können.

Dieses Schicksal erschien ihm wie ein Fluch. Sein Vater hatte ihn gewarnt, dass er seine Hitzköpfigkeit einmal mit seinem Leben bezahlen würde, und war dagegen gewesen, dass er sich auf diese Kaperfahrt eingelassen hatte. Sollte er jemals wieder nach Largo zurückkehren, so würde er es wieder gutmachen, sich seinen Lebensunterhalt als Gerber verdienen, eine Familie gründen.

Seine Mutter betete vermutlich für ihn, Texte aus der Bibel. Alles, was geschah, war Gottes Wille. Gott handelte mit verblüffender Grausamkeit, aber in guter Absicht. Die Bibel war das Wort Gottes. Sie war die Wahrheit. Gott war Urheber aller Dinge, war Herr und Meister des Ganzen. Er hatte die Welt in sieben Tagen erschaffen und den Menschen zu seinem Bilde. Er war gütig. Er hatte eine Zielsetzung, einen großen Plan.

»Es war Selkirks Angewohnheit, festgelegte Zeiten und Orte für Andachtsübungen zu benutzen, die er laut verrichtete, um sich sein Sprachvermögen zu bewahren und sich mit desto größerer Inbrunst auszudrücken.«[2] An manchen Morgen, wenn die aufsteigende Sonne den Wald von Sandelbäumen und Riesenfarnen (*Blechnum cycadifolium*) erleuchtete, deren Wedel sich wie erwachende Schlangen entrollten, und hinter ihm der Berg, den er den »Amboss« getauft hatte, seine wolkenverhangenen Gipfel 900 Meter hoch emporreckte, las er laut aus der Bibel vor, dem einzigen erzählenden Text, den er besaß. Er las von Unzucht und Abgötterei in Leviticus und von Himmelreich und Erlösung in den Evangelien. Er murmelte die Psalmen und Anrufungen seiner Kirche: »Gott, höre mein Gebet und verbirg Dich nicht vor meinem Flehen. Merke auf mich und erhöre mich, wie ich so ruhelos klage und heule... Mein Herz ängstet sich in meinem Leibe, und Todesfurcht ist auf mich gefallen. Furcht und Zittern ist über mich gekommen und Grauen hat mich überfallen. Wende nicht Dein Antlitz von mir ab.«

Solche Klagelieder änderten nichts an seinen äußeren Lebensumständen, aber sie hatten dennoch eine tröstliche Wirkung. Er achtete nicht allzu sehr auf den Sinn dessen, was er da rezitierte. Es waren Worte, die er ansonsten nicht benutzt hätte und zu vergessen fürchtete. Er hoffte, Gott sei hinlänglich human, um ihn aus diesem Loch herauszuholen. Einzig Gott und Stradling wussten, dass er hier festsaß.

Der Tabakentzug machte ihn benommen. 15 Jahre lang hatte er dieser Sucht gefrönt. Er fragte sich, ob sich auf Der Insel irgendeine Ersatzdroge finden ließe, irgendwelche anderen Blätter, die er kauen könnte. Aber er experimentierte nicht herum. Er wusste, dass Fingerhut und Schierling töten konnten. Dampier hatte davor gewarnt, Pflanzen zu essen, die von Vögeln gemieden wurden.

Aktivitäten verscheuchten die Depression. Er beschäftigte sich. Und eines Tages, als der Himmel klar war und das Tal schweigsam dalag, lichtete sich seine Stimmung. Er fühlte sich voller Energie und ausgesöhnt. Er briet sich einen schwarzhäutigen Fisch in der Glut, aß ihn mit Piment und Brunnenkresse und vergaß ganz, das Fehlen von Salz zu beklagen. Rings um ihn herum sogen Kolibris surrend an den Blüten. Moose, Flechten, Pilze und kleine zarte Farne, Epiphyten, *Hymenophyllum* und *Serpyllopsis*, bedeckten die Stämme umgestürzter Bäume.

Er beschloss, sich eine Behausung zu bauen und Vorräte anzulegen. Er entschied sich für eine schwer zugängliche Lichtung in den Bergen, anderthalb Kilometer von der Bucht entfernt. Dahinter ragten hohe, bis zum Gipfel bewaldete Berge auf. Diese Lichtung bot den Schatten und den Duft der nahen Wälder, einen klaren, schnell fließenden Bach, hohe überhängende Felswände. Von hier aus hatte er zugesehen, wie der Nebel das Tal füllte und in der Morgensonne zerging. Weiße Glockenblumen sprossen aus den Felsen, Papageitaucher nisteten unter den Farnen. Ein kleiner braun-weißer Vogel, der Stachelschwanzschlüpfer (*Spinicauda spinicauda*), jagte nach Insekten. Am Bachrand wuchsen Petersilie und Brunnenkresse.

1704–1709 *Von Ratten geplagt*

Was Die Insel von sich aus hergab, lieferte ihm Werkzeuge, Waffen, Möbel und Speisekammer. Am Ufer fand er Nägel, Fassreifen, einen rostigen Anker, ein Stück Tau. Mit Feuer und Steinen schmiedete er sich eine Axt, Messerklingen, Angelhaken, eine Punze, mit der er Löcher für Holznägel schlagen konnte. Er schnitzte sich einen Spaten aus Holz und härtete ihn dann in der Glut. Er höhlte Holzblöcke zu Schüsseln und Bottichen aus. Er verwandelte Felsblöcke und Steine in Fleischschränke, einen Mörser und Stößel, eine Feuerstelle und eine Wand.

Er mochte Ziegenfleisch gern, aber oft zogen sich angeschossene Ziegen zum Sterben auf unzugängliche Felsen zurück. Als ihm Kugeln und Schießpulver ausgingen, fühlte er sich schutzlos, auf gleicher Stufe mit Tieren, die bei jedem plötzlichen

Geräusch in Deckung huschen. Ohne Schusswaffe, ging er dazu über, die Ziegen zu hetzen. Aus ihren Hörnern schnitzte er sich Besteck.

Auf jeder Seite des Baches baute er je eine Hütte aus Pimentholz. Er deckte sie mit Rosten aus Sandelholz. Die primitivere Hütte diente ihm als Vorratskammer und Küche, die größere wurde sein Wohnhaus. Auf einer großen steinernen Feuerstelle ließ er Tag und Nacht ein Feuer brennen, dessen Glut er immer wieder sorgfältig aufhäufelte. Sein hölzernes Bett stand auf einer erhöhten Plattform, seine Seemannskiste enthielt das Wenige, das er besaß. Die Felle der Ziegen, die er erlegte, schabte, säuberte und trocknete er so, wie er es von seinem Vater gelernt hatte. Mit einem Nagel stach er Löcher entlang der Kanten, und dann heftete er die Felle mit dünnen Lederriemen zusammen. Mit diesen Häuten kleidete er die Wände seiner Hütte aus. Es roch wie in einer Gerberei, es roch wie zu Hause.

Dieses Heim schützte ihn vor den stürmischen Winden und der bedrohlichen Nacht. Von seinem Bett aus sah er den sternenglitzernden Ozean, die Morgensonne über den östlichen Bergen. Nach Ende der Paarungszeit nahm das Geheul der Robben ab. Dafür wurden andere Geräusche lauter: das Geschrei der Vögel, die Wasserfälle.

Diese Lichtung war der Ort, an dem er sich sicher fühlte, aber »seine Behausung war in höchstem Maße von Ratten geplagt, die ihm während des Schlafs Kleider und Füße benagten«. Ihre Vorfahren waren einst von europäischen Schiffen gesprungen. Bereits mit vier Wochen geschlechtsreif, warfen sie nach einer Tragzeit von drei Wochen bis zu 18 Junge, wurden sofort wieder trächtig und erreichten ein Alter von zwei Jahren. Sie fielen über Knollen, Schößlinge, Aas, Knochen, Holz und einander her. Sie hinterließen überall Harnmarken, und ihr Fell wimmelte von Läusen und Flöhen. Sie hatten einen unersättlichen Appetit, und die Zeit ihrer größten Aktivität war die Nacht. Die Insel beherbergte sie zu Millionen: weiß, grau, schwarz und braun. Während er schlief, taten sie sich an seiner Kleidung und an der knochenharten Haut seiner Fußsohlen gütlich. Oft weckten ihn die streitsüchtigen Tiere mit ihrem schrillen Gefiepe. Er warf mit Steinchen nach ihnen, aber schon Sekunden später fingen sie wieder an.

Nicht minder fruchtbar waren die wilden Katzen. Auch sie stammten aus spanischen, französischen und englischen Schiffen. Er lockte sie mit Ziegenfleisch an, damit sie ihn vor den Ratten beschützten. Junge Kätzchen waren schon nach wenigen Tagen handzahm. »Sie lagen in Scharen auf seinem Bett und auf dem Fußboden herum.« Sie schnurrten, sobald sie ihn kommen sahen, machten es sich in sonnigen Eckchen bequem, umschmiegten seine Beine. Für sie war er ein gütiger Versorger, ein freundlicher Wirt.

Mit dieser Katzenarmee konfrontiert, mieden die Ratten fortan das Haus. Dafür erduldete er die Revierstreitigkeiten, das Brunstgeschrei und den scharfen Geruch der Katzen. Er redete mit ihnen, durch sie fühlte er sich weniger allein. »Doch ebendiese Beschützer wurden für ihn zur Ursache größten Unbehagens,

denn nun verfolgte ihn der Gedanke und trieb ihn mitunter zur Schwermut, dass er nach seinem Tod, da es niemanden geben würde, der seine sterblichen Überreste begraben oder die Katzen füttern könnte, denselben Tieren, die er gegenwärtig zu seiner Bequemlichkeit mit Nahrung versorgte, selbst als Nahrung dienen würde.[3]

Um seine Fleischversorgung zu sichern, brach er Zicklein mit einem Knüppel die Hinterbeine, sodass sie nicht mehr fliehen konnten. Er fütterte sie mit Hafer, den er im Tal sammelte. Sie brachten ihr Leiden und ihre Behinderung nicht mit ihm in Verbindung und waren ganz zutraulich, wenn er ihnen ihr Futter gab.

So wurde er zum Mann Der Insel. »Herrscher, so weit das Auge spähte.«[4] Er schwamm im Meer, wusch sich in den Bächen, rieb sich Holzkohle auf die fleckigen Zähne. Sein Bart, den er niemals schnitt, verwuchs mit seinem hellbraunen Kopfhaar. Seine Schuhe nutzten sich ab, aber er unternahm keinen Versuch, sie zu reparieren. Seine Fußsohlen wurden so hart wie Hufe. Er lief barfuß über Stock und Stein. »Er konnte von Fels zu Fels springen und die Abhänge hinunterschlittern, ohne Schaden zu nehmen.«[5]

Die Robben und Seelöwen hörten auf, eine Gefahr darzustellen:

Einfach dadurch, dass er ruhig und gelassen blieb, tötete er sie mit der denkbar größten Leichtigkeit, denn da er beobachtet hatte, dass die Tiere, so furchterregend ihre Kiefer und ihr Schwanz auch sein mochten, doch mächtig unbeholfen waren, wenn es darum ging, sich herumzudrehen, brauchte er nichts anderes zu tun, als sich möglichst nah an ihre Leibesmitte zu stellen, um sie mit seiner Axt nach Belieben erschlagen zu können.[6]

Ihr Tran war Bratfett, ihr Pelz eine Bettdecke, die er sich mit bleichen Flöhen und Zecken teilen konnte. Sie gruben sich juckend und Blasen treibend in seine Haut; er stocherte sie sich mit einem Holzsplitter wieder heraus.

Mit der Zeit hörte er auf, sich vor eingebildeten Monstren und Menschenfressern zu fürchten. Ebenso wenig versetzten ihn das Stöhnen des Windes, das Geheul der Robben, die zwitschernden und kreischenden Stimmen Der Insel noch in Unruhe. Seine Hütte, seine Katzen und Ziegen erzeugten einen Anschein von Heimat. Er passte sich seinem Zwangsexil an.

Was die Seetauglichkeit der bohrmuschelstichigen *Cinque Ports* anging, so hatte er Recht gehabt. Seiner Meinung nach war »der mexikanische Wurm größer und [zerfraß] den Boden von Schiffen vor den Küsten dieses Landes in weit größerem Umfang als irgendwo sonst auf der Welt«.[7] Nach einem Monat ging das Schiff bei Malpelo, einer öden kleinen Insel vor der kolumbianischen Küste, unter. Mehrere Besatzungsmitglieder ertranken. Stradling und 31 andere erreichten auf zwei Flößen das Ufer.

Diese Insel hatte bei weitem nicht jenen Überfluss zu bieten wie Juan Fernández. Die Schiffbrüchigen ernährten sich kümmerlich von den Fischen und Vögeln, die sie sporadisch fingen, und mussten, da es kein Wasser gab, ihren Durst mit Schildkrötenblut löschen. 18 Mann überlebten und ergaben sich schließlich, als einzige Alternative zum Hungertod, der *guardiacosta*. Sie wurden verpflegt, in Ketten gelegt und über Quito und Cisco zu Fuß nach Lima getrieben und dort eingekerkert. »Die Spanier warfen sie in ein enges Verlies und verfuhren mit ihnen überaus barbarisch.«[8]

Als Gefangene durften sie entweder im Kerker verfaulen oder wurden in den Gold- und Silberminen und den Arbeitshäusern eingesetzt. »Diejenigen, die in Arbeitshäuser kommen, werden angekettet und müssen Wolle karden, Blauholz raspeln usw.« Außer ihnen arbeiteten dort »Mulatten und Indianer, aber keine Spanier, ausgenommen solche, welche die schlimmsten Verbrechen begangen hatten«.

Eine gewisse, relative Freiheit konnte man sich erkaufen, wenn nur die Bestechungssumme hoch genug war. »Papistisch werden« war eine andere Möglichkeit. Echte Engländer sahen darin den Verlust ihrer Seele und erachteten es für schlimmer als den Tod. Konvertiten wurden getauft und dann bei Personen von Stand in Dienst gegeben oder als einträgliche Kuriositäten verwertet. Ein nach außen hin konvertierter Freibeuter wurde in der Kathedrale von Mexiko-Stadt getauft und anschließend auf Jahrmärkten ausgestellt. Das Ritual bestand darin, ihm etwas Öl auf die Zunge und auf den Kopf zu träufeln. Dieses wurde dann mit »kleinen Baumwoll-Bäuschen« wieder abgewischt, die anschließend bußfertigen Interessenten – als, »da dem Haupt eines bekehrten Ketzers entnommen«, angeblich Wunder wirkend – zu einem unchristlichen Preis verkauft wurden.

Stradling verbrachte vier Jahre im Gefängnis von Lima. Er brach zweimal aus. Das erste Mal floh er in einem gestohlenen Kanu in Richtung Panama. Er hoffte, die Landenge überqueren und dann mit einem englischen Handels-Sloop nach Jamaika übersetzen zu können. Er paddelte 2000 Kilometer weit, wurde wieder eingefangen, ins Gefängnis geworfen und gewarnt, dass man ihn beim zweiten Fluchtversuch in die Bergwerke schicken würde. Er riskierte es ein zweites Mal und wurde von einem französischen Schiff, das auf dem Weg nach Europa war, aufgegriffen. Vom Kontinent aus kehrte er schließlich, mittellos und krank, nach England zurück.

Schuft, Halunke, Hurensohn 1704

Ebenso wenig wendeten sich Dampiers Geschicke zum Besseren. Die Bohrmuscheln waren auch in der *Saint George* nicht untätig. Funnell sagte, die Planken seien so stark benagt gewesen, dass sie so dünn wie eine Sixpence-Münze waren. »Wir konnten sie mühelos mit dem Daumen eindrücken.«

Trotzdem hatte Dampier noch immer »das vornehmste Ziel der Expedition« im Auge, die Galeone aus Manila. Auf der Suche nach ihr segelte er nordwärts und geriet in »stürmisches Wetter, mit viel Donner und Blitz und sehr tückischen Böen«.

Die Männer ernährten sich mehr schlecht als recht von Fischen und Schildkröten, bis sie ein kleines Schiff aufbrachten, das mit einer Ladung Mehl, Zucker und Branntwein unterwegs nach Panama war. An Bord fanden sie außerdem Briefe an den Präsidenten von Panama. Dadurch erfuhren sie, dass ihnen zwei spanische Kriegsschiffe, mit bronzenen 24-Pfündern bestückt und mit 500 Soldaten und Matrosen bemannt, in der Nähe von Guayaquil auflauerten.

Am 22. Juli lieferten sie sich mit einem dieser Kriegsschiffe ein Gefecht. Laut Welbe gab Dampier um zehn Uhr morgens Befehl zum Angriff. Welbe riet ihm zu warten, »bis wir den Vorteil des Seewinds hätten,

denn dann würden wir uns mit Sicherheit an seine Luvseite bringen können; wenn wir aber das Schiff sofort angriffen, so wie er es beabsichtigte, dann würden wir den Vorteil des Seewinds verlieren und mit Sicherheit an seine Leeseite geraten. Aber er wollte dem nicht zustimmen, sondern tat es auf seine Weise und griff das Schiff sofort an. Und wie ich gesagt hatte, geschah es auch, denn es gelang uns nicht, an seine Luvseite zu gelangen. Aber wenn Kap. Dampier auf meinen Rat gehört hätte…[9]

Wie stets hörte Dampier auf niemandes Rat. Er machte für das missglückte Manöver seine Mannschaft verantwortlich. Er titulierte sie als »eine Bande von ewig betrunkenen Kerlen…, die ständig irgendetwas taten, was sie nicht sollten, und es nicht für nötig erachteten, mich nach meiner Meinung zu fragen«. Sie hatten, so behauptete er, »während der Nacht meine Vormarsstange zerbrochen, und so ging sie gleich über Bord. Dadurch war ich jeder Möglichkeit beraubt, am Wind zu segeln oder sonst irgendetwas zu tun.«

An Austausch von Beschimpfungen herrschte kein Mangel. Die Männer erklärten ihm, er sei es nicht würdig, ein Schiff zu kommandieren, und seine Ausdrucksweise sei »sehr gemein und beleidigend«. Er habe kein Recht, sie mit »*Schuft, Halunke, Hurensohn* und anderen solchen unflätigen Bezeichnungen« zu titulieren.

Sie hissten »die Blutflagge«, die rote Piratenflagge, anstelle des englischen Hoheitszeichens für einen lizenzierten Kaperer, und begannen auf eigene Rechnung zu kämpfen. Funnell schilderte, dass dieses Gefecht von Mittag bis zur Abenddämmerung dauerte. »Wir schossen so rasch, wie wir laden konnten.« Sie richteten wenig aus und schätzten sich glücklich, dass nur zwei ihrer Männer sich Verbrennungen an Händen und Gesicht zuzogen. Mit Einbruch der Nacht setzte sich das spanische Schiff unversehrt ab.

Dampier befürchtete, dass sein Steuermann Mr. Bellhash und sein Erster Maat John Clipperton »darauf aus waren, die Reise zu vereiteln«. Die Besatzung hatte sich in marodierende Grüppchen aufgesplittert. Bei der Insel Gallera gingen 20 Bewaffnete an Land, um zu plündern und Verpflegung zu beschaffen. Die Inselbewohner flohen »mit ihren Frauen und Kindern und allem, was sie hatten« in die Berge. Die Bande durchwühlte ihre Hütten, stahl Holz von einer halb fertigen Barke und kaperte eine andere, mit Bananen beladene zweimastige Barke mit quadratischen Segeln. Sie tauften sie *Dragon*.

Offiziell sollte sie als Geleitschiff ausgerüstet werden und sich an der Jagd nach der Goldgaleone beteiligen. Bei San Lucas wurde die *Saint George* an Land gezogen. Sie war mit Entenmuscheln überkrustet und leckte. Die Zimmerleute konnten nicht viel mehr tun, als die Lecks mit Nägeln und Werg zu flicken. Während sie arbeiteten, wurden Munition und Proviant auf die *Dragon* umgeladen. Von Clipperton angeführt, verlangten am 2. September 21 Männer von Dampier Geld und Silber, bestiegen die *Dragon* und segelten im Schutz der Dunkelheit davon.

Mit einem Rumpf wie ein Sieb, unzureichender Bewaffnung

und einer zusammengeschmolzenen Mannschaft setzte die *Saint George* ihre Fahrt in Richtung Acapulco fort. Die Männer aßen Leguane und Pelikane. Sie sahen die »Vulkane Guatimalas« Feuer speien. Am 9. Oktober versorgte sie eine kleine Prise mit Proviant. Der Kapitän des aufgebrachten Schiffes, der in London aufgewachsene Abenteurer Christian Martin, kannte die Südsee. Auf einer früheren, wenig harmonischen Fahrt hatte er sich freiwillig auf der Insel Gorgona aussetzen lassen und hatte dann von dort aus auf einem Floß aus drei Baumstämmen mit zwei Hemden als Segel und einem Sack Austern als Proviant das sichere Festland erreicht.

Martin half ihnen, die Galeone aus Manila aufzuspüren. Sie hieß *Rosario*, und sie sichteten sie am 6. Dezember in der Nähe des »Vulkans Collima«. Es war ein gut gebautes, mit 24-Pfündern bestücktes Schiff. Die *Saint George* war lediglich mit vier Fünfpfündern bewaffnet. Martin meinte, ihre einzige Chance bestünde darin, unauffällig längsseits zu gehen und dann das Schiff so schnell wie möglich zu entern.

Dampier schwankte und war wie immer betrunken. In der Annahme, ein befreundetes Schiff vor sich zu haben, hisste die *Rosario* das spanische Hoheitszeichen und feuerte einen Begrüßungsschuss leeseits der *Saint George*. Welbe und andere drängten Dampier, die spanischen Farben zu hissen. Statt dessen ließ er die englische Flagge aufziehen und gab Feuerbefehl.

Die *Rosario* »gewann die Luv und begann sofort, Fahrt zu machen«, und bereitete sich darauf vor, die *Saint George* zusammenzuschießen. Der Bootsmann der *Saint George* befahl dem Rudergänger, auf das Feindschiff zuzuhalten, um ein rasches Entern zu ermöglichen. Dampier schwor, dass er ihm, wenn er das täte, in den Kopf schießen würde. Die Kanonenkugeln der *Rosario* trafen die *Saint George* unter der Wasserlinie, schlugen in die Pulverkammer ein und sprengten Planken aus dem Heck. Welbe meldete Dampier, dass das Schiff am Sinken sei. »Der Kapitän rief aus: Wo ist das Kanu? Wo ist das Kanu? Und machte Anstalten, ins Boot zu steigen, um sich zu retten, was deutlich machte, wie es um seinen Mut und seinen Charakter bestellt war.« Dampier behauptete, die Männer seien nicht in der Verfassung gewesen, was auch immer zu entern. Sie hätten alle »betrunken und wie gebannt herumgestanden, obwohl Clark, der Maat, den kein Branntwein umwarf, fortwährend rief: Entern, entern!«

Während die *Saint George* auf Abstand ging, versuchten die Zimmerleute wieder, die Löcher in ihrem Rumpf zu stopfen. Laut Welbe gab Dampier niemandem irgendwelche Anweisungen, sondern zog sich mit einem Alkoholvorrat in seine Kabine zurück, befahl einer Wache, sich vor seine Tür zu stellen, »damit niemand ihn belästigte«, und wachte erst am nächsten Morgen um acht wieder auf.

Unbeschädigt und mit unangetasteter Fracht nahm das Schiff aus Manila Kurs auf Lima. Die Besatzung der *Saint George* wollte nur noch zurück in die Heimat: »Wir wussten, dass wir in dieser Gegend nichts Gutes mehr ausrichten konnten, weder für uns selbst noch für die Eigner, da wir nur noch Proviant für drei Monate hatten, und auch das nur sehr knapp bemessen, und unser Schiff im Begriff stand, selbsttätig auseinander zu brechen.«[10]

Seine Gewandtheit beim Verfolgen einer Ziege 1704–1709

Auch wenn er sie nicht malte oder beschrieb, betrachtete Selkirk Die Insel als seinen Besitz. Ein Regenbogen spannte sich über die See, Sterne erhellten die Nacht, die Morgensonne färbte den Himmel bunt – und dies alles nur für ihn. Die Insel hatte sich ihm dargebracht und ihm Sicherheit geschenkt. Er kerbte die Tage seiner Verbannung in die Rinde eines Baumes seines Hauswäldchens. Die Vergangenheit hätte ebenso gut eine Illusion sein können – so wenige Dinge erinnerten ihn an sie.

Sandelholz brannte hell und wohlriechend. In seiner kleineren Hütte lagerte er Vorräte: Rüben, Kohlköpfe und Paprikaschoten, Hafer, Petersilie und Portulak sowie kleine schwarze Pflaumen aus einem verwilderten Obstgarten hoch oben in den Bergen. Er bewahrte seine Lebensmittel in Schachteln auf, die er selbst angefertigt hatte und mit Steinen und Ziegenfellen verschloss. Jeden Tag gönnte er sich auf seinem improvisierten Tisch eine ausführliche Mahlzeit: eine Brühe aus Ziegenfleisch und Kohl, mit Kräutern gewürzt, einen gegrillten Fisch, mit Rüben gebratene junge Robbe, gekochte Languste mit Haferküchlein. Er trank Wasser und Kräutertees, kochte sich einen Absud aus Pflaumen und aß dann die Früchte als Kompott.

Sein Hemd und seine Hose zerfielen bei seinen Streifzügen durch den dichten, rauen, wurzelstarrenden Wald im Laufe der Zeit in Fetzen. Er schneiderte sich einen Rock und Wams aus Ziegenfellen, die er mit Lederstreifen zusammenheftete. »Als Nähnadel hatte er nichts anderes als einen Nagel.« Aus dem Ballen Leinen in seiner Seemannskiste schneiderte er sich Hemden »und nähte sie mit dem Kammgarn seiner alten Strümpfe, die er zu dem Zweck aufräufelte, zusammen«.[11]

Er war, wie er fand, ein besserer Koch, Schneider und Zimmermann, als er jemals vorher gewesen war – und ein besserer Christ auch.[12] Was immer er auf Der Insel tat, schien weder recht noch unrecht zu sein. Er tötete Robben, schlug Ziegen zu Krüppeln, masturbierte an Palmenstämmen, plünderte Papageitauchernester und intonierte Psalmen: »Ich bin wie die Eule in der Einöde, wie das Käuzchen in den Trümmern … Meine Tage sind dahin wie ein Schatten, und ich verdorre wie Gras. Herr, höre mein Gebet, und lass mein Schreien zu Dir kommen! Verbirg Dein Antlitz nicht vor mir in der Not …«

Wenn man von solchen entlehnten Beschwörungen absieht, hatte er für Worte wenig Verwendung. Er erfuhr Die Insel, so wie ein Kind seine Sprache erlernt, ihre Launen und Wiederholungen, die Bedeutung ihrer Berge. Er meckerte die Katzen und Zicklein an und grunzte, wenn er Ziegen verfolgte. Sie glaubten, er sei einer von ihnen, und wandten sich nach ihm um, bis sie seinen Schweiß rochen, sein Gegrummel hörten und den Knüppel sahen, den er schwang.

Sein tägliches Training und Vergnügen war, Ziegen zu jagen und mit ihnen zu kopulieren. »Er führte darüber Buch, und daraus ergab sich, dass er während seines Aufenthalts 500 tötete und noch einmal so viele fing, die er aber nur am Ohr markierte und dann wieder laufen ließ.« Er notierte ihre jeweilige Größe und Behändigkeit sowie den Schwierigkeitsgrad der Jagd: eine Dokumentation, wie er sie auch von den Tidenschwankungen, den Mondphasen oder den Tagen seiner Gefangenschaft auf Der Insel erstellte.

Bei den Ziegen kam er auf rund fünf die Woche. Er versuchte sich fast täglich an ihnen. Er dachte sich verschiedene Tricks aus, um sie zu fangen. Er kauerte auf einem überwucherten Felsen in der Nähe ihrer Tränke. Wenn sie am Ufer des Baches standen und soffen, stürzte er sich auf eine und verpasste ihr einen Keulenhieb auf den Kopf. Oder er scheuchte eine Herde den Berg hinunter zur Küste. In ihrer Verwirrung und Angst behinderten sie sich gegenseitig und waren dadurch eine leichte Beute. Oder er spannte einen Lederriemen mit einer kreisförmigen Schlinge in der Mitte quer über einen ihrer Wechsel. Eine blieb mit den Hörnern oder dem ganzen Kopf in der Schlinge hängen. Sie geriet in Panik und zerrte, wobei sich die Schlinge immer enger zusammenzog.[13]

Die Sodomie mit Ziegen war vielleicht nicht ganz so befriedigend wie die aktive oder passive Hinterladerei an Bord oder die schwarzen Mädels heidnischer Häfen. Sie entbehrte der brüderlichen Wechselseitigkeit. Aber Selkirk war ein Verlassener. Auf Der Insel, nach des Tages Werk, hätte es ihm wohl gefallen, von einer Frau bekocht und bedient zu werden. Vielleicht wäre es ihm lieber gewesen, wenn die Ziegen Mädchen gewesen wären.

Seine Gewandtheit beim Verfolgen einer Ziege hätte ihn einmal beinahe das Leben gekostet: Er jagte ihr mit so großem Eifer nach, dass er sie am Rande eines Abgrunds zu fassen bekam, von dem er allerdings nichts ahnte, da Gesträuch ihn vor seinen Augen verbarg; sodass er zusammen mit der Ziege in besagten Schlund stürzte und sehr tief fiel und so betäubt und zerschunden war von dem Sturz, dass er nur knapp dem Tode entrann, und als er wieder zu sich kam, die Ziege tot unter sich fand. Drei Tage lang lag er besinnungslos da und war dann kaum im Stande, sich zu seiner Hütte zu schleppen, die ungefähr eine Meile entfernt war, oder danach zehn Tage lang sein Lager zu verlassen.[14]

Wie lange er ohne Bewusstsein war, las er vom Mond ab. Er rechnete mit der Möglichkeit, auf Der Insel zu sterben und, unbestattet, den Katzen als Futter zu dienen.

1706 *Dorngesträuch und Lorbeerduft*

Es war Juli, als er stürzte. Es fiel ein wenig Schnee. Auf den Fahrten, die er mitgemacht hatte, war der Tod das Einzige, das vielen Beutejägern zuteil geworden war. Aber es war ein Tod in menschlicher Gesellschaft gewesen, nicht in der Einsamkeit eines unerbittlichen Ortes wie dieses.

Das Feuer ging aus, und er aß kaum etwas. Als er imstande war, seine Hütte zu verlassen und ins Freie zu hinken, dankte er Gott dafür, dass Er ihm nicht das Leben genommen hatte. Er sammelte einen Haufen trockenes Gras als Zunder, kauerte sich darüber und fing an, zwei Stücke Sandelholz aneinander zu reiben. Es schien ewig zu dauern, die Stöcke wurden warm und rieben sich ab, alles tat ihm weh, die Katzen schauten ihm zu. Ein vereinzelter Funke traf den Zunder und verglomm. Er rieb weiter. Es hatte beim Neandertaler funktioniert, es musste auch bei ihm funktionieren. Er rieb so lange, bis es schließlich geschah: die Transmutation – Funkenregen, grauer Rauch, dann Flammen.

Er gelobte, dieses Feuer nie wieder erlöschen zu lassen, es Tag und Nacht zu hüten, zu hegen, zu unterhalten. Es spendete ihm Licht und Wärme, es war ein Symbol der Erlösung, ein Brennpunkt der Hoffnung, ein Leuchtzeichen hinaus in die See, das ihm die Rettung bringen sollte.

Und während die Tage und Wochen und Monate verstrichen, gewöhnte er sich immer mehr an die Einsamkeit. Gesellschaft war nicht unbedingt nötig. Sein Gegenüber war Die Insel. Er war ein rauer Bursche, aber sie verführte ihn. Er hatte unendlich viel Zeit, das Sonnenlicht auf der See zu betrachten, den Nebel im Tal, die Konturen der Berge, die Schatten des Abends. Er lernte Die Insel durch und durch kennen: ihre essbaren Pflanzen, ihre dornigen Sträucher, ihre duftenden Lorbeerbüsche und Palmen, ihre nützlichen Tiere und Süßwasserquellen, ihre natürlichen Unterschlupfe, ihre Vögel und Fische, ihre Echsen, die sich in der Sonne wärmten, ihre seepockenkrustigen Felsen. Er ritzte eine Landkarte von ihr in ein Stück Holz.

Dinge, die er für unverzichtbar gehalten hatte, erwiesen sich als entbehrlich: Salz, Alkohol, Tabak, Schuhe. Er baute einen Pferch, trieb ein paar Zicklein hinein; deren Mütter folgten, er scheuchte die Zicklein wieder hinaus und hatte so seine kleine Herde. Er quirlte die Milch zu einer Art Käse.[15] Er baute ein Floß aus Palmenstämmen, schnitzte sich ein Doppelpaddel und fuhr an einem ruhigen Tag die Bucht zwischen (alles seine Namen:) »Great Rock« und »Great Key« ab, umpaddelte »Rough Point« und »Rocky Point«. Er gelangte zu einer Höhle und befand, dass sie ein möglicher Unterschlupf sei. Er fischte von diesem Floß und von den Felsen aus und hielt ein paar lebende Langusten in einem Bottich voll Meerwasser am Leben. Bei allem, was er tat, dachte er voraus für den Fall, dass eine Schlechtwetterperiode begänne, dass er krank würde, dass ein Feind auftauchte.

Er schnitzte sich eine kleine Flöte, blies darauf ein paar Töne und stellte sich vor, wie seine gezähmten Tiere seinem Lied lauschten und sich im Takt dazu bewegten. Er fürchtete sich vor nichts auf seiner Insel – nur davor, jemand oder etwas könnte kommen und seine Hegemonie anfechten.

1707 *Die Masse der Berge, das Faktum des Waldes*

Selkirk blieb die Ironie seines Schicksals keineswegs verborgen. Er war bis ans andere Ende der Welt gesegelt, um sein Glück zu machen, und hatte am Ende nichts in den Händen, ja, noch weniger als am Anfang seiner Reise. Er war ausgesetzt, hatte keinen Pfennig Geld und sah aus wie eine Ziege.

Der einzige Schatz, den er besaß, war Die Insel. Die einzige Musik, die er hörte, war der Wind in den Bergen, die See, die Stimmen von Geschöpfen, die einander etwas bedeuteten und denen er vollkommen gleichgültig war. Die Insel verdammte zu entsetzlicher Langeweile. Er sehnte sich danach, sie zu verlassen. Sie war der Tod allen Ehrgeizes. Sie prüfte ihn bis an die Grenze seines Durchhaltevermögens. Und doch fand er in seinem Überleben neue Kraft.

Es gab Zeiten, da er in Wut geriet, wenn die Ziegen ihm auswichen, wenn das Feuer schwelte und einfach nicht auflodern wollte; und Zeiten der Zufriedenheit, wenn die Rüben gediehen und es Pflaumen im Überfluss gab. Er fand Ruhe in seiner Lichtung, wenn er gefischt und gejagt, das Feuer geschürt, die Katzen gefüttert, die Ziegen gemolken und alles getan hatte, was er tun musste, um am Leben zu bleiben.

Aber es waren nicht die Frustrationen und Erfolgserlebnisse des täglichen Lebens, die ihn prägten und veränderten. Ebenso wenig waren es die landschaftlichen Schönheiten Der Insel, ihr türkisfarbener Ozean, ihr rosa Horizont, ihre Farben und Schattierungen; es war vielmehr die Weise, wie sie alles besiegte, was zu ihr kam, wie sie es ernährte, beherbergte, tötete. Es gab Zeiten, da ihn die Wucht des Ortes überwältigte – Zeiten, die nichts zu tun hatten mit der Zaubermacht des Gebetes oder mit Angst, oder Gefahr. Es war die schiere Masse der Berge, das Faktum des Waldes. Es war so, als vereinnahmte ihn Die Insel mit ihren Geheimnissen, ihrem essenziellen Dasein, als assimilierte sie ihn ihren Rhythmen, als verwandelte sie ihn für einen flüchtigen Augenblick in mehr, als er war. Tief in seiner Piratenseele wusste er, dass er – selbst wenn man ihn hier irgendwann herausholte – an diesem Ort sterben würde.

Die Krater des Mondes 1707

Beugte er sich über seine Tränke, so starrte Selkirk ein verzerrtes Spiegelbild entgegen – ein Gewirr von Bart und Haaren, eine wettergegerbte Haut. Er wurde immun gegen die Stiche der Insekten und gegen die Glut der Sonne. Er band sich die Haare mit einem Ziegenlederriemen zusammen und verwendete seine Fingernägel wie Klauen. Messer und Keule trug er stets bei sich am Gürtel.

Er schwang sich mit der Gewandtheit eines Affen von Liane zu Liane, lief schneller als jedes andere Geschöpf auf Der Insel, erntete den Palmkohl ab, indem er die glatten Stämme erklomm.

Kein Tier konnte ihm gefährlich werden – weder Skorpione noch Tiger. Nur ein einziges Mal meinte er, eine Schlange zu sehen. Was es auch war – es jagte ihm im hohen Gras einen Schrecken ein.

Mochte er auch wie eine Ziege aussehen, so gab es doch Zeiten, da er wie ein Mensch dachte. Mit dem Geist eines Seemanns sann er über die Kräfte und Naturgesetze nach, durch die sich die Welt begreifen ließe. Zu seinen Navigationsinstrumenten gehörte auch ein Glas, das die Sterne nah erscheinen ließ. Er beobachtete die Phasen des Mondes und ihren jeweiligen Einfluss auf die Gezeiten. Er betrachtete die Sternbilder Orion und Andromeda, das Licht der Planeten – Merkur, Venus, Saturn, Mars. In der Hoffnung, zur »Auffindung der lang ersehnten Länge« beitragen zu können, versuchte er, die Bewegung des Mondes in Relation zu den Sternen festzuhalten.

Ihm wurde bewusst, dass die Sterne, die er sah, nicht anders als der Horizont des Ozeans lediglich die Grenze seines Gesichtsfeldes darstellten. Von Nikolaus Kopernikus hatte er gelernt, dass der Schein trog, dass die Sonne nicht über den Himmel zog. Die Wahrheit barg Geheimnisse und Paradoxa. Ihm kam der Gedanke, dass die Zeit sich möglicherweise in der entgegengesetzten Richtung zu dem bewegte, was gemeinhin angenommen wurde: dass der Anfang der Welt in Wirklichkeit ihr Ende war, dass die Männer auf der *Cinque Ports* wahrscheinlich schon tot waren, vom Ozean zum Anfang ihres Lebens zurückgespült.[16]

Die Besatzung der *Saint George* schätzte, dass ihr mit der Galeone aus Manila zwei Millionen Pfund entgangen waren. Als sie sich mit kaum angekratzten Masten, mit wehenden Wimpeln, Flaggen und stolz geblähten Segeln in östlicher Richtung entfernte, bedrängten die Männer Dampier, Kurs auf die Heimat zu nehmen. Seine Antwort lautete, dass »er nicht vorhatte, mit den Händen in den Taschen zurückzukehren«.[17]

Mit seiner Mannschaft kehrte er allerdings auch nicht zurück. Sie meuterte. Ende Januar 1705 rief er aus reiner Verzweiflung die gesamte Besatzung zusammen

und nachdem er jedem einen Schluck Rum oder Branntwein oder anderen Schnaps ausgeschenkt hatte, forderte er alle auf, die bereit seien, ihm auf eigene Rechnung, ohne Rücksicht auf die Eigentümer, zu folgen, sich zum Achterdeck zu begeben.[18]

Es war eine Aufforderung, Pirat zu werden und jeden noch verbleibenden Rest von Loyalität gegenüber der getroffenen Vereinbarung über Bord zu werfen. Doch »nicht mehr als 28 Männer und Jungen, und die meisten von ihnen Landratten«, waren bereit, ihm zu folgen. Die übrigen setzten sich auf Christian Martins Schiff ab. Sein Spießgeselle, der Zahlmeister Edward Morgan, verließ ihn, ebenso William Funnell, John Welbe und 31 Männer. Der Wundarzt John Ballett war der einzige Offizier, der zu ihm hielt.

Die Trennung ging nicht ohne Gewalt ab. Dampier sagte aus, dass Bellhash, der Steuermann, »mich an der Gurgel packte und schwor, wenn ich ein Wort sagte, würde er mir den Schädel einschlagen«. Um es ihm zu erschweren, die Route zurück zu finden, setzten sie alle Gefangenen an Land. Sie forderten die Herausgabe der Schlüssel zur Pulverkammer und zum Waffenschrank. Als er sich weigerte, sie ihnen auszuhändigen, sagte Morgan: »›Wir haben Brechstangen an Bord, bessere Schlüssel können wir uns gar nicht wünschen‹, und mit diesen Worten brach er die Türen auf.« Sie schleppten alle Waffen, Lebensmittel, Alkoholvorräte, Silber- und Goldgeräte von Bord und nahmen auch die Lizenz, den Kaperbrief des Schiffes, mit. Als sie Segel setzten, »rief dieser Witzbold Toby Thomas aus: ›Armer Dampier, dir ergeht's wie König James, alle haben dich im Stich gelassen!‹«[19]

Mit zwei Mann an den Pumpen, die rund um die Uhr lenzten, segelte die *Saint George* weiter. Jemand verstopfte die Löcher mit Talg und Holzkohle, »da man nicht wagte, auch nur einen Nagel einzuschlagen, um es nicht noch schlimmer zu machen«. Die vier Geschütze, die im Zwischendeck standen, wurden in den Stauraum geschafft. Es gab keine Männer, die sie hätten bedienen können, und ebenso wenig Munition.

Auf ganzer Linie geschlagen, brach Dampier in Richtung Heimat auf. Das Einzige, worauf das Gesindel unter seinem Kommando noch hoffte, war, mit dem Leben davonzukommen. Sie mussten ein Schiff aufbringen, auf dem sie 10 000 Seemeilen Ozean bewältigen konnten. In Februar kaperten sie eine spanische Brigantine.[20] Dampier nahm damit Kurs gen Westen. Die völlig heruntergekommene *Saint George* ließ er geankert zurück.

Die Fahrt war katastrophal. Die hier und da an der Küste zusammengeraubten Lebensmittel reichten nicht aus. Ihr Trinkwasser war eine Suppe aus Entengrütze, und ihre Tagesration betrug pro Kopf weniger als ein Pfund Mehl, »und das auch voller Ungeziefer, Maden und Spinnen«. Sie kochten diese Mixtur in Wasser auf und aßen sie dann. Sie konnten vor Hunger nicht einschlafen, also tranken sie vom grünen Wasser. »Das sättigte uns insoweit, als dass wir einschlafen konnten; aber sobald wir aufwachten, waren wir immer so hungrig wie vorher.«

In Batavia[21] wurde Dampier, da er keinen Kaperbrief vorweisen konnte, als Pirat verhaftet und sein Schiff konfisziert. Er saß über ein Jahr im Gefängnis, ehe er Ende 1707 – mit völlig leeren Taschen – wieder nach England verfrachtet wurde.

Eine Hand voll weiterer Überlebender hatte es bereits irgendwie zurück geschafft. Funnells Gruppe traf im August 1706 ein: »nur noch 18 von den 183 Mann, die ursprünglich mit uns aufgebrochen waren«. Sie hatten die Südsee ohne Arzt, Medikamente oder Zimmermann, ohne Anker, Taue oder Boot durchquert und dabei Unvorstellbares durchgemacht. Sie waren ständig kurz vor dem Verhungern und Verdursten gewesen. Nachdem sie auf der Insel Guam etwas zu essen zusammengestohlen hatten, wurden sie von nackten Männern in Booten verfolgt, »die von ferne mit ihren Paddeln drohten«. Sie wurden von Orkanen und Monsunwinden gebeutelt: »Die See schlug von vorn und von achtern und von beiden Seiten auf uns ein, sodass wir fast ununterbrochen unter Wasser lagen.« Auf der Insel Manipa, einer niederländischen Kolonie, verweigerte ihnen der Gouverneur, obwohl sie dem Hungertod nahe waren, jegliche Lebensmittel.

Ende Mai 1705 erreichten sie die Gewürzinsel Amboina[22]. Die Niederländer schleppten sie in den Hafen und beschlagnahmten das Schiff. Nach Sheltrams und Clifts Aussage verdiente Morgan durch den Verkauf des Silbergeschirrs, der Barren und der Edelsteine, die er gestohlen und versteckt hatte, 10 000 Pfund. Diejenigen, die ihre Wärter nicht bestechen konnten, wurden interniert, misshandelt und bekamen ungenießbares Fleisch zu essen. Nachts ließen ihnen die Mücken keine Ruhe. »Wir waren gezwungen, in einen Sack zu kriechen, um überhaupt einschlafen zu können.«

In Batavia trafen sie auf einige von Clippertons Männern. Morgan verkaufte den Eigneranteil der Beute für 600 Pfund und fuhr dann allein zurück nach London. Wer kein Geld hatte, schlug sich irgendwie durch. Die Überlebenden wurden mit der niederländischen Ostindien-Flotte nach Europa zurückgeschickt.

Für die Londoner Eigner war die Expedition ein Desaster: beide Schiffe verloren und keinerlei Beute. Thomas Estcourt war 1704 im Alter von 23 Jahren gestorben und hatte seinen gesamten Besitz seiner jüngeren Schwester Elizabeth hinterlassen. Sie hatte einen gewissen Richard Cresswell geheiratet. Die Cresswells sprachen mit Überlebenden, wie William Sheltram und Ralph Clift, und erfuhren von Diebstahl, Plünderungen, Meuterei und Gesetzlosigkeit. Sie witterten Betrug und Hinterlist, insbesondere von Seiten Dampiers und Morgans.

Sie begannen einen Rechtsstreit, der sich jahrelang hinziehen sollte, und erhoben dabei Anspruch auf jegliches Vermögen, in dessen Besitz Dampier jemals gelangen würde. Die Männer, die mit ihm gesegelt waren, warfen ihm zotige Ausdrucksweise vor, Trunksucht, Inkompetenz, Unehrlichkeit und Nichteinhaltung des Versprechens, einträgliche Prisen zu machen.[23]

1707 *Sie verschonten keinen Fremden*

An Tagen, an denen er es unterließ, die Südseite Der Insel einer Kontrolle zu unterziehen, befürchtete Selkirk, gerade dann könnte sich das rettende Schiff oder ein feindlicher Segler gezeigt haben. Wenn es im Tal schwül war, wehte hoch oben auf seinem Ausguck über der Bucht eine frische Brise, spendeten *Luma*, *Gunnera* und Riesenfarne Schatten. Aus dem engen Tal herausgehoben, konnte er die Zersplitterung des Archipels überschauen, Santa Clara, die aus dem Meer ragenden Felsen, die Gipfel und Grate der Berge, die sich weit hindehnten.

Ihm schwante, England könnte den Krieg verloren haben, und kein befreundetes Schiff würde sich je wieder in diesen

Meeren blicken lassen, die ganze Südsee könnte inzwischen von Spanien besetzt sein. Dreimal sah er von seinem Aussichtspunkt aus ein Schiff weit draußen Die Insel umsegeln, dann die Bucht von West nach Ost durchqueren. Es kam ihm vor, als sei es immer dasselbe Schiff. Er sah seine Segel. Jedes Mal rannte er hinunter zur Bucht. Er schleifte einen brennenden Ast ans Ufer und schürte ein Feuer, bis es hell aufflammte. Das Schiff fuhr vorbei.

Dann eines Morgens ging er in aller Frühe hinunter ans Meer – und da war ein Schiff. Mit der gelb-roten Flagge Spaniens. Es ankerte in der Bucht und hatte schon Boote zu Wasser gelassen. Am Ufer standen Männer gleich ihm. Einen Augenblick lang starrte er wie gebannt zu ihnen hinüber, dann machte er kehrt und rannte auf die schützenden Bäume zu.

Seine Flucht war ein Eingeständnis. Sie nahmen die Verfolgung auf, feuerten Pistolen ab und brüllten auf Spanisch. *Salvaje* hörte er, und *perro*[24]. Wären es Franzosen gewesen, so hätte er sich ergeben und gehofft, als Gefangener nach Europa zurückgebracht zu werden. Aber lieber wollte er allein auf Der Insel sterben, als den Spaniern in die Hände zu fallen. Sie würden ihn umbringen oder als Sklaven in den Silberminen arbeiten lassen.

Trotz seiner Kondition und seiner Kenntnis des Geländes hatte er Schwierigkeiten zu entkommen. Diese Männer waren zahlreich und alle bewaffnet. Sie verfolgten ihn, schossen, johlten, als sei er wirklich eine Ziege.

Er lief auf die dicht bewaldeten Hänge des östlichen Berges zu, wo er sich hoch oben auf einem Baum ein Versteck eingerichtet hatte. »Am Fuß des Baumes schöpften sie Wasser und töteten ganz in der Nähe mehrere Ziegen, zogen dann aber wieder ab, ohne ihn entdeckt zu haben.« Er befürchtete, sie würden ihn wittern, seine Anwesenheit spüren, ihn aufstöbern. Aber sie gaben die Jagd auf. Er war keine wertvolle Beute. Er war nicht wichtiger als ein Wolf oder ein Hirsch, der ihnen entwischen konnte.

Wieder beschützte ihn Die Insel mit ihrer Dunkelheit und dichten Vegetation. Nachts trank er Wasser, sättigte sich mit Vogeleiern und Pflaumen, sah andere Geschöpfe, die wie er vorsichtig nach Nahrung suchten, in Deckung rannten und schnüffelnd die Luft einzogen.

Seine Feinde blieben zwei Tage. Er vernahm die Geräusche ihres Aufbruchs, dann eine dichte, greifbare Stille. Als er zu seiner Lichtung zurückkehrte, waren seine verkrüppelten Zicklein alle tot, das Feuer war verloschen und seine Hütte niedergebrannt. Aber wieder hatte er sein Leben behalten, und Die Insel, die glitzernde See und die Hügel.

1707 — *Die kreisenden Seeschwalben, die tapsigen Robben*

Sie hatten alles zerstört: Seemannskiste, Kessel, Bettzeug, Bibel und Bücher, die Werkzeuge, die er geschmiedet, und die Nägel, die er geschliffen hatte. Er war mit wenig angekommen. Sie ließen ihm noch weniger zurück.

Es war ein heiterer Tag. Kolibris sogen an violetten Blüten (*Rhaphithamnus venustus*). Sturmtaucher strichen über die See, auf der er zur Abwechslung einmal froh war, kein Segel zu erblicken. Katzen kamen miauend aus dem Gesträuch hervor. Ein Kätzchen machte Jagd auf ein Blatt.

Seine Besucher hatten Spuren hinterlassen: abgenagte Knochen und Fußabdrücke im Sand. Er suchte das Ufer nach ihren Relikten ab: eine Goldmünze, drei Arrakflaschen, ein rostiger Anker, ein zerbrochenes Fass, ein Stück Segeltuch, ein kurzes Ende Kette, eine Rolle abgenutztes Tau, ausgemustertes Kantholz. Ihre Abfälle wurden zu Werkzeugen und Materialien für den Wiederaufbau seines Hauses.

Noch einmal entzündete er ein Feuer: das lange Reiben von Holz an Holz. Er improvisierte eine Esse. Über Tage und Wochen schmiedete er Eisen, hackte Brennholz, baute seine Hütten wieder auf, fing Ziegen, trieb Zicklein in einen Pferch, legte Lebensmittelvorräte an, ließ Robbenfett aus, mahlte Getreide, flocht aus Ruten einen Korb, zerfaserte Tauwerk zu Schnur, formte aus Schlamm Gefäße und brannte sie im Feuer. Mit Geduld stellte er wieder her, was zerstört worden war.

Sein neues Bett wurde besser, höher, weiter vom Erdboden entfernt. Die Steingefäße, die er zum Kochen benutzte, waren intakt geblieben, ebenso das Floß, von dem aus er manchmal angelte, und das Messer, das er immer am Gürtel trug. Als Vorsichtsmaßnahme baute er sich in den Bergen noch ein zweites Baumhaus, hoch oben im Wald des Südhangs. Es konnte schließlich wieder ein Feind kommen.

Und so begann sein Leben von neuem, der gewohnte Alltag, die Strategie des Überlebens. Er erkannte, dass auch unerfreulichere Szenarien als die Rettung möglich waren. Die Insel stillte seinen Geist. Jetzt hatte er keine Bibel mehr, aber er dankte dem hypothetischen Gott, der ihn möglicherweise an diesen Ort geführt hatte.

4

Die Rettung

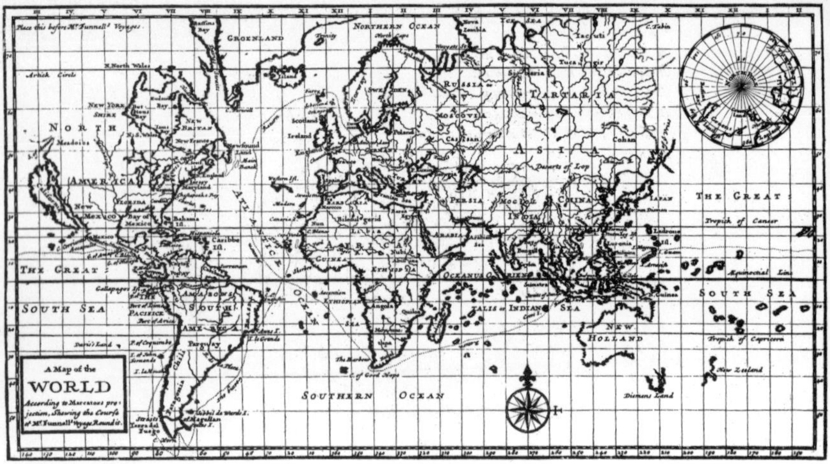

Selkirks Heimreise: westlich durch die »Große Südsee« und die Ostindischen Inseln.

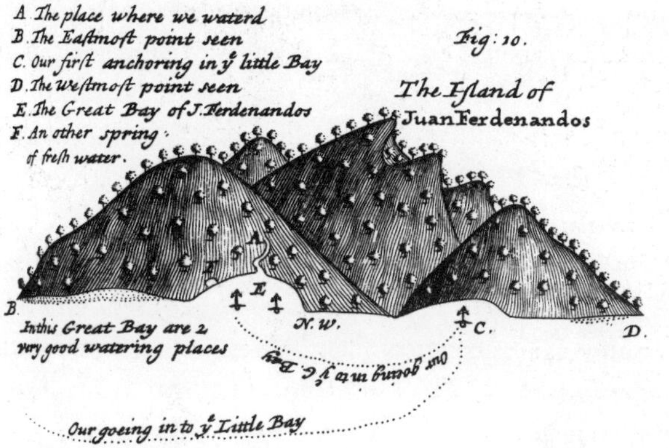

Gott schütze sie 1708

Das Scheitern seiner Expedition bedeutete für Dampier eine »große Entmutigung«. Doch der Siegespreis lockte weiterhin verführerisch, der Traum vom Reichtum – Diamanten und Gold, die Teppiche Persiens, die Seide Chinas.

Er war nun 56 Jahre alt.[1] Eidliche Erklärungen und böses Gerede bestätigten seine Unfähigkeit als Kommandant. Aber das Talent, risikofreudige Investoren mit Schilderungen von der Galeone von Acapulco zu umgarnen, hatte er noch nicht eingebüßt. Er war der einzige noch lebende Engländer, der die Welt zweimal umsegelt hatte. Seine veröffentlichten Tagebücher bewiesen seine Vertrautheit mit der Südsee.

Schuld an dem Misserfolg, sagte er, war nicht sein ehrgeiziger Plan gewesen. Es waren die wurmstichigen Schiffe gewesen, die streitsüchtigen und inkompetenten Offiziere, die undisziplinierten Männer. Es galt zwar, aus den begangenen Fehlern zu lernen, aber die spanischen Goldgaleonen befuhren weiterhin die Südsee. Wie immer wartete die Gelegenheit nur darauf, beim Schopf ergriffen zu werden.

Ein Konsortium von Bristoler Stadträten finanzierte eine neue Expedition. Drei der Geldgeber waren ehemalige Bürgermeister. Alle, Sheriff wie Aldermänner, riskierten einen Einsatz. Christopher Shuter steuerte 3105 Pfund bei, John Ramsey, der Stadtschreiber, 1552 Pfund, Thomas Goldney, Kaufmann, investierte 3726 Pfund, Dr. Thomas Dover, »Doktor der Medizin«, 3312 Pfund.[2]

Ermutigt wurden sie durch einen Erlass vom März 1708, mittels dem die Krone auf ihren Anspruch auf einen Anteil an allen Gewinnen von Kaperfahrten verzichtete: »Jede Prise und Beute, die von besagten Schiffen gemacht wird, soll künftig zum ausschließlichen Nutzen und Vorteil von Eignern und Besatzung gereichen.«[3]

Sie wählten den ortsansässigen Woodes Rogers als Kapitän. Dessen Schwiegervater, Admiral William Whetstone, hatte die englische Karibikflotte befehligt. Rogers hatte 1705 geheiratet, er war vollberechtigter Bürger von Bristol und besaß zu dem Zeitpunkt, 1708, ein Haus am Queen's Square, drei Kinder und gesellschaftliches Ansehen, allerdings kein Geld. Wie Daniel Defoe war er zutiefst verärgert gewesen, aus dem im selben Jahr veröffentlichten Tagebuch eines französischen Schiffskapitäns, Jacques de Beaucheane-Gouin, zu erfahren, die Franzosen hätten durch ihre Aktivitäten in der Südsee in einem Jahr 25 Millionen Pfund eingenommen. Solche Reichtümer gestatteten es König Ludwig XIV., den Krieg gegen England fortzusetzen.

Zwei Fregatten, die *Duke* und die *Dutchess*, wurden ausgerüstet und zum Schutz gegen die fürchterlichen »Würmer« mit einer doppelten Verhäutung versehen. Die *Duke* verdrängte 320 Tonnen, hatte 30 Kanonen und kostete 6880 Pfund; die *Dutchess* verdrängte 260 Tonnen, hatte 26 Kanonen und kostete 4160 Pfund. Beide erhielten von Prinz Georg von Dänemark einen Kaperbrief – ihre Lizenz, in der Südsee französische und spanische Schiffe anzugreifen.[4]

Rogers sollte die *Duke* kommandieren und Stephen Courtney, »ein Mann von Stand, Vermögen und sehr liebenswürdigen Eigenschaften«, die *Dutchess*. Edward Cooke, der wie Woodes Rogers während der Reise ein Tagebuch führte, erhielt den Rang eines Zweiten Kapitäns. John Ballett fuhr wieder mit, begleitet von einem zweiten Wundarzt, James Wasse, einem »sehr ehrlichen, brauchbaren Mann«. Woodes Rogers' 20-jähriger Bruder John hatte als Leutnant auf der *Dutchess* angeheuert, Joseph Alexander als »Sprachgelehrter«, Carleton Vanbrugh, Cousin des Architekten und Dramatikers John Vanbrugh, und William Bath würden als Agenten der Eigner deren Interessen vertreten.

Dampier erhielt den Rang eines »Lotsen für die Südmeere«. Rogers und Courtney wurden angewiesen, sich jenseits von Kap Hoorn »regelmäßig mit Ihrem Lotsen Kapitän Dampier zu beraten, von dessen Kenntnis jener Gegenden ein befriedigender Ausgang der Unternehmung abhängig sein wird«.

Eingedenk des chaotischen Verlaufs früherer Expeditionen setzten die Eigner einen sehr detaillierten Vertrag auf. Sie würden für Schiffe, Geschützmunition, Proviant und Gebühren aufkommen. Die Schiffe sollten als private Kriegsschiffe, nicht als Kauffahrer segeln. Zwei Drittel der Erlöse aus dem Verkauf der Beute würden den Eignern zufallen, ein Drittel der Besatzung. Wenn ein Seemann während eines Gefechts ein Glied verlor oder »so versehrt [wurde], dass er seinen Lebensunterhalt nicht mehr bestreiten [konnte]«, würde er zusätzlich zu seinem jeweiligen Anteil 30 Pfund erhalten. Eine Landratte würde 15 bekommen. Kamen sie ums Leben, würden die genannten Summen an ihre Witwen fallen. »Zeichnet sich ein Mann im Gefecht oder sonst aus, so soll er darüber hinaus noch eine zusätzliche Belohnung, entsprechend der Tapferkeit seiner Handlungsweise, erhalten.«

Auf 17 Investoren fielen insgesamt 256 Anteile. Kapitäne sollten 24 Anteile erhalten, Maate und Zimmerleute sechs. Einfache

Matrosen konnten wählen, ob sie mit Anteilen an dem Gesamterlös, einer festen Heuer oder einer Kombination aus beiden (»28 Shilling *pro Monat* und eineinviertel Anteil«) entlohnt werden wollten.

Sämtliche Entscheidungen sollten von einem Offiziersrat getroffen werden. Mit Geld ließ sich Einfluss erkaufen: Dr. Dover, der 23 Anteile hielt, keinerlei Führungsqualitäten besaß und von nautischen Angelegenheiten nicht die leiseste Ahnung hatte, würde den Vorsitz über dieses Gremium führen.

Die Besatzung war wie üblich eine Bande von Entwurzelten. Von den insgesamt 333 Mann konnten sich rund 20 als Matrosen bezeichnen:

Über ein Drittel waren Ausländer unterschiedlichster Herkunft; etliche von den Untertanen Ihrer Majestät waren Kesselflicker, Schneider, Heumacher, Hausierer, Musikanten &c., ein Neger und ungefähr zehn Jungen. Mit diesem gemischten Haufen hoffen wir gut bemannt zu sein, sobald alle den Gebrauch von Waffen gelernt haben und seefest geworden sein würden, was wir uns anheischig machten, sie schon bald zu lehren, und sie zur Disziplin zu erziehen.[5]

Wie schon 1703 segelten die Schiffe zunächst zum irischen Versorgungshafen Kinsale. An Bord genommen wurden dort unter anderem

vier Fässer Rindfleisch, vier Oxhofte Schweinefleisch, 82 Fässchen Butter, sechs Zentner Käse, 80 Butten Bier, drei Kisten Seife, 14 Kisten Kerzen, zwölf Fässer Hafermehl, drei Oxhofte Essig, sechs Stück Leinwand für Hängematten, 40 Betten, 40 Kissen und 40 Decken, 50 rote Jacken und 150 Mützen, vier Tonnen Talg, sechs Pferdehäute und drei Häute Sohlenleder, ein irdener Ofen, zwölf Dutzend Strümpfe und ein Zentner Kork.[6]

In Kinsale »heirateten [die Männer] in einem fort«. Umherziehende Advokaten und Priester setzten zweifelhafte Ehekontrakte auf. Ein Däne schloss mit einer Irin den Bund der Ehe, obwohl keiner von beiden auch nur ein Wort der Sprache des anderen beherrschte. Die Männer »leerten bis zur letzten Minute ihre Kannen Flip« und schienen keinen Gedanken daran zu verschwenden, wohin die Reise ging. Die Agenten äußerten in Briefen an die Eigner die Befürchtung, dass die Expedition möglicherweise weniger diszipliniert verlaufen könnte, als die Vertragsvereinbarungen vorsahen:

Unsere Feder vermag es nicht, alle Mühsalen und Verdruss zu beschreiben, die wir erduldet... Es nähme kein Ende zu schildern, was geschehen ist... Kap. Rogers' Regiment hat alles nur noch schlimmer gemacht... Ich hoffe, es wird mehr Regelmäßigkeit und Harmonie zwischen ihnen einkehren, wenn sie erst auf hoher See sind... Gott schütze sie, und möge es ihnen gelingen, die ungeheuren Ausgaben zu rechtfertigen, die Sie ihretwegen auf sich genommen haben.

Zucht und Ordnung 1708

Die Schiffe stachen am 1. September um zehn Uhr morgens in See. Von Kinsale nahmen sie Kurs nach Süd. Sie waren, so Rogers, »überfüllt und gestopft voll und nicht in der Lage, einen Feind anzugreifen, ohne Proviant und Vorräte über Bord zu werfen«.[7] Sie mussten so schnell wie möglich eine Prise machen, um Männer ausquartieren zu können.

Auf der ersten Ratsversammlung wurde vereinbart, dass der Erste, der das Segel eines feindlichen Schiffes sichtete, 20 »Achterstücke« erhalten sollte. Dies war ein Ansporn für die Männer, die Augen offen zu halten. Doch gab es ihnen auch Anlass zu Auseinandersetzungen. Hitzige Diskussionen entbrannten darüber hinaus wegen der Alkoholknappheit an Bord. Die Männer waren »erbärmlich gekleidet«, obwohl man damit rechnete, dass das Wetter zeitweise »äußerst kalt« werden würde. »Gute geistige Getränke«, schrieb Rogers, »zieht der Matrose jeder Kleidung vor.« Dampier war voll des Lobes für den Wein aus Teneriffa, also beschloss man, dort Zwischenstation zu machen.

Am 11. September verfolgten und kaperten sie ein schwedisches Schiff. Gerechtfertigt wurde der Angriff damit, dass das Schiff Schmuggelware geladen haben konnte, aber diese Unterstellung ließ sich nicht bestätigen. Schweden war an Englands Konflikt mit Spanien und Frankreich nicht beteiligt. Die Offiziere gaben das Schiff wieder frei. Dies veranlasste den Bootsmann der *Duke*, Giles Cash, zehn Männer zur Meuterei aufzuwiegeln. Rogers reagierte mit strengen Strafen. Die Übeltäter wurden bei Brot und Wasser in Eisen gelegt. Cash wurde »wegen Anstiftung zur Befehlsverweigerung ausgepeitscht« und anschließend in Madeira an Land gesetzt. Auf dieser Fahrt sollte unbedingt für die Wahrung von »Zucht und Ordnung« gesorgt werden.

Bei so vielen Männern gingen die Vorräte rasch zur Neige. Am 18. September machten sie in der Nähe von Teneriffa ihre erste Prise – ein kleines spanisches Handelsschiff mit 45 Passagieren. Entgegen Rogers' Rat ging Carleton Vanbrugh in Teneriffa an Land, um mit dem Gouverneur eine Ranzion auszuhandeln. Er wurde sofort festgenommen. Rogers wollte ihn im Gefängnis verschimmeln lassen, aber nach einem kurzen Briefwechsel kam der Gefangene mit »Wein, Trauben, Schweinen und anderen Vorräten als Ranzion für die Barke« frei.

Vanbrugh beschwerte sich über seine Behandlung durch Rogers. Man bemühte sich, solche Klagegründe im Rahmen von Ratsversammlungen aus der Welt zu schaffen, um »in einem so frühen Stadium der Reise keine unnötigen Missverständnisse aufkommen zu lassen«. Es wurden ergänzende Klauseln zu den bereits bestehenden Vorschriften niedergeschrieben, welche die Strafe für Befehlsverweigerung, Trunkenheit oder Desertion sowie – die am hitzigsten erörterte Frage überhaupt – die Möglichkeit einer vorzeitigen Aufteilung der Beute regelten.

Während die Schiffe Kurs auf Kap Hoorn nahmen, forderten Hunger und Skorbut die ersten Opfer. Das Wetter war »äußerst kalt mit heftigen Stürmen«. Der Schneider nähte aus Wolldecken Jacken. Während eines Orkans mit Windgeschwindigkeiten von 40 Knoten[8] schlugen die Wogen durch die Heckfenster der Kabinen der *Dutchess*. Leutnant William Stretton wurde zusammen mit Musketen, Pistolen und dem Abendessen der Offiziere bis ans andere Ende des Decks gespült.

Der erste Todesfall durch Skorbut wurde am 7. Oktober festgestellt. Weitere folgten. An einem Freitag stürzte ein junger Mann, George Davies, von der Kreuzbramrah aufs Achterdeck und brach sich den Schädel. John Ballett ließ ihn zur Ader, aber »er blieb sprachlos«.

Als sie den Wendekreis des Krebses passierten, wurden Neulinge wie immer von einer Rah aus an einem Tau ins Wasser getunkt. Rogers befand das Ritual für »dermaßen heidnisch«.

Entbehrungen, Langeweile und Raumnot führten zu gewalttätigen Auseinandersetzungen, die auch die Einführung von Morgen- und Abendgebeten nicht verhindern konnte. Da die Spannungen zwischen ihm und Rogers ein unerträgliches Maß erreicht hatten, wurde Vanbrugh auf die *Dutchess* verlegt. Kapitän Cooke bezog Prügel von seinem Zweiten Maat William Page, der zur Strafe mit Fußfesseln und Stockhieben bedacht und anschließend in Eisen gelegt wurde.

Dampiers Gedächtnis ließ von Tag zu Tag mehr nach. Er war sich der Lage der Kapverdischen Inseln nicht sicher und konnte sich gar nicht erinnern, sie schon früher einmal besucht zu haben. Die Schiffe erreichten sie Anfang Oktober durch reinen Zufall und ankerten vor São Vicente. Die Männer lechzten nach frischem Wasser. Die Wasserfässer »stanken unerträglich«. Die Männer töteten »mit Stacheln bedeckte Ungeheuer« und walnussgroße Spinnen und kauften Tabak, Branntwein, Kühe, »Zitronen, Orangen, Geflügel &c.«.

Während der Überfahrt nach Ilha Grande ertrugen sie noch mehr stürmisches und feuchtes Wetter. Am 3. Dezember sichteten sie Tümmler und Schwertwale, Robben und »große Ballen von Tang«. Der Gouverneur der Insel bereitete ihnen einen freundlichen Empfang, und sie handelten ihm »Lebensmittel und Erfrischungen« ab. Im Austausch gegen Frauenkleider, Säcke von Schnupftabak und Kisten voll Scheren aus dem erbeuteten Schiff erhielten die Freibeuter 34 Stiere, Rum, Zucker, Schafe und Tauben.

Die Männer tranken sich »mehr als einen halben Rausch« an und beglückten den Gouverneur und einen Mönchskonvent mit »›Hey boys, up we go‹ und allen möglichen anderen nichtswürdigen Liedern«. Vanbrugh erregte Ärgernis, indem er ohne besonderen Grund auf die Insassen eines Kanus schoss. Er tötete den indianischen Sklaven eines Mönches und verschuldete den Untergang des Goldes, welches das Kanu geladen hatte. Der Mönch erklärte, er werde in England und Portugal »Gerechtigkeit suchen«.

Als sie sich am Weihnachtstag den Falkland-Inseln näherten, sahen sie einen Albatros, dessen »Flügel eine Spannweite von zweieinhalb bis drei Meter« hatten. Am Neujahrstag ließ Rogers auf dem Achterdeck einen großen Bottich Punsch ansetzen. Jeder Mann bekam davon einen halben Liter eingeschenkt, den er auf die Schiffseigner, Großbritannien, ein glückliches neues Jahr, eine gute Reise und eine sichere Heimkehr austrank.

Alkohol löste aber nicht alle Probleme: 50 Männer hatten Skorbut, acht hatten die Ruhr. John Veales Beine schwollen an. Thomas Rush und Quire Johnson starben. »Die Männer werden kränker und kränker und brauchen einen Hafen, um sich zu erholen«, schrieb Woodes Rogers. Alle Hoffnungen konzentrierten sich darauf, das gastliche Juan Fernández zu erreichen, aber niemand war sich bezüglich seiner Lage sicher, *da die Bücher sie so verschieden angeben, dass keine zwei Seekarten miteinander übereinstimmen; und da es nur eine kleine Insel ist, haben wir gewisse Zweifel, ob wir sie auch finden werden.*

Ein Schiff mit weißen Segeln 1709

Es war später Nachmittag und Selkirk kochte sich gerade sein Abendessen, als das Schiff seiner Rettung erschien. Seiner Schätzung nach musste es Ende Januar sein. Er suchte die See ab, und da, am Horizont, war ein hölzernes Schiff mit weißen Segeln. Er wusste, dass es sein Schiff war. Es sah genau so aus wie das Schiff seiner Träume.

In dem Moment, als er es sah, blieb die Zeit stehen. Zwischen dem Augenblick seiner Aussetzung und dieser Verheißung von Rettung schien es keinerlei Zwischenraum zu geben. Dieselbe weite Bucht, die gerade Linie des Horizonts, die hohen Klippen und kreisenden Vögel. Nichts hatte sich zwischen damals und jetzt ereignet – einzig das unausgesprochene Geschehen seines Geistes. Unmitgeteilt. Verhallt. Er war für niemanden von Bedeutung gewesen. Ein Schatten-Ich.

Ein zweites Schiff kam in Sicht. Es sah so aus, als seien die *Cinque Ports* und die *Saint George* wieder da. Er verspürte einen inneren Widerstreit, befürchtete, die Schiffe würden vorüberziehen, und hoffte, sie würden es, befürchtete das Ende seiner solipsistischen Freiheit, die Befleckung Der Insel. Er nahm an, dieselben Männer kämen zurück, um ihn zu holen, Stradling sei der Kapitän des kleineren Schiffes. Er hasste ihn mit der gleichen Inbrunst wie an dem Tag ihres Zwistes. Lieber wollte er allein in den Bergen sterben, als ihn wiederzusehen.

Die Schiffe hielten nach Osten. Er dachte schon, sie würden Die Insel übersehen: Sie war ein so kleiner Klumpen Festland.

Selbst Kapitän Dampier mit seinen legendären Navigationsfähigkeiten war daran vorbeigesegelt, weil er angenommen hatte, sie liege woanders.

Selkirk schleifte einen brennenden Scheit zum Strand. Er sollte sein Willkommensfeuer sein. Er wollte zeigen, dass dies die sichere Bucht war, dass es hier Wärme gab, Nahrung und Wasser. Er wollte seine Brüder von der nackten Klippenwand weglotsen.

Er war wieder bei ihnen. Die kalte Seeluft in der Nacht, der unerbittliche Regen, das Elend durchnässter Kleider. Viele waren bestimmt schon dem Tod nah, durch Hunger und Skorbut. Wie Will vor ihm schlachtete er drei Ziegen, häutete sie ab und zerteilte sie und briet ihr Fleisch über der Glut. Er sammelte Rüben und Kräuter für eine Suppe. Es kamen Gäste auf seine Insel. Die Rettung nahte.

Er wusste, dass er diese Schiffe nicht davonfahren lassen durfte. Hier lag eine Aufgabe vor ihm, bei der er nicht versagen durfte. Er warf Holz auf das Strandfeuer, bis es hell aufloderte. Er illuminierte Die Insel mit Flammen.

1709 *Das Licht am Ufer*

Um sieben Uhr morgens des letzten Januartages 1709 sichtete Woodes Rogers einen Landrücken unter einer Decke von Wolken. Es war Die Insel. Sie zu orten hatte Schwierigkeiten bereitet. Dampier »war sehr ratlos«, auch wenn er behauptete, eine Karte von diesen Meeren im Kopf zu haben. Er hatte erst zur Küste Chiles zurückgemusst, um sich orientieren zu können. Die Schiffe waren nach Osten gesegelt, hatten Valparaíso gesichtet, dann wieder genau westlichen Kurs genommen.

Rogers war unsicher, welche Route sie gefahrlos in die Große

Bucht bringen würde. Der Wind war böig. Um nicht gegen die Klippen geschleudert zu werden, blieben die Schiffe ungefähr zwölf Seemeilen vor der Küste. Um zwei Uhr nachmittags brach Kapitän Dover mit der voll bemannten Pinasse der *Duke* auf, um die Küste zu erkunden und den Weg in die Bucht herauszufinden. Bei der unruhigen See war es für ein so kleines Boot eine gefährliche Distanz. Gegen Abend war die Pinasse noch etwa drei Meilen vom Ufer entfernt. Als sie auf die Leeseite der Insel zuhielten, sichteten die Männer Selkirks Feuer. Sie schlossen daraus auf die Anwesenheit eines Feindes. Auch Woodes Rogers konnte das Licht des Feuers verschwommen ausmachen. Anfangs hielt er es für ein Signal der Pinasse, aber als der Himmel sich verdunkelte, gelangte er zu dem Schluss, dazu sei es zu groß. Er signalisierte dem Boot zurückzukehren:

Wir feuerten ein Quarterdeck-Geschütz und mehrere Musketen ab und brachten dazu Lichter an Besan- und Fockwante an, damit unser Boot uns fand. Gegen zwei Uhr morgens kam unser Boot an Bord, nachdem es zwei Stunden an Bord der Dutchess *gewesen war, die es achtern von uns gebracht hatte. Wir waren froh, dass sie heil davongekommen waren, denn es hatte inzwischen aufgefrischt. Wir sind alle davon überzeugt, dass das Licht am Ufer ist, und beabsichtigen, die Schiffe gefechtsklar zu machen, da wir glauben, dass da französische Schiffe vor Anker liegen, und wir müssen sie entweder angreifen oder auf Wasser &c. verzichten.*

Somit erreichte Selkirk durch sein Freudenfeuer nur, dass die Männer in Alarmzustand versetzt wurden. Sie befürchteten, es möglicherweise sogar mit einer spanischen Garnison zu tun zu haben. Sie lechzten alle nach Wasser, Lebensmitteln und Land. Sie konnten unmöglich weitersegeln. Dampier empfahl, die Südseite Der Insel anzusteuern und dann mit dem ersten Südwind hart am Ostufer in die Bucht einzufahren.

Um zehn Uhr morgens erreichten die Schiffe die Große

Bucht. Heftige Windstöße von Land her zwangen sie, die Toppsegel zu reffen. Die *Dutchess* hisste die französische Flagge. Sie erwarteten, dass der Feind sich zeigen würde, aber es war keine Spur menschlicher Anwesenheit zu sehen, weder dort noch in der nächsten, drei Meilen weiter westlich gelegenen Bucht. »Wir nahmen an, dass Schiffe da gewesen waren, dass aber unser Erscheinen sie vertrieben hatte«, schrieb Rogers.

Um zwölf Uhr mittags sandte er die Jolle mit Thomas Dover, Robert Frye und sechs weiteren bewaffneten Männern an Land. Auf den Schiffen wurden alle Mann an die Segel geschickt, »aus Angst, dass die Böen diese fortwehen könnten«.

1709 *Wer war er?*

Selkirk konnte gar nicht glauben, dass die Pinasse so nah ans Ufer gekommen war, nur um wieder umzukehren. Dieses Begrüßungsfeuer war missverstanden worden. Es war ein Déjàvu: Wellen, die am Ufer zerschellten, ein Boot, das sich entfernte, auf ein wartendes Schiff zuhielt, während er ohnmächtig am Wassersaum stand. Nur dass er diesmal in Ziegenfelle gekleidet war und seit vier Jahren und vier Monaten mit keiner Menschenseele gesprochen hatte.

Sein Verstand sagte ihm, dass sie vorsichtig sein mussten und sich bei Einbruch der Helligkeit vergewissern würden, dass keine feindlichen Schiffe in der Bucht ankerten. Dass sie es bestimmt nicht erwarten konnten, an Land zu gehen, und wussten, dass es weit und breit kein anderes Land gab. Aber sicher war er sich nicht. Er sah die Lichter an Besan- und Fockwante verlöschen und wusste, dass die Pinasse zurückgekehrt war. Er deckte die Glut seines Feuer zu und starrte hinaus auf das sternenglitzernde Wasser. Er sah die Schiffe nach Osten abziehen und fühlte seine Hoffnung auf Rettung schwinden. Er würde auf Der Insel sterben, während Schiffe in Sichtweite vorbeisegelten.

Es war unerträglich, tatenlos herumzusitzen, aber er konnte nicht mehr tun als warten. Wenn er ein neues Feuer anzündete, würden sie einen Feind dahinter vermuten. Ohne ein Feuer wiederum würden sie von seiner Not nichts erfahren. Er kletterte zu seinem Aussichtspunkt hinauf, den Pfad entlang, den er über die Jahre ausgetreten hatte. Er hatte seit 24 Stunden nicht geschlafen und nicht gegessen. Als der Himmel hell wurde und im Wald die Geräusche des Lebens erwachten, starrte er vom Joch aus auf die umgebende See. Wie immer war kein Schiff in Sicht. Nur eine graue See mit einem weißen Saum. Klippen und Lautlosigkeit.

Als er wieder vom Berg herunterkam, sah er die Jolle und ihre Besatzung. Sie schienen Engländer zu sein, aber er war sich nicht sicher. Die Gestalten der Männer, die Linien des Bootes kamen ihm vertraut vor. Er schwenkte einen weißen Lappen an einem Stock. Die Männer riefen herüber, er sollte ihnen zeigen, wo sie anlanden konnten. Er lief zum östlichen Ende der Bucht, wo die Felsen nicht zu hoch waren und das Wasser tief genug und ein Boot festmachen konnte. Er blieb auf der Felskante stehen. Acht Männer richteten Feuerwaffen auf ihn. Er hob die Hände über den Kopf. Er versuchte zu sprechen, er sagte: »Ausgesetzt.«

Er war sichtlich unbewaffnet, aber einzig weil er auf zwei Beinen ging, sahen sie ihn als einen Menschen an. Sie befürchteten, er könnte irgendein Zwitterwesen des Waldes sein, ein Kannibale, eine primitive Bestie wie in Dampiers Tagebüchern, etwas zum Sezieren oder zum Ausstellen. Wenn man die Heimat verließ und die Meere durchquerte, waren das die Kuriositäten, die einem normalerweise begegneten.

Sie stießen ihn mit den Musketen an und bombardierten ihn mit Fragen. Wer war er? War er allein, warum war er hier, wie war sein Name, wo war sein Schiff? Er stand mit ausgebreiteten

Händen da und sagte noch einmal: »Ausgesetzt.« Er deutete auf die Hütte am Ufer, auf das ausgelöschte Feuer, die Brühe, die er für sie gekocht hatte, die Berge, und dann weinte er.

Die Männer lachten. Was sie brauchten, waren Wasser und Lebensmittel. Sie richteten ihre Aufmerksamkeit auf die klaren Bäche, das gekochte Essen, die Langusten, die zwischen den Felsen staksten. Er zeigte ihnen die Speisekammer Der Insel, zeigte ihnen, wo sie sich unter fließendem Wasser erfrischen konnten, welche Kräuter Wunden heilten. Robert Frye begleitete ihn über die Felsen, durch Wald und Busch hinauf zu der Lichtung, wo er seine Hütten gebaut und die Katzen und Ziegen gezähmt hatte. Er zeigte einem anderen Menschen sein Zuhause.

1709 *Absoluter Herrscher*

Die Schiffe blieben außerhalb der Bucht. Die Jolle war so lange nicht wieder aufgetaucht, dass Woodes Rogers befürchtete, sie sei gekapert worden. Er sandte die Pinasse mit weiteren Bewaffneten aus, damit sie der Sache auf den Grund gingen. Auch sie blieben unerklärlich lang verschwunden. Er ließ den Booten durch Schüsse signalisieren, dass sie zurückkehren sollten.

An Land fragten die Männer derweil Selkirk aus. Er war eine Trophäe, eine Kuriosität. Er wurde aufgeregt, seine Rede wirr. »Er hatte seine Sprache aus Mangel an Gebrauch so sehr verlernt, dass wir ihn kaum verstehen konnten, denn er schien die Worte brockenweise auszusprechen.«

Sie luden ihn aufs Schiff ein. Er versuchte ihnen begreiflich zu machen, dass er, sollte eine bestimmte Person an Bord sein, Die Insel nicht verlassen würde. Sie verstanden nicht, was er meinte. Er sagte es noch einmal. Es gab jemanden, dem er nicht begegnen konnte, einen Mann, den er hasste, der ihn zu einem Dasein als lebender Toter verdammt hatte. Er erklärte ihnen, dass es Stradling gewesen sei, Thomas Stradling. Sie versicherten ihm, dass Stradling nicht zu den Offizieren gehöre, dass die einzigen Männer von der früheren Expedition William Dampier und John Ballett seien. Er könne unbesorgt mit ihnen aufs Schiff kommen und sich selbst überzeugen. Wenn ihn das, was er sah, nicht befriedigte, würden sie ihn auf Der Insel zurücklassen.

»Unsere Pinasse kehrte vom Ufer zurück«, schrieb Woodes Rogers in sein Tagebuch, »beladen mit Langusten und einem Mann in Ziegenfellen, der wilder als die ursprünglichen Eigentümerinnen derselben aussah.«

Barfuß, zottig und sprachlos, betrat Selkirk die *Duke*. Er schüttelte Menschen die Hand: Woodes Rogers, William Dampier, Thomas Dover, Carleton Vanbrugh, Alexander Vaughan, Lancelot Appleby, John Oliphant, Nathaniel Scorch. Sie sprachen seinen Namen aus, hießen ihn willkommen und legten ihm den Arm um die Schultern.

Vor allem Woodes Rogers stellte viele Fragen: Wo kam er her, mit wem war er gesegelt, was war sein Rang, wie hatte er überlebt, wie lang war er allein gewesen? Es fiel Selkirk schwer zu antworten. Sein harter schottischer Akzent, diese überwältigende Rettung, die ungewohnte Gesellschaft von Menschen, die Verhältnislosigkeit seiner Bestrafung, die Trennung von einem Ort, der ihm phasenweise wie ein Paradies vorgekommen war …

Also erzählte er ihnen, was sie vermutlich hören wollten. Er war Alexander Selkirk. Er kam aus Fife in Schottland. Er war vier Jahre und vier Monate lang allein auf Der Insel gewesen. Kapitän Stradling von der *Cinque Ports* hatte ihn dort zurückgelassen. Er hatte eine Hütte aus Piment- und Sandelholz gebaut, Feuer gemacht, sich aus Tierfellen Kleider genäht, Katzen und Zicklein gezähmt, Ziegen gejagt, hoch oben in den Bergen kleine schwarze Pflaumen gepflückt. Er erzählte ihnen von der Ankunft der Spanier und von dem Tag, an dem er in den Abgrund gestürzt und beinahe gestorben war. Er erzählte ihnen, wie er es, da er ein Mensch war, geschafft hatte zu überleben.

Sie boten ihm Alkohol an, den er kaum herunterbekam, so sehr brannte er ihm in der Kehle. Sie gaben ihm so salzige Speisen, dass er sie nicht essen konnte. Sie steckten ihn in Kleider, in denen er sich eingeengt fühlte, Schuhe, die seine Füße anschwellen ließen und die er einfach wieder ausziehen musste. Sie brachten ihm die Haare in Fasson und rasierten ihm den Bart ab. Auf Dampiers Empfehlung hin wurde er zum Zweiten Maat der *Duke* ernannt.

Woodes Rogers titulierte ihn als den Gouverneur Der Insel und deren absoluten Herrscher. Selkirk konnte ihm nicht begreiflich machen, dass es nicht so war: dass Die Insel *ihn* beherrscht hatte und ihre eigene Herrin war. Dass sie wieder ausbrechen würde. Dass er von der Umfriedung der Berge und den unerbittlichen Winden gebändigt worden war. Dass die wirkliche Erfahrung des Ausgesetztseins unaussprechlich, unbegreifbar war, dass sie sich vielleicht in seinen Augen ausdrückte, aber nicht in seinen Worten. Dass Die Insel ihn auf sich selbst zurückgeworfen hatte, so weit zurückgeworfen, dass keinerlei Zeit vergangen war außer der Stille zwischen zwei Brechern.

1709 *Die Welt der Menschen*

Und so kehrte Selkirk in die Menschenwelt zurück. Er war der Hausherr Der Insel. Er zeigte seinen Gästen ihre Fülle, beeindruckte sie mit ihrer Gastlichkeit. Stolz rühmte er ihr üppiges Grün, ihre mäßige Sommerhitze und ihre milden Winter, ihr Freisein von giftigen oder räuberischen Tieren, ihren Fischreichtum. Er führte sie durch die Sandelbaum- und Kohlpalmenwälder, er lehrte sie, sich vor umstürzenden Bäumen, Erdrutschen und den Bruthöhlen der Papageitaucher in Acht zu nehmen, in die man leicht treten und sich ein Bein brechen konnte.

Woodes Rogers erkannte den potenziellen Marktwert seiner Geschichte: der Geschichte eines Mannes, der, auf einer einsamen Insel ausgesetzt, durch Kraft und Klugheit überlebt hatte, dem die Enthaltsamkeit sichtlich wohl bekommen war und der für Gold keinerlei Verwendung hatte. In einem Brief an die Eigner, der seine Adressaten mit Sloop und Schiff und Muli und monatelanger Verspätung erreichte, schrieb er von »Alexander Salcrig«,

ein[em] Schotte[n], der von Kap. Stradling, Kap. Dampiers Begleiter auf der letzten Fahrt, dort zurückgelassen worden war und vier Jahre und vier Monate lang überlebte, ohne jeglichen Verkehr mit einer anderen Kreatur und mit keiner anderen Gesellschaft als wilden Ziegen und seiner Katze, da es dort während dieser ganzen Zeit keinen einzigen Europäer gab und er fest entschlossen war, eher allein zu sterben, als sich den Südsee-Spaniern zu unterwerfen.[9]

Selkirk demonstrierte seine Kraft. Er zeigte, dass er kein Opfer war – weder der Zeit noch Der Insel, noch der Menschen. Er begeisterte Rogers mit seiner Gewandtheit:

Mit welch erstaunlicher Flinkheit er durch die Wälder rannte und die Felsen und Hügel hinauflief, konnten wir feststellen, als wir ihm den Auftrag gaben, für uns Ziegen zu fangen. Wir hatten eine Bulldogge, die wir mit mehreren unserer schnellsten Läufer dazu abstellten, ihm bei der Ziegenjagd zu helfen; aber er ließ sie beide, Hund wie Männer, erschöpft hinter sich zurück, fing die Ziegen und trug sie auf dem Rücken zu uns.[10]

Zwischen Pimentbäumen ausgespannte Ersatzsegel ergaben Zelte für die Kranken. Selkirk flößte den Leidenden Brühe aus Ziegenfleisch, Gemüse und Kräutern ein – Petersilie, Portulak, Minze und Schnittlauch. Er bestreute den Boden ihrer Zelte mit süß duftendem Sandelholz. Er sammelte Pflaumen, kochte und röstete Langusten. Edward Wilts und Christopher Williams starben an Skorbut, andere aber erholten sich rasch.

Die Instandsetzungsarbeiten an den Schiffen mussten binnen zwei Wochen abgeschlossen sein. Die Männer hatten erfahren, dass »ein Verband von fünf festen *französischen* Schiffen unterwegs in diese Meere« sei. Die friedliche Bucht verwandelte sich in eine Stadt. Schmiede und Küfer arbeiteten am Strand. Eine Gruppe von Männern erschlug Robben und kochte 80 Tonnen Tran ab, »den wir in unseren Lampen verbrennen wollten, um unseren Vorrat an Kerzen zu schonen«. Während sie arbeiteten, rösteten sie Robbenbabys und befanden sie für ebenso gut wie englischen Lammbraten.

Auf den Schiffen wurden die Decks von Fäkalien und Unrat befreit, gegen die Rattenplage ausgeräuchert und mit Essig abgeschrubbt. Brennholz wurde geladen und Wasser in Fässer gepumpt. Rübengrün, Kräuter und Gemüse wurden eingelagert und 200 große Fische »für spätere Verwendung« eingesalzen.

Rogers wollte einen lebenden Fleischvorrat an Bord nehmen. Selkirk erzählte ihm, dass er von seinem Aussichtspunkt aus im tiefer gelegenen Südwestteil Der Insel Herden großer Ziegen hatte grasen sehen. Über die zerklüfteten Berge konnte er sie nicht herbeischaffen. Rogers schickte ihn zusammen mit Dampier und zwölf anderen Männern mit der Pinasse der *Duke* auf die Jagd.

Sie waren 24 Stunden fort. Es war die erste Nacht seit vier Jahren, die Selkirk fern von der Großen Bucht verbrachte. Er befand sich in Gesellschaft von Männern. Sie kampierten in offenem Buschland und betranken sich. Sie versuchten, eine 100-köpfige Ziegenherde zusammenzutreiben, aber die meisten Tiere »entkamen über die Klippe«. Sie fingen 16 ein und beförderten sie vom Frieden der Hügel zum Grauen der See.

Die See lockte – der Hunger nach Gold. Der Offiziersrat einigte sich über die weitere Vorgehensweise und über Möglichkeiten der Verständigung während der Reise. Es wurden detaillierte Codes zur Kommunikation zwischen den Schiffen vereinbart: Licht- und Flaggensignale, bestimmte Weisen, die Segel zu hissen oder zu streichen, an Landungsstellen zurückgelassene Kreuze, die auf Flaschen mit schriftlichen Mitteilungen verweisen würden.

Aber die wirklich brennende Frage betraf wie immer die Aufteilung der Beute. Nach Rogers' Ansicht war es genau das, was »sich für all die anderen, die in unserer Zeit zu einem solchen Unternehmen ausgezogen, so weit von Großbritannien, als eine zu schwierige Aufgabe erwiesen hat[te]«. Man wählte aus dem Kreis der Offiziere und der Mannschaft mehrere »Beuteverwalter«. Es wurde für größtmögliche Transparenz gesorgt. Jeder einzelne geraubte Gegenstand würde in einem Inventar registriert werden. Jeder Mann, der von einem gekaperten Schiff an Bord zurückkehrte, würde gründlich durchsucht werden. Jetzt dachten alle wieder nur an Gold, Eroberung und die Galeone aus Manila.

Entenmuscheln am Bauch 1709

Um drei Uhr nachmittags des 14. Februar 1709 stachen sie in See. Es wehte ein günstiger Wind aus Süd, Südost. Während er seinen Aufgaben nachging, drehte sich Selkirk immer wieder nach der zurückweichenden Insel um. Er sah das Gleiche wie die anderen auch: Berge und Schluchten, von der Brandung gepeitschte, senkrecht aufragende Klippen, eine gebirgige Silhouette, eine Gestalt, eine Form.

An diesem Ort hatte er 52 Monate verbracht, oder 38 000 Stunden, oder 2 280 000 Minuten – oder nicht eine Sekunde. Er hatte nur Spuren hinterlassen, Kerben in Baumstämmen, verkrüppelte Ziegen, die erkaltete Glut eines Feuers, die Seele eines Ausgesetzten. Mitgenommen hatte er eine Katze, ein paar Steine und Bilder einer Herrlichkeit, die er nicht auszudrücken vermochte. Bald würden seine Hütten, seine Tongefäße und improvisierten Messer unter Farnbusch verschwinden. Die Robben würden ihre Toten betrauern und sich dann wieder paaren. Fische, Ziegen, Bäume, alle würden sich regenerieren, während die Sonne über die Berge stieg, der Regen kam und ging und die Erde sich drehte.

Aber jetzt erwartete ihn eine männlichere Arbeit. Geplant war, entlang der Küste Perus nach Norden zu fahren, unterwegs Handelsschiffe zu kapern, die Hafenstadt Guayaquil zu plündern und sich dann in der Nähe von Acapulco auf die Lauer zu legen und zu warten, bis die Prise aller Prisen, die Galeone aus Manila, auftauchen würde.

Vom Chaos auf der *Cinque Ports* und von der Einsamkeit auf Der Insel war Selkirk in die Gesellschaft diszipliniert und systematisch arbeitender Diebe geraten. Auf dieser Fahrt schuldeten die Männer den Offizieren Gehorsam, und jeder Verstoß gegen die Vorschriften wurde unverzüglich geahndet. Aber trotzdem machte sich eine zunehmende Unzufriedenheit breit, die durch Langeweile, Entbehrungen und Untätigkeit noch verschlimmert wurde. »Unsere Männer«, schrieb Woodes Rogers, »murren immer lauter darüber, dass wir, obwohl wir schon so weit gefahren sind, in diesen Meeren bislang noch keine einzige Prise gemacht haben.«

Nach einem ereignislosen Monat fiel ihnen ein kleines spanisches Handelsschiff in die Hände. Es war unterwegs nach Cheripe in Peru gewesen, um Mehl zu kaufen. Sie teilten seine Vorräte unter sich auf und nahmen die Passagiere gefangen; auf der Isla de los Lobos de Mar, »einer kleinen, unfruchtbaren Insel, auf der es weder Holz noch Wasser gibt«, besserten sie das Schiff aus und tauften es in *Beginning* um. Edward Cooke erhielt das Kommando darüber. Gleichfalls auf besagter Insel wurde die *Dutchess* übergeholt und »ihr Bauch von Entenmuscheln befreit, die fast so groß wie Miesmuscheln waren. Ein Schiff schmutzt in diesen Meeren sehr schnell ein.«[11] Ein Holländer, der mit dieser Arbeit beschäftigt war, wurde von einer Robbe ins Wasser gezerrt und an mehreren Stellen bis zum Knochen gebissen.

Zehn Tage später, am 26. März, kaperte die Besatzung der *Dutchess* ein weiteres Schiff, die *Santa Josefa*. Sie verdrängte 50 Tonnen und hatte Nutzholz, Kakao, Kokosnüsse und Tabak geladen. Umbenannt in *Increase*, fungierte sie fortan als Lazarettschiff. Alle Kranken und zwei Ärzte wurden auf sie transferiert. Selkirk wurde zu ihrem Steuermann ernannt.

Diese Prisen waren nützlich, aber ihrem materiellen Wert nach unbedeutend. Sie entschädigten nicht für die entbehrungsreiche Fahrt. Es gab Tage, an denen trotz stundenlangen Kreuzens nichts anderes gesichtet wurde als ein blasender Wal. Der Skorbut breitete sich aus, und die Unzufriedenheit der Männer wuchs. Ihre Tagesration Wasser betrug anderthalb Liter, die für alle Verwendungszwecke genügen mussten. »Allzu lange können wir nicht mehr auf See bleiben«, schrieb Woodes Rogers in sein Tagebuch. Am 11. April fasste der Offiziersrat »den einmütigen Beschluss, zu landen und Guayaquil anzugreifen«. Es war ein gewagtes Vorhaben. Guayaquil war eine reiche Stadt, der drittgrößte Hafen Südamerikas. Mit Garnison und Zivilbevölkerung kam sie auf 2000 Einwohner. Die Männer »begannen zu murren und fragten, welche Ermutigung sie für diese Landung erwarten dürften, die ihrer Ansicht nach größere Risiken barg, als sie sich verpflichtet hätten, auf dieser Fahrt einzugehen«.[12] Ihr Einverständnis wurde dadurch erkauft, dass man ihnen Wein und Branntwein, neue Kleider sowie einen höheren Anteil vom Prisengeld versprach.

Am 15. April konnten sie, schon fast in Sichtweite von Guayaquil, ihrem kleinen Geschwader ein viertes Schiff und weitere Gefangene einverleiben. Sie kaperten die in Frankreich gebaute Galeone *Havre de Grâce*, gerade als sie die Bucht verließ. Während des Gefechts wurde Woodes Rogers' 20-jähriger Bruder John von einer Kugel am Kopf getroffen und auf See bestattet. Man betete für den Verstorbenen und setzte die Flaggen auf halbmast.

»An Bord waren mehr als 50 *Spanier* und über 100 Neger, *Indianer* und Mulatten«, schrieb Edward Cooke.[13] Eine solche Menschenmenge war eine zweifelhafte Beute. Sie verbrauchte Lebensmittel und nahm Platz weg. Spanier, die als Geiseln dienen konnten, wurden namentlich aufgelistet: Sebastian Sanchez, Nicolas Cedillo, José Lopzaga... Schwarze und Tiere wurden lediglich gezählt: »2 alte Frauen, 3 junge Frauen, 3 Mädchen, 6 Jungen, 1 kranker junger Mann, 50 junge und ältere Männer, 37 Hühner, 7 Schafe, 3 Schweine, 1 Sau und ein Sipmaß[14] Kartoffeln«.

Selkirk und andere erstellten detaillierte Inventare der Beute, die anschließend zur Sicherheit miteinander verglichen wurden. Jeder einzelne Gegenstand wurde aufgelistet: Kleider und Degen mit Silberheft, Schnallen und Schnupftabaksdosen, Ringe und Goldketten, eine Kiste Flaschen und Konserven, ein Kasten Schokoladenkonfekt, eine schwarze Schachtel mit allerlei Dingen, 1 Brille, 7 Bund Knoblauch, 1 sehr alter Hut, 5 Musselin-Halstücher, 1 weiße Mütze, 1 sehr kleine Schachtel mit Glöckchen und Messingnägeln, 1 Perücke[15].

Dinge, die man als wertlos ansah, flogen kurzerhand über Bord. Dazu gehörten etwa Rosenkränze und Kruzifixe, aus Holz geschnitzte Darstellungen der Jungfrau Maria, 30 Tonnen Papstmedaillen, Knochen in kleinen Schachteln, »etikettiert mit den

Namen römischer Heiliger, von denen manche schon seit 700 oder 800 Jahren tot waren«, und 500 Ballen Urkunden mit dem päpstlichen Dispens zum Verzehr von Fleisch während der Fastenzeit, vorausgesetzt dass eine entsprechende Gebühr entrichtet wurde.[16] Rund 100 dieser Ballen behielt man zurück. Wie die Strohdächer von Dorfhütten eigneten sie sich hervorragend dazu, um Entenmuscheln abzubrennen, wenn die Schiffe gekielholt wurden.

Die *Havre de Grâce* wurde zum Mitsegler von *Duke* und *Dutchess* umgerüstet. Sie erhielt neue Masten, Segel und Takelage und den neuen Namen *Marquess*. Der Konstabel der *Duke* transportierte mit einer Fregatte Waffen zu ihr: 20 Kanonen, Lafetten, Kugeln und Nägel, Handgranaten, Pulverhörner, Hohlgeschosse, Brechstangen und Entermesser. Edward Cooke erhielt das Kommando über das Schiff und eine 90-köpfige Besatzung.

Aus auf dem Schiff entdeckten Briefen ging hervor, dass die spanischen Behörden von den Freibeutern wussten. Der Vizekönig, der Marquis de Castelldosrius, hatte allen *corregidores* der südamerikanischen Küstenstädte geschrieben. Er schärfte ihnen ein, ihre Häfen und Ufer zu bewachen, den Engländern jeglichen Proviant zu verweigern und auf Überraschungsangriffe gefasst zu sein.

Ablegen und aushändigen 1709

Die Freibeuter wollten sich so nah wie möglich an Guayaquil heranpirschen und dann rasch zuschlagen. 201 Männer legten sich in den Mangrovensümpfen in Barken auf die Lauer. Bewaffnet waren sie mit Achterdeckkanonen, Feldgeschützen und Pistolen. Sie führten sieben hochrangige spanische Gefangene als Geiseln mit sich. 150 weitere Gefangene hatte man mit Fußfesseln auf den Schiffen zurückgelassen.

Die etwas vage Strategie sah vor, in drei Abteilungen, angeführt von Thomas Dover, Woodes Rogers und Stephen Courtney, an Land zu gehen. Auf jeweils zehn Mann kam ein Offizier. Dampier war für die Geschütze und den Nachschub verantwortlich. Ein indianischer Lotse, der sich betrunken hatte, wurde »als warnendes Beispiel vor versammelter Mannschaft scharf ausgepeitscht«.[17] Es war heiß, die Barken waren überfüllt, und im Wasser wimmelte es von Alligatoren. Die Männer wurden »von Moskitos gepeinigt und erbärmlich zerstochen«.[18]

Am Abend des 22. April veranstalteten die Einwohner von Guayaquil auf einem Hügel ein Fest mit Feuern, Glockengeläut und Böllerschüssen. Rogers missdeutete den Lärm als kriegerischer Natur und wollte sofort losschlagen. Dampier wollte auf sein Schiff zurück.

In einer hastig einberufenen Versammlung stimmten die Offiziere nach vielem Hin und Her dafür, vor einem Angriff zu versuchen, mit dem *corregidor* der Stadt zu verhandeln. Zwei Gefangene wurden als Abgesandte mit den Lösegeldforderungen zu ihm geschickt. Für die Freilassung der von den Freibeutern festgehaltenen Gefangenen, sowie um die Stadt vor der Verwüstung zu bewahren, sollte er 50 000 Pesos bezahlen. Wenn er die Abgesandten nicht nach spätestens einer Stunde wieder zurückschickte, würde seine Stadt geplündert und würden die Gefangenen getötet werden.

Der *corregidor* erschien mit einem Dolmetscher am Ufer. Er bat um etwas Zeit, um mit seinen Beamten die Höhe des Lösegelds und die Zahlungsmodalitäten erörtern zu können. Er willigte ein, am selben Abend um acht Uhr wieder zu kommen. Man bereitete alles für seine Rückkehr vor. Ein Boot wartete auf ihn. Auf der *Duke* wurde ein Tisch gedeckt und festlich mit Kerzen erleuchtet. Doch er ließ sich nicht blicken. Rogers witterte Unrat und wollte schon den Befehl zum Angriff geben. Um Mitternacht tauchte schließlich ein Abgesandter mit Geschenken – mehreren Säcken Mehl, toten Schafen und Schweinen, Wein und Branntwein – und der Botschaft auf, der *corregidor* werde am nächsten Morgen um sieben da sein. Rogers gab dem Boten eine Antwort mit: Wenn er abermals ausbleibe, sei sein Recht auf Lösegeldzahlung endgültig verwirkt.

Der *corregidor* kam mit Einwänden und Ausflüchten. Man feilschte und drohte. Die Engländer gingen mit ihrer Forderung auf 40 000 Pesos zurück, zahlbar binnen neun Tagen. Die Spanier protestierten, der Preis sei zu hoch. Es verging Zeit.

Also schickten wir unseren Sprachgelehrten und einen Gefangenen mit unserer unwiderruflichen Antwort: Wenn sie uns nicht binnen einer halben Stunde drei weitere gute Geiseln für die vereinbarten 40 000 Achterstücke schickten, würden wir unsere Parlamentärsflagge streichen, landen und keinen Pardon geben und Stadt und Schiffe in Brand stecken.

Die Spanier schwenkten ein weißes Taschentuch. Sie wollten die Verhandlungen fortsetzen und boten 32 000 Pesos. Mehr könnten sie nicht aufbringen.

Rogers ließ die Parlamentärsflagge streichen, hisste das englische Hoheitszeichen und gab Befehl zum Angriff. In diesem Moment verschwand bei den Männern der letzte Anschein von Disziplin und Selbstbeherrschung. »Sobald das erste Stück abgefeuert worden war«, schrieb Rogers, »hörten sie auf keinen Befehl mehr.« Die Spanier traten ihnen zu Pferd entgegen. Die Engländer schossen, luden und schossen wieder in rascher Folge. 20 Spanier und ebenso viele Pferde sanken tot oder verwundet zu Boden.

Die Engländer marschierten zur Santiago-Kirche, plünderten die Häuser am Platz und steckten sie in Brand. Einige dieser Häuser waren groß und aus Backstein gebaut, die meisten aber aus Holz, und bei den schlichtesten handelte es sich um einfache Bambushütten. Sie brannten stundenlang.

Diese Armee war ein marodierender Haufe. Die Angreifer schafften alles Gold- und Silbergerät aus der Kirche und hissten dann auf dem Turm die englische Flagge. Sie wollten den Holzfußboden aufreißen, »um zwischen den Toten nach Wertgegenständen zu suchen«. Dem widersetzte sich Rogers aber aus hygienischen Gründen. Eine Epidemie von ansteckendem, »bösartigem Fieber« hatte in Guayaquil hunderte Menschenleben gefordert. Eine offene Grube war bis zum Rand mit halb verwesten Leichen gefüllt. Der Fußboden der Kirche war ein einziges Flickenwerk von frischen Gräbern.

Um den zwei Übeln der Epidemie und der Invasion zu entgehen, waren die Bürger der Stadt auf die umgebenden Hügel geflohen. Die Engländer durchstöberten ihre verlassenen Häuser und die kleineren Kirchen San Agostino, San Francisco, Santo Domingo und San Ignacio und steckten sie anschließend in Brand. Sie räumten Vorratskammern aus, und es fielen ihnen Silber und Kleidungsstücke, Erbsen, Bohnen, Reis, 15 Krüge Öl, 230 Pfund Mehl, 160 Krüge Wein und Branntwein, eine Tonne Pech, Eisenwaren, Nägel, Tauwerk, Schusswaffen, Indigo und Kakao, eine Tonne Hutzucker und der goldbeknaufte Spazierstock des *corregidors* in die Hände.[19]

Ein indianischer Gefangener erzählte Rogers von »festen Häusern« flussaufwärts, wohin die meisten Frauen der Stadt und eine Menge Geld geschafft worden seien. Selkirk und John Connely erhielten das Kommando über 21 Männer und wurden in einem Boot mit »einem Fass von gutem Branntwein« ausgeschickt, diese Frauen aufzustöbern.

Zu den angeblich sicheren Häusern verschafften sie sich mit Brechstangen Zutritt. In einem fanden sie eine Gruppe verängstigter vornehmer Spanierinnen vor. Hier Rogers' Version der darauf folgenden Ereignisse:

Einige ihrer schwersten Goldketten hatten sie versteckt und um ihre Leibesmitte, Beine und Oberschenkel &c. geschlungen, aber da sich die Damen von Stand in diesen heißen Ländern sehr leicht kleiden, in Seide und dünnes Linnen, und ihr Haar sehr artig mit Bändern putzen, brauchten unsere Männer sie nur abzutasten, um die Ketten &c. durch die Kleidung hindurch zu fühlen, worauf sie die Damen mithilfe ihres Sprachkundigen sehr bescheiden ersuchten, diese abzulegen und ihnen auszuhändigen. Dies erwähne ich als Beweis des Anstands unserer Matrosen und aus Achtung für Mr. Connely und Mr. Selkirk, den ehemaligen Gouverneur von Juan Fernandoes.

So behauptete es jedenfalls Woodes Rogers in seinem für den Druck purgierten Tagebuch. Diese Männer, die acht frustrierende Monate auf See – beziehungsweise, in Selkirks Fall, viereinhalb Jahre allein auf einer einsamen Insel – verbracht hatten, die »sobald das erste Stück abgefeuert wurde«, nicht mehr zu halten waren, die eine gehörige Menge Alkohol intus hatten, Kirchentüren brachial aufbrachen und anderer Leute Häuser in Brand steckten – diese Männer setzten sich nichtsdestoweniger im Umgang mit dem schönen Geschlecht über den altehrwürdigen Kriegsbrauch hinweg und ließen es, während sie Frauen begrapschten, um ihnen ihren Schmuck zu stehlen, weder an Bescheidenheit noch an Höflichkeit mangeln.

Sie nahmen ihnen Goldketten, Ohrringe und Edelsteine im Gesamtwert von 1000 Pfund ab. Dann zogen sie weiter zu anderen Häusern, in denen sich gleichfalls Frauen versteckt hielten. Auf dem Rückweg statteten sie »diesen bezaubernden Gefangenen« noch einen zweiten Besuch ab.

Die Spanier baten die Engländer abzuziehen. Sie konnten diese Stadt nicht verteidigen. Sie boten den Freibeutern zusätzlich zu dem, was sie erbeutet hatten, noch 30 000 Pesos an, wenn sie dafür die Barken und Geiseln wieder herausgäben. Sie versicherten, dass sie in zwölf Tagen zahlen würden. Rogers antwortete ihnen, dass sie die ganze Stadt in Flammen sähen, wenn sie die Summe nicht binnen sechs Tagen aufbrächten.

Die Spanier kapitulierten. Ein Abkommen wurde unterzeichnet. Die Engländer marschierten »mit fliegenden Fahnen« zu ihren Booten. Rogers sammelte viele »Pistolen, Entermesser und Enterbeile [ein], die bewiesen, dass unsere Männer sehr nachlässig geworden waren, schwach und müde des Kämpfens, und dass es an der Zeit war, diesen Ort zu verlassen«.

Die Luft war feucht und dunstig vor Moskitos. Die Soldaten waren erschöpft. Sie hatten Schwierigkeiten damit, ihre Geschütze aus dem Schlamm zu heben und zu den Booten zu schleppen. 60 Mann wuchteten sie mithilfe eines Bambus-Traggestells hoch und wateten dann durch den Sumpf zu den Booten. Am 28. April stachen sie mit Trommeln, Trompeten, Schüssen und »Lärm und Gepränge« in See. Die Einwohner von Guayaquil kehrten zu dem zurück, was von ihrer Stadt noch übrig war.

1709 *Eine schwermütige Zeit*

Die Freibeuter hatten einen Pyrrhussieg erkämpft. John Martin war von einer Granate getötet worden, die er mit einem Mörser hatte abschießen wollen, die aber im Rohr krepiert war. Aus Leutnant William Strettons Pistole löste sich ein Schuss und verletzte ihn am Bein. Ein Wachposten erschoss im Dunkeln Hugh Tidcomb, der die Losung vergessen hatte. John Gabriel, ein Holländer, trank bis zur Besinnungslosigkeit und blieb wie tot im Haus eines Spaniers liegen. Und binnen weniger Tage waren 140 Mann krank, mit hohem Fieber und von brennendem Durst gepeinigt. Rogers meinte, sie hätten sich von den Leichen in den Kirchen »die ansteckende Pestilenz« zugezogen. Wahrscheinlich waren sie an Malaria erkrankt.

Es war eine »schwermütige Zeit«. Man hatte nicht genügend Medikamente, um die Kranken auch nur annähernd wirkungsvoll zu behandeln. Trotz aller Bemühungen John Balletts und James Wasses, die sie zur Ader ließen und ihnen Alkohol und Gewürze einflößten, starben die Männer: Samuel Hopkins, der Apotheker, der jeden Tag Gebete vorgelesen hatte, Thomas Hughes, »ein sehr guter Seemann«, George Underhill, 21 Jahre alt und ein ausgezeichneter Mathematiker, John English, Laurence Carney, Jacob Scrouder, Edward Donne, Peter Marshall, Paunceford Wall…

Rogers erfuhr, dass »sieben tüchtige, wohl bemannte Schiffe« in der Nähe kreuzten. Er setzte weitere Gefangene in einem Boot aus und nahm dann Kurs nach Nord. Zwischen den Offizieren spielten sich wegen des Angriffs auf Guayaquil gehässige Auseinandersetzungen ab. Rogers warf Carleton Vanbrugh vor, er habe erst in aller Ruhe auf dem Schiff zu Abend gegessen, »um sich durch die Verspätung, indem er nach den anderen landete, keiner Gefahr auszusetzen«. Vanbrugh entgegnete, Rogers habe »unter dem unsinnigen Vorwand, unsere Männer könnten ihm in den Rücken schießen… dem Feind den Rücken gekehrt«.[20]

Und die geraubten Lebensmittel hielten auch nicht lange vor. Schon bald wurde das Trinkwasser bedenklich knapp, Brot und Zwieback waren »so voll von Würmern, dass sie kaum mehr zum Genuss taugten«, und das Mehl vertilgten die Ratten. »Wir sind so schwach«, schrieb Woodes Rogers im Juni,

dass wir, sollten wir in diesem Zustand einem Feind begegnen, uns kaum verteidigen könnten. Alles sieht trostlos und entmutigend aus, aber in dieser Gegend der Welt hat es keinen Sinn, zurückzublicken oder zu grollen.[21]

Das also war das Leben des Eroberers, der Glanz und die Herrlichkeit des Gemetzels, des Sengens und Plünderns, der Vergewaltigung und des Kriegsgetümmels. Auf Selkirks Insel war es Herbst, und das Laub wurde golden.

1709 *Eklige Negerinnen, Peitschen und Pökelfleisch*

Die *Duke*, *Dutchess* und *Marquess* segelten weiter und kaperten und erbeuteten, was sie nur konnten. Das Inventar ihrer weltlichen Güter wurde länger und länger: Von einem Schiff mit Namen *Saint-Philippe* raubten sie ein Dutzend Silberknöpfe, einen schwarzen Damenschleier, einen rotseidenen Unterrock, einen alten Kittel, eine alte Steppdecke, zwei Kellen, drei Spindeln, ein altes unbrauchbares Hemd, einen Beutel mit Angelzeug, eine Messingpfanne, einen Sack Kartoffeln, eine Rolle Tabak, vier Unterhosen und einen Seeatlas.

»Nachdem sie erfahren hatten, dass die Engländer auf diesen Meeren fuhren«, verboten die Spanier allen Schiffen, Geld, Wertsachen oder größere Lebensmittelvorräte an Bord zu nehmen. Auf den Kaperschiffen führten magere Rationen zu Diebstahl und Prügelstrafen. Zwei Männer, die Wasser gestohlen hatten, wurden »ausgepeitscht und gepökelt« – das heißt, man rieb Salz und Essig in ihre offenen Striemen. Der Proviantmeister der *Duke* band sich, wenn er schlafen ging, den Schlüssel des Vorratsraums an den Penis. Ein geschickter Langfinger schaffte es trotzdem, ihn ihm abzunehmen, und stahl Brot und Zucker. Er wurde »scharf ausgepeitscht und in Eisen gelegt«.

Und noch immer träumten die Männer vom Schiff aus Manila und befürchteten, es könnte sich unbemerkt an ihnen vorbeischleichen. Geplant war eigentlich, die Galapagos-Inseln anzulaufen, um die Schiffe zu kielholen und für dieses große Gefecht vorzubereiten. Aber Dampier, »unser Lotse«, konnte sie nicht finden. Er verfehlte sie um 300 Seemeilen und wollte anschließend seinen Fehler nicht zugeben. »Kap. Dampier war schon einmal dort«, schrieb Woodes Rogers, »aber es ist lange her.«

Am 13. Juni gingen die Schiffe an der Isla Gorgona vor Anker. Äffchen und Paviane wurden geschossen und zu Frikassees und Suppen verarbeitet. »Kapitän Dampier sagt, er habe in London noch nichts gegessen, das ihm köstlicher geschmeckt hätte als ein Äffchen oder Pavian.« Sieben schwarze Gefangene flüchteten in den von Schlangen wimmelnden Wald, den sie offenbar dem Leben an Bord mit ihren weißen Herren vorzogen. Einer wurde von einer kleinen gefleckten Schlange ins Bein gebissen und war zwölf Stunden später tot. Ein anderer wurde wieder eingefangen, aufs Schiff zurückgeschleift und in Eisen gelegt. Er befreite sich, schwamm ans Ufer und versteckte sich wieder. John Edwards »starb an einer Kombination von Skorbut und den Pocken, die er sich von einer ekligen Negerin geholt hatte«; diese wurde daraufhin den Gefangenen überlassen, »damit sie kein weiteres Unheil an Bord anrichten könnte«.

Eine andere »eklige Negerin« wurde, unterstützt von den geburtshelferischen Fertigkeiten James Wasses und reichlichen Gaben peruvianischen Weines, »eines Mädchens von bräunlicher Farbe entbunden«.

Um zu vermeiden, dass die andere Negerin (namens Daphne) auf unserem Schiff zur Liederlichkeit verführt würde, erteilte ich [d.h. Woodes Rogers] ihr den strikten Befehl, sich sittsam zu verhalten, widrigenfalls sie mit strenger Bestrafung zu rechnen habe. Da sie sich auf ebendiese Weise verfehlt hatte, wurde eine der schwarzen Nymphen der Dutchess *kürzlich auf dem Gangspill ausgepeitscht.*

Im Bestreben, Meutereien zu verhüten und Ränke, Proteste und Rebellionen im Keim zu ersticken, wurden Vorschüsse auf die Beuteanteile ausgegeben. Die Männer erhielten Kleidungsstücke, silberbeschlagene Degen, Schnallen und Schnupftabaksdosen, Ringe und Goldketten. Aber solche Gratifikationen führten nur zu einer vorübergehenden Beruhigung. Die Tatsache, dass Offiziere zehn Anteile mehr als einfache Matrosen erhielten, gab Anlass zu neuen Protesten. Meuterer drohten, die *Marquess* in ihre Gewalt zu bringen, sie mit Beute aus der *Dutchess* zu beladen und Offiziere wie Thomas Dover und Stephen Courtney »zum Teufel zu jagen«.

Sie schworen, Gott sollte sie verdammen, wenn es noch weitere Kommissionen oder Ratsversammlungen gebe. Wer das längste Schwert hatte, sollte es tragen. Und sein Wort sollte Gesetz sein.[22]

Die Meuterer waren zu zahlreich, als dass man sie alle hätte in Ketten legen können. Durch abermalige Korrekturen der prozentualen Beteiligung an der Beute erkaufte man sich ihre weitere Kooperation.

1709 *Eine kleine Welt für sich*

Selkirk hielt sich aus allen Intrigen und Streitigkeiten heraus und erfüllte jene Pflichten, die ihm aufgetragen wurden. Er kannte den Unterschied zwischen einer Beteiligung an der Beute und Raub. Und er wusste die Strafe zu umgehen, die aufrührerisches Verhalten nach sich ziehen konnte. Er hatte Die Insel überlebt; jetzt beabsichtigte er, die Heimreise zu überleben.

Am 10. September 1709 erreichten die Freibeuter durch puren Zufall die Galapagos-Inseln. Sie sahen abschreckende Krater und bis zu 1200 Meter hohe Berge. Simon Hatley, der Dritte Maat der *Duke*, ging, begleitet von vier Männern, mit einer der erbeuteten Barken an Land, um Süßwasser zu suchen. Er verschwand und reagierte weder auf Schüsse noch auf Lichtsignale. Selkirk wurde mit einem weiteren Boot auf die Suche nach ihm geschickt. Er kehrte schon bald wieder zurück. Was immer Hatley zugestoßen sein mochte, brauchte ihm nicht auch noch zu passieren.[23]

Die Männer füllten alle verfügbaren Boote mit Riesenschildkröten (*Testudo nigra*), Tieren, die sich gern im Schlamm suhlten, Unmengen Wasser tranken und sich von saftigen Kakteen, blassgrünen Flechten, Blättern und Beeren ernährten.

Ein besonders großes Exemplar vermochten die Männer nur zu acht zu heben: Es wog 630 Pfund. Sie hackten das Tier aus seinem Panzer und aßen es dann geschmort, »aber es [wurde] einfach nicht weich«. Es lieferte 180 Pfund Fleisch. Mit dem Bauch nach oben aufeinander gestapelt, blieben die Schildkröten deprimierend lang am Leben. Sie legten auf Deck der Schiffe Eier »etwa von der Größe von Gänseeiern, weiß, mit einer dicken starken Schale«.[24]

120 Jahre nach der *Duke* und *Dutchess* unternahm ein junger britischer Naturforscher, Charles Darwin, auf der *HMS Beagle* eine Forschungsreise um die Welt. Er sammelte, beobachtete und interpretierte, so weit es ihm gelang, die Pflanzen, Tiere und Mineralien, die er überall fand. Sein Schiff war fünf Jahre unterwegs und legte dabei 64 000 Kilometer zurück.

Die Galapagos-Inseln sollten ihm mit ihren zahlreichen endemischen Arten den entscheidenden Beweis für die Evolution liefern. Er beobachtete die Riesenschildkröten, die 13 Finkenarten, die Falken, Fliegenschnäpper, Eidechsen und Leguane. Warum, fragte er sich, zeigten die Finken und Schildkröten von Insel zu Insel variierende Merkmale, sodass man erkennen konnte, von welcher bestimmten Insel eine Schildkröte kam? Er gewann den Eindruck, dass unterschiedliche Arten von einem gemeinsamen Vorfahren abstammen könnten. Er betrachtete jede Insel als »eine kleine Welt für sich, in der wir auf jene große Tatsache zugeführt werden – jenes Geheimnis aller Geheimnisse –, das erstmalige Erscheinen neuer Lebewesen auf dieser Erde …

Wir könnten alle wie ein Netz zusammenhängen«, schrieb er. Sämtlichen Lebewesen gemeinsam war der Kampf ums Überleben. Die Natur hatte die Fähigkeit zur Veränderung, und Vergangenheit und Gegenwart waren voneinander abhängig:

Diese wunderbare Beziehung zwischen den Toten und den Lebenden wird, daran hege ich keinen Zweifel, mehr Licht auf das Erscheinen organischer Wesen auf unserer Erde und auf deren Verschwinden von ihr werfen als jede andere Klasse von Tatsachen.[25]

Die Freibeuter waren von einem solchen Gefühl der Affinität zur Vergangenheit oder Gegenwart nicht im Mindesten belastet. Das Prinzip ihres Handelns war Beutegier. Sie verspeisten die fremdartigen Hasen, Turteltauben, Leguane, Papageien und Tauben. Sie quälten die Schildkröten und beklagten sich über deren Geschmack. »Diese Kreaturen sind die hässlichsten im ganzen Naturreich«, schrieb Rogers. Aber mit ungeschliffener Neugier fragte auch er sich, wie sie auf die Inseln gelangt sein mochten: »Denn sie können nicht von selbst kommen, und nirgendwo im Ozean finden sich welche von dieser Art.« Der Hornist der *Dutchess* und ein anderer Mann setzten sich auf den Rücken eines besonders großen Exemplars und ließen sich zum Zeitvertreib von ihm herumtragen.

1709 *Ein Gebot brechen*

Woodes Rogers wollte die Galeone aus Manila nicht mit »überfüllten und voll gestopften Schiffen« angreifen. Er hatte zu viele »unnütze Neger« an Bord. Sie aßen und nahmen Platz weg. Diejenigen, die sich als Sklaven oder Handlanger, oder zum Sex gebrauchen ließen, wurden behalten. Die anderen wurden zusammengetrieben, um gegen Lebensmittel eingetauscht zu werden. Edward Cooke und Edward Frye, die zusammen mit Woodes Rogers' Bruder John die *Marquess* gekapert hatten, »als sie noch in der Hand der Spanier war«, erhielten zur Belohnung »den schwarzen Jungen Dublin und den schwarzen Jungen Emmanuel« zu beliebiger Verwendung.[26]

»Man ließ Mr. *Selkirks* Barke leerräumen, um darin unsere Gefangenen, die, da 72 an der Zahl, sehr kostspielig im Unterhalt waren, zum Festland zu transportieren.«[27] Selkirk schaffte sie mit der *Increase* nach Tacames, einer abgelegenen Bucht mit einem kleinen Dörfchen. Zwei Pinassen mit bewaffneten Männern eskortierten ihn. Die »unnützen Neger« wurden verkauft. Es war Selkirks Aufgabe, sie an einer weiteren, ihnen fremden Küste loszuwerden. Der Erlös, mit dem er zum Schiff zurückkehrte, bestand in schwarzen Rindern, Schweinen, Ziegen, Limonen und Bananen.

Der Padre der *Marquess* wurde gleichfalls an Land gesetzt und bekam als Abschiedsgeschenk,

wie er sich gewünscht hatte, die hübscheste junge Negerin, die wir erbeutet hatten, samt einigem Flanell, Linnen und anderen Dingen. Er trennte sich überaus zufrieden von uns und schielte dabei unter der Kapuze lüstern nach seinem schwarzen Engel. Wir argwöhnen, dass er mit ihr ein Gebot brechen und die Sünde dann mit einem kirchlichen Ablass wegwischen wird.

Auf dieser Weltumseglung wurden etliche Gebote gebrochen. Frömmigkeit gehörte nicht zu ihren hervorstechendsten Triebkräften.

Das kleine Geschwader nahm Kurs nach Nord, auf Cabo San Lucas, an der Südspitze der Halbinsel Baja California. Dort wollten die Freibeuter auf das Schiff aus Manila warten, »dessen kostbare Fracht, wie wir hoffen, jeden Mann dazu anspornen wird, mit äußerster Disziplin und Tapferkeit zu kämpfen«. Eben vor San Lucas hatte Thomas Cavendish im November 1587 die mit Seide und Damast und Gold beladene *Santa Ana* aufgebracht.

Der November verging, ebenso der größere Teil des Dezembers. Die Schiffe kreuzten vor der Küste, ohne dass die ersehnte Beute sich hätte blicken lassen. Die Männer wurden von »Trübsinn und Niedergeschlagenheit« befallen. Die Langeweile war entsetzlich – Tag für Tag immer nur die Einöde des Ozeans. An Bord keinerlei Komfort. Das Leben ohne einen Sinn. Für Selkirk war es eine vertraute Situation: »Des Sonnenaufgangs Scharlach, doch kein Segel.«[28] An ereignislos verstreichende Zeit war er gewöhnt, ebenso an das Ausbleiben des erträumten Schiffes. Aber die weniger abgehärteten Männer maßen die Tage nach ihrer Ungeduld. Sie gaben die Hoffnung auf und konnten es nicht erwarten, endlich Kurs auf die Heimat zu nehmen:

Als wir die Menge unserer wenigen noch verbleibenden Vorräte überschlugen, erkannten wir, dass wir unmöglich noch länger auf See bleiben konnten, vielmehr die unaufschiebbare Notwendigkeit bestand, einen Hafen anzulaufen, um Ausbesserungen vorzunehmen, und mit der erdenklich größten Eile Kurs auf Indien zu nehmen. Nach welchem einstimmigen Beschluss wir begannen, unser Missgeschick zu beklagen.[29]

Auf einer am 20. Dezember abgehaltenen Versammlung stimmten die Männer dafür, ohne weitere Verzögerung nach Westen zu segeln, zur Insel Guam, dann weiter nach Indien und zurück in die Heimat. Mit den wenigen Vorräten, die ihnen noch verblieben waren, befürchteten sie – sollten sie Guam nicht rechtzeitig erreichen oder vom Kurs abkommen, oder auf irgendwelche Gefahren oder Feinde stoßen –, nicht überleben zu können. Die Moral war auf dem Tiefpunkt. Diese Reise war ein weiterer Fehlschlag gewesen. Das Beste, was sie sich jetzt noch erhoffen konnten, war, lebend und besiegt heimzukehren, eine gescheiterte Mission hinter sich, ohne Ruhm und ohne die geringste Belohnung für die durchlittenen Entbehrungen.

Und dann, gegen neun Uhr morgens des 21. Dezember, mitten in den Vorbereitungen für die Heimfahrt, rief »zu unserer großen und freudigen Überraschung« der Mann im Topp, dass er ein Segel sehe. Es war die Galeone aus Manila, das Goldschiff, auf das sie alle »so ungeduldig und zugleich verzweifelt und ohne alle Hoffnung gewartet« hatten.

Tanbes, Sannoes und Charroadorees 1709

Das Schiff ihrer schlaflosen Nächte hieß *Nuestra Señora de la Encarnación y Desengaño*. Dampier schätzte ihren Wert auf eine Million Pfund Sterling. Sie war eine Fregatte von 400 Tonnen mit 20 Kanonen, 20 leichten Geschützen und 193 Mann an Bord. Ihr Kommandant, Jean Pichberty, war ein Schwager des französischen Gouverneurs in Spanien. Ihre Besatzung wähnte sich kurz vor dem glücklichen Ende einer strapaziösen, achtmonatigen Fahrt. Um verheerenden Ostwinden zu entgehen, waren sie nach Norden, in eisige Meere ausgewichen. Sie waren geschwächt von Skorbut, Kälte und Unterernährung.

Auf der *Duke*, der *Dutchess* und der *Marquess* gab es keinen Tropfen Alkohol mehr. Für das Gefecht scharf gemacht wurden die Männer mithilfe heißer Schokolade und Gebete. Hunger und ausgestandene Entbehrungen machten sie zu einem entschlossenen Feind. Das war die Prise, für die sie ihr Leben aufs Spiel zu setzen bereit waren. Das war der Grund, warum sie 11 000 Kilometer von der Heimat bei Hungerrationen in einem kotverkrusteten, rattenwimmelnden Kahn saßen.

Die *Duke* brauchte den ganzen Tag und die ganze Nacht auf

den 22. Dezember, um ihre Beute einzuholen. Geplant war, sie im Morgengrauen zu entern. Um sich zu verteidigen, hatte die *Desengaño* an jedem Rahnock Fässer mit Sprengstoff aufgezogen. Um acht Uhr morgens eröffneten die *Duke* und die *Marquess* das Feuer. Die *Dutchess* schaffte es nicht, in Schussweite zu gelangen – es gab nicht genug Wind. Das Gefecht dauerte drei Stunden. »Der Feind feuerte zuerst mit seinem Heckgeschütz auf uns«, schrieb Woodes Rogers,

worauf wir mit mehreren Salven unserer Buggeschütze antworteten, bis wir näher gekommen waren, und als wir längsseits voneinander lagen, feuerten wir mehrere Breitseiten und luden und schossen unsere Handwaffen in sehr rascher Folge ab, wobei sie eine Zeit lang tüchtig mithielten, ihre großen Geschütze aber nicht halb so schnell wie wir bedienten. Nach einer Weile setzten wir rasch ein Stück vor, legten uns quer vor ihren Bug und bestrichen sie so heftig mit Feuer, dass sie schon bald die Flagge strichen. Mittlerweile hatte die Dutchess *aufgeholt und gab mit ungefähr fünf Kanonen eine Schrotsalve ab, aber da er sich bereits ergeben hatte, erwiderte der Feind das Feuer nicht.*

Auf der *Desengaño* fielen 20 Männer, durch Geschützfeuer getötet oder »mit Pulver in die Luft gejagt und verbrannt«. Auf der *Duke* wurde Woodes Rogers von einer Musketenkugel getroffen, die »durch den Mund hineinging und aus der linken Wange wieder heraustrat«. Teile seines Oberkiefers und mehrere Zähne fielen auf das Deck. In der folgenden Nacht schluckte er ein Stück Jochbein herunter, das ihm im Hals stecken geblieben war. Das einzige andere Opfer auf Seiten der Freibeuter war ein Ire, William Powell, der sich eine Verwundung am Hintern eingehandelt hatte.

Und so wurde die Galeone mit vergleichsweise geringen Verlusten aufgebracht. Es war lediglich das zweite Mal in 120 Jahren, dass die Engländer dieses Kunststück fertig gebracht hatten. Die Ladung der *Desengaño* bestand aus Goldstaub, geschmiedetem und gemünztem Gold, Gewürzen, Moschus, Bienenwachs und Textilien. Zu ihren Porzellanwaren gehörte ein Service für Königin Maria Luisa von Spanien. Man fand Ballen von Kaliko, Chintz und Seide, 5806 Fächer, 1084 Paar Baumwollstrümpfe und 37 Seidenroben. Man fand große Mengen Pflugscharen und Hufeisen für Maultiere. Man fand Heilige Jungfrauen in Öl, Kandiszucker in Kruken, eine Truhe voll Priestergewänder, spanische Kokosnüsse, gegerbte Ziegenfelle, Handglocken und Hifthörner, alte Bücher, einen großen Spiegel, Gemälde, Pontifikalien für den neuen Erzbischof von Lima sowie ein reiches Sortiment von »*tanbes*, *sannoes*, *charroadorees*, *palampores*, *mulmuls*, *humhums*, *ucaneas*, *sooseys*« und anderen Stoffen »nebst mehreren Packen von verschiedenerlei Kleinigkeiten«.[30] Dies waren die Schätze der materiellen Welt, der Stoff, aus dem sich Gier und Unternehmungsgeist speisten, der Lohn für den Kampf.

Die Freibeuter waren über diese Prise erfreut, aber noch nicht zufrieden. Wie Kapitän und Offiziere der *Desengaño* im Verhör angaben, waren sie in Manila zusammen mit einem größeren, noch reicher beladenen Schiff in See gestochen und hatten sich von diesem Begleiter erst drei Monate zuvor getrennt. Durch ihren Erfolg beflügelt und von der Gier nach der größeren, besseren, anderen Prise getrieben, bereiteten sich die Engländer darauf vor, auch dieses Schiff anzugreifen.

Ein tüchtiges, stolzes neues Schiff 1709

Das andere, das »große« Schiff, war doppelt so groß. Es hieß *Nuestra Señora de Begoña* und befand sich auf seiner Jungfernfahrt.[31] In den Philippinen vom Stapel gelaufen, hatte es zwei Decks, verdrängte 900 Tonnen und war mit 40 Bronzekanonen bestückt, die zwölfpfündige Eisenkugeln verschossen. Der Kapitän, Don Fernando de Angulo, hatte einen fähigen Oberkanonier und eine erfahrene 450-köpfige Besatzung, zu der auch viele englische und irische Freibeuter gehörten, die eigene wohlberechtigte Interessen zu verteidigen hatten.

Am Weihnachtstag gaben zwei Wachen der *Duke*, die man auf einem Hügel bei Cabo San Lucas postiert hatte, das vereinbarte Signal: Sie hatten die zweite Galeone gesichtet. Die *Dutchess* und die *Marquess* nahmen die Verfolgung auf. Am 27. Dezember eröffneten sie bei Sonnenaufgang das Feuer auf die *Begoña* und belegten sie mit gehacktem Blei, Traubengeschossen, Steinen und Kanonenkugeln. Im Verlaufe eines achtstündigen Gefechts beschädigten sie deren Takelage und Besanmast, töteten acht Besatzungsmitglieder und verwundeten etliche weitere.[32]

Die Reaktion der Spanier war langsam, aber vernichtend. Sie hatten rings um ihre Decks Netze aufgezogen, um ein Entern des Schiffes zu verhindern. Die Kanoniere hielten sich versteckt, »sodass nicht ein Mann über Bord zu sehen war«. Aus der Deckung schossen sie in steilen Bogen Brandkugeln, Stinkbomben und flammende Granaten auf die Decks der englischen Schiffe und zertrümmerten sie mit Kanonenkugeln.

Die *Duke* traf verspätet ein. Eigentlich sah der Schlachtplan vor, dass sie sich von den zwei anderen trennen und später angreifen sollte, aber dann flaute der Wind ab. Sie blieb in der Schusslinie der *Dutchess* liegen:

Die Schüsse, die den Feind verfehlten, flogen von der Dutchess *aus über uns und zwischen unseren Masten hinweg, sodass wir Gefahr liefen, durch sie größeren Schaden zu erleiden als durch den Feind.*

Die drei englischen Schiffe verfügten insgesamt nur über 120 kampffähige Männer, »und auch diese waren geschwächt, da sie seit langem sehr knapp bei Proviant waren«. Der Feind hatte

»ein tüchtiges, stolzes neues Schiff«. 500 sechspfündige Kanonenkugeln richteten bei der *Begoña* nur wenig an, während der Spanier Fockmast und Pulverkammer der *Dutchess* in die Luft jagte und dabei 20 Männer tötete oder verwundete. Er zerfetzte die Takelage der *Marquess* und durchlöcherte ihren Rumpf. Er katapultierte vier Feuerkugeln auf das Quarterdeck der *Duke*, die den Großmast zerstörten, eine Kiste mit Waffen und Patronenschachteln in die Luft jagten und Carleton Vanbrugh, dem Agenten der Bristoler Eigner, und einem Holländer schwere Verbrennungen zufügten. 33 weitere Männer wurden getötet, verwundet oder durch Schießpulverexplosionen versengt. Woodes Rogers bekam die linke Ferse weggeschossen, Thomas Young, ein Waliser, verlor ein Bein, und Thomas Evans' Gesicht wurde »jämmerlich zerfetzt«.

Die Freibeuter konnten diese Schlacht unmöglich siegreich beenden. Sie waren taktisch unterlegen, und keines ihrer Schiffe war annähernd so gut gebaut wie das auf den Philippinen konstruierte. Die *Marquess* hatte einen Meter Wasser im Stauraum. »Wir dichteten schnell die Lecks«, schrieb Edward Cooke, »und befreiten uns und knoteten und spleißten unsere Takelage und hielten schon wieder auf den Feind zu, als die *Duke* das Signal gab, dass sie mit uns reden wollte«.

Cooke stieg sofort mit Stephen Courtney in eine Pinasse und ging an Bord der *Duke*,

wo wir Kap. Rogers am Fuß verwundet vorfanden, etliche seiner Männer tot, weil mit der Pulverkammer in die Luft geflogen, und seinen Großmast durchschossen, und stellten fest, dass sie alle den Wunsch hatten, den Feind nicht weiter zu attackieren, und da wir selbst außer Stande waren, ihn allein zu attackieren, gaben wir die Verfolgung auf... wobei wir 27 Tote und Verwundete hatten, und unser Fockmast an vier Stellen glatt durchschossen war, unser Großmast an 2 Stellen, unser Besanmast an 2 Stellen, unsere Vormarsstenge samt der Saling vollständig weggeschossen und unsere Großrah durchschossen &sw.

»Genauso gut wie gegen dieses Schiff«, schrieb er, »hätten wir gegen eine Festung mit 50 Kanonen kämpfen können.«

Und so segelte die Galeone aus Manila, mit intakter Bemastung, ausgefahrenen Kanonen, unversehrter Ladung und wehender Kriegsflagge der Armada, weiter in Richtung Acapulco. Die Freibeuter mussten sich mit dem kleineren Schiff, der geringeren Prise, begnügen. Der arg zerschossene Rogers äußerte Zweifel daran, ob die Sache es überhaupt wert gewesen war: »Diese Prise ist äußerst wertvoll, aber weder sie noch irgendetwas anderes wiegt die unbekannten Gefahren und vielen Unbequemlichkeiten auf, die wir erdulden mussten und noch müssen.«

Sie tauften ihre Prise in *Batchelor* um, nach John Batchelor, Bristoler Aldermann und Leinwandhändler, einem der Eigner. Die Offiziere stritten sich darüber, wer das Schiff auf der Heimfahrt kommandieren sollte. Rogers widersetzte sich der Wahl Thomas Dovers zu dessen Kapitän: »Er hat ein so hitziges Temperament, dass fähige Männer nicht gut unter ihm arbeiten können, und er selbst ist unfähig«, schrieb er.[33] Dover zahlte dies Rogers dadurch heim, dass er ihn als einen unnützen Ballast titulierte, hochfahrend, streitsüchtig und aufgeblasen. »Sein einziges Bestreben ist es gewesen, Zwietracht unter uns zu säen. Aber was kann man auch von einem Mann anderes erwarten, der sich nicht entblödet, auf die Gesundheit des Papstes zu trinken!«[34]

Selkirk wurde zum Steuermann der *Batchelor* ernannt. Er hatte sich als ein fähiger Mann erwiesen und würde das Schatzschiff auf seiner 30 000 Kilometer langen Heimfahrt navigieren. Er hütete sich, diese übellaunigen Kapitäne, die sich gegenseitig, aber niemals sich selbst Vorwürfe machten, in irgendeiner Weise zu reizen. Wie viel die Beute wirklich wert war, würde man erst erfahren, wenn sie in London sortiert worden wäre. Er selbst schätzte den Wert, wie Dampier, auf eine Million Pfund. Ihm standen davon zweieinhalb Anteile zu – genug, um sich in Goldbrokat zu kleiden. Die Insel ohne Menschen und Moneten lag weit hinter ihm zurück – die ungehörten Echos ihrer Berge, die ungesehenen Schatten ihres Abends. Von dieser unsichtbaren Welt war er zu Schlachtensieg, Offiziersrang und der Verheißung materiellen Reichtums gelangt, und all dem, was solch ein Reichtum nach sich zog.

Die Heimfahrt 1710

Und so begann der lange Weg zurück. Jetzt schenkten mondhelle Nächte oder von sanftem Wind geschwellte Segel keine Freude mehr. Das Abenteuer war vorüber. Die See verwandelte sich wieder in eine öde Wasserwüste – Tag für Tag für Tag. Die Männer sehnten sich nach Bequemlichkeit und ihrem Anteil an der Beute. »Vielen von uns erging es aus Mangel an Proviant sehr übel«, schrieb Woodes Rogers.

Die Galeone aus Manila war zwar mit Schätzen voll gestopft, aber knapp bei Vorräten gewesen. Auf allen Schiffen wurden die Lebensmittel rationiert: anderthalb Pfund Mehl jeweils für fünf Männer, wenn es Weiße waren, oder für sechs, wenn es sich um Schwarze handelte. Die Männer kauften sich gegenseitig Ratten ab, je nach Größe für vier bis sechs Pence das Stück, »und verzehrten sie mit großem Behagen«. Wenn jemand sich beim Diebstahl von Pökelfleisch erwischen ließ, wurde er mit der neunschwänzigen Katze ausgepeitscht. »Ein Neger, den wir Deptford genannt hatten«, überlebte diese Bestrafung nicht. Das Leben war nicht besser als der Tod, und des einen Tod war des anderen Brot.

Am 18. [Januar] warfen wir einen Neger über Bord, der an Auszehrung und Hunger gestorben war… Am 25. starb Thomas Williams, ein walisischer Schneider; er hatte während des Gefechts mit dem 2. Schiff aus Manila eine Schusswunde im Bein davongetragen und sich, da von schwacher Konstitution, die Ruhr zugezogen, die ihn schließlich tötete... Der spanische Steuermann der Batchelor *ist gestorben; wir hatten ihn behalten, weil wir dachten, dass er uns von Nutzen sein könnte, wenn er sich von seinen Wunden erholt haben würde; aber er war von einer Musketenkugel am Hals getroffen worden, die sich so tief hineinbohrte, dass die Ärzte sie nicht herausholen konnten... Am 3. März bestatteten wir einen Neger mit Namen Augustine, der an Skorbut und Wassersucht gestorben war.*

Und so ging es weiter. Die *Duke* »fing an, stark zu lecken« und musste rund um die Uhr gelenzt werden. Rogers konnte sich wegen seiner Verletzungen nicht auf den Beinen halten und musste in einem Sessel herumgetragen werden. Dampier war sich unsicher wegen der Route und erkannte Landmarken nicht wieder.

Am 11. März erreichten sie die Insel Guam. Sie sah grün und einladend aus. Die Spanier hatten sie mit Melonen, Orangen und Kokosnusspalmen bepflanzt. Rogers, Courtney und Cooke schickten dem Gouverneur einen Brief, in dem sie den Wunsch äußerten, »Proviant und Erfrischungen« zu kaufen, und ihm im Falle einer Weigerung »eine militärische Behandlung« ankündigten, »wie wir sie ihm mit Leichtigkeit zuteil werden lassen können«.

Der Gouverneur zeigte sich einsichtig. Im Austausch gegen 20 Ellen Scharlachtuch, sechs Stück Batist, Nägel, Devotionalien und zwei jungen Schwarzen in Livree trennte er sich von acht Kälbern und Kühen, vier Ochsen, 60 Schweinen, 99 Hühnern, 24 Körben Getreide, 14 Säcken Reis, 44 Körben Yamswurzel, 800 Kokosnüssen und einer nicht näher spezifizierten Anzahl Limonen und Orangen. Als seine Vorgesetzten in Manila von seinem gastlichen Verhalten erfuhren, stuften sie es als Verrat ein und ließen ihn ins Gefängnis werfen.

Von Guam nach Ostindien dauerte es weitere vier lange Monate. Man kam nur langsam voran, und die Männer litten schon bald wieder unter Durst und Hunger; Rogers war abgemagert und wurde von seinen Verletzungen gepeinigt; die *Duke* leckte ununterbrochen, die Pumpen mussten rund um die Uhr bedient werden, ein Aprilsturm beschädigte alle Schiffe, und Dampier fand sich im Inselgewimmel der Molukken nicht zurecht.

Am 20. Juni erreichten sie »den lang ersehnten Hafen von Batavia«. Damit befanden sie sich auf niederländischem Territorium, und die Niederländer waren Verbündete. Batavia war eine Stadt der Kanäle, voll großzügiger Häuser mit gepflegten Gärten. Rogers verglich sie mit Bristol. Es gab Essen im Überfluss und selbst solche Luxusartikel wie Butter. Die Gefahren der See schienen endlich vorüber zu sein. Rogers sandte den Bristoler Eignern die frohe Botschaft:

Mit zwei Prisen in unserer Begleitung, deren eine das kleinere Manila-Schiff ist, das wir am 22. Dezember letzten Jahres vor der Küste Kaliforniens aufbrachten, befinden wir uns in guter Gesundheit und segeln ohne mehr als die notwendigste Verzögerung von hier weiter, hoffend, dass dieselbe günstige Vorsehung, die uns bislang so wunderbar geleitet & beschützt hat, dies auch weiterhin tun und uns zu einem glücklichen Wiedersehen mit Ihnen und zum Genuss der Früchte unserer Mühsalen & vielen Gefahren führen wird.[35]

Im relativen Komfort eines Lazaretts ließ sich Rogers ein großes Fragment einer Musketenkugel aus dem Kiefer schneiden. Er hatte es dort sechs Monate lang mit sich herumgetragen:

Wir hatten es für ein Stück meines Kieferknochens gehalten, da Ober- und Unterkiefer mehrfach gebrochen und fast zusammengewachsen waren, sodass der Arzt große Mühen hatte, an die Kugel heranzukommen, um sie zu entfernen. Auch mehrere Stücke meines Fußes und Fersenbeins hat man mir abgenommen.[36]

Die Freibeuter blieben vier Monate in Batavia. Ihre Schiffe mussten gründlich repariert und gekielholt werden. Javanische Kalfaterer halfen bei der Arbeit. Als man die *Marquess* auf die

Seite legte, zeigte sich, dass »die Würmer ihren Boden zu einem wahren Sieb zerfressen hatten«. Sie wurde als Bergungsgut verkauft und ihre Fracht auf die drei anderen Schiffe verteilt.[37] Edward Cooke kehrte als Zweiter Kapitän auf die *Dutchess* zurück.

Zu essen gab es zwar in Hülle und Fülle, aber die tropische Hitze war gefährlich. Fünf Männer starben an der Ruhr und dem Gelbfieber. Ein Mitglied der Besatzung wurde beim Baden von einem Hai zerfleischt. Während der Überfahrt waren mehr als 70 Männer gestorben. Jene, welche es so weit geschafft hatten, tranken Arrak für acht Pence den halben Liter und kauften Zucker für einen Penny das Pfund.

1711 *Erbitterte Streitigkeiten*

Die Bristoler Eigner konnten es nicht erwarten, ihre Prise zu Haus und die Beute in ihren Taschen zu wissen. Die Flut von Briefen aus Batavia erfüllte sie mit Besorgnis. Zwischen Offizieren und Mannschaft herrschte eine hochbrisante Stimmung, die sich aus Argwohn, Hass und Habgier speiste. Carleton Vanbrugh schrieb: »Wir haben erbitterte Streitigkeiten zwischen uns gehabt.« Er schilderte Woodes Rogers als einen »schurkischen Ehrabschneider«, der ihn während der ganzen Reise immer wieder beleidigt habe. Thomas Dover schrieb, Rogers sei dabei, »mit der Fracht des Schiffes nach Gutdünken zu verfahren«, und habe gedroht, jedem, der sich darüber beschwerte, die Kehle durchzuschneiden. Rogers erinnerte die Eigner daran, man habe ihm zu Beginn der Expedition »den zweiunddreißigsten Teil des Ganzen« versprochen, und warnte sie davor, davon abzugehen. »Man möge mir um Christi willen nicht in der Heimat das Fell über die Ohren ziehen, nachdem ich in der Fremde so arg geschunden worden bin.«[38]

Die Eigner antworteten, Uneinigkeit würde noch zum Scheitern des ganzen Unternehmens führen, Anordnungen und Befehle müssten befolgt werden, und Zuwiderhandlungen seien als Meuterei zu bestrafen.

Solange sie nicht entladen wurde, ließ sich die Fracht der *Batchelor* nicht genau inventarisieren. Davon riet Rogers den Eignern aber eindringlich ab, da viel dabei verdorben werden könne. »Wir haben die im Stauraum des Manila-Schiffes befindlichen Waren noch nicht untersucht«, schrieb er. »Ich möchte, dass sie England unbeschadet erreichen.«[39] Er gab den vermutlichen Wert der Ladung mit 200 000 Pfund an, »nach Abzug aller Zölle und Gebühren«. Die – stets kurz vor der Meuterei stehende und zu Recht ihren Offizieren misstrauende – Besatzung schätzte sie dagegen auf drei Millionen Pfund und mehr. Die Männer beschuldigten Rogers, Teile der Beute in Batavia zu verstecken, um sie sich später heimlich zu holen.

Geplant war, dass die *Duke*, die *Dutchess* und die *Batchelor* nach Abschluss der Instandsetzungsarbeiten von Batavia zum Kap der Guten Hoffnung segeln und dort auf eine Eskorte von niederländischen und englischen Kriegsschiffen warten würden, die sie nach Holland geleiten sollten. Man befürchtete, dass der Feind andernfalls die mit Schätzen beladene Galeone, wenn sie die nordafrikanische Küste und Spanien passierte, angreifen und aufbringen könnte.

Während der drei folgenden Monate auf See machten sie gute Fahrt. Am 3. und 4. Dezember legten sie 270 Seemeilen zurück. Am 29. Dezember erreichten sie Kapstadt und gingen in der Bucht unterhalb des Tafelbergs vor Anker. Wieder befanden sie sich in einer befreundeten Stadt mit so viel zu essen und zu trinken, wie sie sich nur wünschen konnten. Um »Vorräte und Proviant wie Mohrrüben, Eier und eine angemessene Menge Arrak« zu kaufen, veräußerte Rogers einen Zentner Silbergeschirr, drei Pfund unbearbeitetes Gold, verschiedene Kleinigkeiten und

14 Schwarze. Eine Schwarze samt Kind brachte 3 Pfund und 10 Shilling, ein Junge ging für 26 Pfund, 5 Shilling über den Ladentisch, und 19 Dutzend Paar europäische Seidenstrümpfe wechselten für 56 Pfund, 10 Shilling und 6 Pence den Besitzer.[40]

Der Wundarzt James Wasse starb am Kap, desgleichen, zu Rogers' Genugtuung, Carleton Vanbrugh, der während des Gefechts mit der Galeone aus Manila schwere Verbrennungen davongetragen hatte. Edward Cooke richtete sein Begräbnis aus, wobei »die Schiffe, wie bei solchen Anlässen üblich, jede halbe Minute Salutschüsse abfeuerten«. Er wurde auf einem niederländischen Friedhof beerdigt.

Die streitenden Kapitäne entsandten weitere widersprüchliche Briefe nach Bristol. Courtney schrieb, die *Dutchess* sei »ein sehr marodes Schiff«, und er und 40 seiner Männer seien krank. Rogers beschrieb sich selbst als »gerade fast den Klauen des Todes entronnen« und gab seiner Hoffnung Ausdruck, sein Anteil an dem Schatz möge ihn »ein wenig für das Ausgestandene entschädigen«. Und Dover und Dampier berichteten, als sie versucht hätten, Woodes Rogers wegen Diebstahls einer Truhe voll Perlen, Juwelen und Gold einzusperren, habe dieser gedroht, sie zu töten.[41]

Nach drei angespannten Monaten traf eine Eskorte von 16 niederländischen und neun britischen Kriegsschiffen ein. Am 6. April stach das Geschwader von 28 Schiffen unter dem Oberkommando von Admiral Pieter de Vos in See. Es war ein kriegerisches Schauspiel und ein diszipliniertes Manöver: die Galeone geschützt, alle Kanonen schussbereit – ein Bild des Sieges, des Triumphs und des Reichtums. Ab jetzt würde nichts mehr dem Glück oder dem Zufall überlassen bleiben.

Das Geschwader durchquerte den Atlantischen Ozean in Richtung Norden. Cooke füllte 16 Seiten seines Tagebuchs mit Listen seiner Segel- und Signalkommandos. Um sich nicht im Ärmelkanal der Gefahr eines französischen Angriffs auszusetzen, machte man einen weiten Umweg nach den Niederlanden:

die Westküste Irlands hinauf, um die Shetland-Inseln herum, die Ostküste Schottlands hinunter, vorbei an Selkirks Heimatort, und weiter die Ostküste Englands entlang.

Ihre Eskorte setzte sie am 23. Juli an der westfriesischen Insel Texel ab und segelte dann weiter. Von äußeren Feinden drohte nun keine Gefahr mehr. Sie schienen sicher zu Haus angelangt zu sein. Der Namenspatron der Galeone, John Batchelor, sandte seine freudigen Glückwünsche zu »so willkommener Kunde«.[42]

Doch die Eigner waren weiterhin nervös. Ihre Beute war noch immer nicht in Sicherheit. Sie konnten den Offizieren und der unzufriedenen Besatzung der Schiffe nicht trauen. Ihre Agenten, Carleton Vanbrugh und William Bath, hatten beide die Fahrt nicht überlebt. Sie entsandten einen Ersatzmann, James Hollidge, damit er nach dem Rechten sähe und ihnen Bericht erstattete. Er landete am 7. August in Holland und schrieb, er habe Kapitän Dover bei guter Gesundheit vorgefunden, Kapitän Courtney »an der Gicht leidend«, die Männer in meuterischer Stimmung und »Kap. Rogers von heftigem Unwohlsein gepeinigt. Er wirkt verzweifelt.«[43]

Probleme kamen auch von Seiten der Londoner Ostindischen Kompanie. Ihre 24 Direktoren waren Ritter, Aldermänner und Whig-Politiker. Sie bezichtigten die Bristoler Eigner und die Freibeuter der Missachtung ihrer Handelsprivilegien. Sie bezeichneten sich als »erzürnt« ob dieser vermeintlichen Verletzung ihrer Rechte. Sie hatten die Bank von England hinter sich. Sie beabsichtigten, die Schiffe aufzubringen, die Beute zu beschlagnahmen und die Kapitäne zu verhaften. Eine zusätzliche Provokation stellte für sie die neue Tory-Regierung dar, die ihrer eigenen, neu gegründeten South Sea Company weit reichende Handelsprivilegien bewilligt hatte. Die Kompanie war die Idee des Finanzministers gewesen, Sir Robert Harley. Dessen politischer Berater, Daniel Defoe, machte sich in seiner Zeitschrift *Review* öffentlich für deren Ziele stark.[44]

Hollidge kehrte mit einem unterzeichneten Dokument nach London zurück, das die Direktoren der Ostindischen Kompanie zugleich beschwichtigen und abschrecken sollte. Es erklärte, *Duke* und *Dutchess* seien als »private Kriegsschiffe« gesegelt, sie hätten »in keinerlei Art und Weise Handel getrieben«; was immer von der Ladung verkauft worden sei, habe zur Deckung »ihres Bedarfs an Proviant« gedient, von der »wurmzerfressenen« *Marquess* habe man sich nur getrennt, »um Mundvorräte zu erwerben«, und »nicht eine Stecknadel« aus der Ladung sei in Amsterdam veräußert worden.

Die Direktoren der East India Company zogen es vor, kein einziges Wort davon zu glauben. Derlei Beteuerungen bewiesen überhaupt nichts. Sie entsandten ihre eigenen Agenten nach Holland, damit sie »ein Auge auf die Schiffe hätten« – insbesondere auf die *Batchelor*. Wieder drohte die Besatzung mit Meuterei. Zu viele verschiedene Parteien machten Ansprüche auf diesen Schatz geltend. Zu viele Eigner, Agenten und feine Pinkel interessierten sich dafür.

Ende September 1711 traf ein Konvoi von vier Kriegsschiffen, *Essex*, *Canterbury*, *Medway* und *Dunwich*, unter dem Kommando von Konteradmiral Sir Thomas Hardy in Texel ein, um »die Südseefahrer« heimzugeleiten. Weitere Verzögerungen ergaben sich, als Rogers um die Erlaubnis ersuchte, die Schatzgaleone wieder herzurichten. Ihre Segel waren morsch und ihre Masten rissig. Er wollte im Triumphzug zurückkehren, mit Segeln aus blauem Damast und goldenen Insignien. Während sie die Themse hinaufsegelten, würden zahllose Augen auf ihnen ruhen. Die unmittelbar bevorstehende Ankunft der »Prise von Aquapulca« war *die* Schlagzeile des *Daily Courant*, des *Post-Boy* und der *London Gazette*.[45]

Am Mittwoch, dem 3. Oktober, erreichten die Schiffe zu später Stunde die Downs. Es war eine klare Herbstnacht. Drei der Eigner ließen sich hinausrudern, um die Männer willkommen zu heißen und zu beglückwünschen. Dann wurde die *Batchelor* vor den anderen Schiffen zur Themsemündung geschleppt. Sie fuhr allein flussaufwärts. Sie war das Schiff, auf das es ankam, und Selkirk war ihr Navigationsoffizier. Er trug eine Swanskin-Weste, ein blaues Leinenhemd, neue Hosen und Schuhe mit Scharlachbändern. Er war acht Jahre in der Fremde gewesen. Er war einmal rund um die Welt gesegelt und hatte vier Jahre und vier Monate lang allein auf einer unbewohnten Insel gelebt. Unter all diesen Heimkehrern hatte *er* eine wahrhaft spannende und lehrreiche Geschichte zu erzählen – eine Geschichte, welche die Leute interessieren mochte.

5

Londoner Schreiberlinge

A CRUISING
VOYAGE
ROUND THE
WORLD:

First to the SOUTH-SEAS, thence to the EAST-INDIES, and homewards by the Cape of GOOD HOPE.

Begun in 1708, and finish'd in 1711.

CONTAINING

A JOURNAL of all the Remarkable Transactions; particularly, Of the Taking of *Puna* and *Guiaquil*, of the *Acapulco* Ship, and other Prizes; An Account of *Alexander Selkirk*'s living alone four Years and four Months in an Island; and A brief Description of several Countries in our Course noted for Trade, especially in the *South-Sea*.

With Maps of all the Coast, from the best *Spanish* Manuscript Draughts.

And an INTRODUCTION relating to the *SOUTH-SEA* Trade.

By Captain *WOODES ROGERS*, Commander in Chief on this Expedition, with the Ships *Duke* and *Dutchess* of *Bristol*.

LONDON, Printed for *A. Bell* at the Cross-Keys and Bible in *Cornhil*, and *B. Lintot* at the Cross-Keys between the two Temple-Gates, *Fleetstreet*. M DCC. XII.

Der unfruchtbarste Gegenstand, den die Natur zu bieten hat 1712

Woodes Rogers und Edward Cooke hatten beide ein Tagebuch ihrer Jagd nach dem Schatzschiff aus Manila geführt. Kaum waren sie wieder in London, machten sie sich daran, sich gegenseitig in Buchform zu übertrumpfen. Ein Publikum für Augenzeugenberichte von Kaperfahrten zu fernen exotischen Orten jenseits gefährlicher Meere war reichlich vorhanden. Es war fashionabel, »mit Dampier um den Globus zu fahren«, wie Daniel Defoe es formulierte.

Weder Rogers noch Cooke besaßen Dampiers Begabung für Reiseberichte, seine thematische Spannbreite oder sein Gespür fürs Anekdotenhafte. Bei allem, was über das Leben an Bord hinausging, beschränkten sich ihre Beobachtungen auf Feststellungen wie »Winde Süd, Südost, vor Guam geankert«. Aber Dampier hatte diesmal kein Buch zu bieten. Die Zeiten seines Ruhms waren vorbei. Für den erfolgreichen Fischzug erhielt *er* keinerlei Lob. Die Urteile, die Seefahrerkollegen über ihn fällten, waren vernichtend. Während seiner Abwesenheit hatte William Funnell seine eigene Schilderung von der früheren, gescheiterten Expedition veröffentlicht.[1] Dampier sah sich neuen

Vorwürfen und Privatklagen ausgesetzt und investierte seine noch verbleibende Energie darein, seinen Ruf wieder herzustellen und seinen Namen reinzuwaschen.[2]

Edward Cooke befürchtete, Woodes Rogers' Buch könnte größere Aufmerksamkeit zuteil werden als dem seinigen. Rogers war der Oberkommandierende der Expedition gewesen und verfügte über einflussreiche Freunde in literarischen Kreisen. In »Bartram's Coffee House« in der Church Street, gegenüber Hungerford Market, traf er sich mit dem Pamphletisten, Dramatiker und Herausgeber der Tageszeitung *The Spectator* Richard Steele und mit dem gleichermaßen produktiven Daniel Defoe, der die *Review* herausgab.

Cooke hatte lediglich für eine kurze Zeit als Kapitän der »wurmstichigen« Prise *Marquess* fungiert, die in Batavia zum Ausschlachten verkauft worden war. Er hatte keinerlei einflussreiche Freunde. Um Rogers wenigstens zuvorzukommen, veröffentlichte er sein Buch in zwei Teilen. Der erste Band war bereits März 1712 im Handel, vier Monate nach Rückkehr der Schiffe. Überschrieben war das Werk »Eine Reise in die Südsee und um die Welt, ausgeführt in den Jahren 1708, 1709, 1710 und 1711 von den Schiffen *Duke* und *Dutchess* aus Bristol«.

Um sich mit dem Anschein eines mächtigen Gönners zu schmücken, widmete er das Buch Sir Robert Harley. Auf Anraten seines Verlegers kündigte er auf dem Titelblatt einen »Bericht über Mr. Alexander Selkirk« an, »nebst der Art & Weise, wie er während der vier Jahre und vier Monate, die er auf der unbewohnten Insel Juan Fernandes verbrachte, lebte und gewisse wilde Tiere zähmte«.

Aber der »Bericht«, den Cooke dann seinen Lesern lieferte, beschränkte sich auf einen einzigen dürftigen Absatz. Selkirk, hieß es da, war der Steuermann der *Cinque Ports Galley* gewesen. Er hatte irgendwelche nicht näher spezifizierten Meinungsverschiedenheiten mit seinem Kapitän gehabt und war, »da das

Schiff leckte, an Land gegangen«. Er hatte sich von Ziegenfleisch, Kohlköpfen, die auf Bäumen wuchsen, Rüben und Pastinaken ernährt. Er zähmte verwilderte Ziegen und Katzen. Als er gerettet wurde, trug er eine Jacke, Hose und Mütze aus Ziegenfell, alles »mit Riemen von Selbigem genäht«. Und das war's auch schon. Was gab es auch sonst noch zu erzählen? Cooke ging nun zu Orkanen, Kanonenbooten, Plünderungen und Auseinandersetzungen zwischen den Matrosen über.

Die Leser fühlten sich betrogen. Diese Geschichte eines Ausgesetzten erregte die Neugier. Sie wollten mehr darüber erfahren. Wer war Selkirk? Wie hatte er sich gefühlt? *Wie genau* hatte er überlebt?

Cooke ließ sich von seinem Verleger dazu überreden, in seinem zweiten Band diese Lücke zu füllen. In einem gereizten Vorwort versprach er »einen ausführlicheren Bericht über den Mann, der auf der Insel aufgefunden wurde«. Er beklagte sich, der erste Teil seines Buches habe so schnell in Druck gehen müssen, dass ihm keine Zeit geblieben sei, nähere Einzelheiten zu recherchieren.

Jene wenigen Andeutungen erregten das Verlangen mancher Personen nach einer ausführlicheren Schilderung der Umstände, unter welchen der Mann in jener bedrückenden Einsamkeit lebte. Wir sind von Natur aus begierig auf Neues, und diese Neigung veranlasst uns, in jedem Ereignis, das aus dem Rahmen des Gewohnten fällt, etwas sehr Außerordentliches zu vermuten. Dass ein Mensch so lange allein auf einer einsamen Insel lebte, erscheint manchen äußerst verblüffend, und so schließen sie sofort, er könne eine sehr ergötzliche Schilderung seines Leben liefern, während dieses in Wahrheit der unfruchtbarste Gegenstand ist, den die Natur zu bieten hat.

Cooke traf sich mit Selkirk und befragte ihn, sah aber nicht, was sich aus seiner Geschichte sonst noch hätte herausholen lassen können. Seiner Ansicht nach war es öde und belanglos, auf einem

Fleckchen Land, das er als eine »Ansammlung von Felsen« beschrieb, so steil, dass sie »fast senkrecht« erschienen, jahrelang mutterseelenallein vor sich hinzuleben. Er habe nicht vor, erklärte er, den abgeschmackten Wünschen mancher zu willfahren oder sich in Erfindungen zu ergehen. Der kultivierte Leser, dessen war er sich sicher, würde die Wahrheit jeder Dichtung vorziehen. Nicht viele wünschten, über »antike Persönlichkeiten« zu lesen, die in der ägyptischen Wüste ein einsames Leben der Selbstkasteiung und Andacht verbracht hätten.

Was kann es also dann sein, was unserer Neugier schmeichelt? Ist Selkirk etwa ein Naturforscher, der es in solch einer ungestörten Zurückgezogenheit vermocht hätte, irgendwelche überraschenden Entdeckungen zu machen? Nichts weniger als das: Wir haben es mit einem biederen Seemann zu tun, der nichts anderes entdecken wollte als einen Weg, sich während seiner Gefangenschaft und seines ausschließlichen Verkehrs mit Ziegen am Leben zu erhalten.

Also lieferte Cooke auch diesmal nichts weiter als die dürren Fakten von Selkirks Abenteuer. Die Fregatten der *Duke* und der *Dutchess* waren in die Große Bucht Der Insel eingelaufen. Die Männer an Bord hatten einen Mann gesehen, der eine weiße Fahne schwenkte. Sie forderten ihn mit Rufen auf, ihnen eine geeignete Anlegestelle zu zeigen. Er gab ihnen die erwünschten Anweisungen und »rannte dann in Sichtweite des Bootes mit einer solchen Geschwindheit am Ufer entlang, dass die einheimischen Ziegen ihn nicht hätten überholen können«. Als man ihn auf das Schiff einlud, »erkundigte er sich zuerst, ob ein gewisser Offizier, den er kannte, an Bord sei«. In diesem Fall würde er nämlich lieber in dieser Einsamkeit bleiben, als mit ihm zu segeln.

Er besaß eine Axt und andere Werkzeuge sowie einen Kochtopf. Er hatte sich einen Bratspieß und ein Bett angefertigt und »eine Anzahl Ziegen gezähmt«. Er »kannte alle Schleichwege und Pfade im Gebirge, konnte von Fels zu Fels springen und stieg in die fürchterlichsten Schluchten hinab«. Er hatte einen genauen Kalender der Monats- und Wochentage angelegt und Kapitän Frye an »einen lieblichen Ort in den Bergen« geführt, »grasig und mit Bäumen bestanden«, wo er sich seine Behausung und eine Küche gebaut hatte.

Das größte Unglück, das ihn während seiner Verbannung ereilt hatte, war, als er in eine Schlucht stürzte und wie tot liegen blieb. Irgendwie hatte er es geschafft, zu seiner Hütte zurückzukriechen, und überlebte. Er kam auch ungeschoren davon, als die Spanier auftauchten, indem er sich vor ihnen versteckte. Sie verfolgten ihn, aber er war für sie »eine so geringe Beute, dass sie es wohl nicht für lohnend erachteten, allzu große Mühen aufzuwenden, um seiner habhaft zu werden«.

Cooke ging davon aus, dass Selkirk für die Spanier ebenso uninteressant gewesen sein musste, wie er es für ihn war. Seine Geschichte enthielt keinerlei Ursache zur Verwunderung, keinen Anlass zum Nachdenken. Dass ein Mann ausgesetzt wurde, war ein Ereignis wie jedes andere auch. Es verdiente nicht mehr als ein, zwei Absätze. Es war schwer, das länger auszuspinnen. Es war ein privater Unglücksfall, der für den eigentlichen Zweck der Reise ohne jede Konsequenz war – ein »aus dem Rahmen des Gewohnten fallendes Ereignis«, das gleichwohl keine größere Bedeutung besaß als Ikarus' Sturz vom Himmel.

Eine schlichte und maßvolle Lebensweise 1712

Woodes Rogers war darauf angewiesen, dass sein Buch ein finanzieller Erfolg wurde.[3] Sein Unbehagen und seine Verzweiflung wurden durch seine Rückkehr nach England kaum gemildert. Ihm war das halbe Gesicht weggeschossen worden, er hinkte, er wurde der Unterschlagung bezichtigt, und sein Anrecht auf einen Teil der Beute wurde angefochten. In seiner Heimatstadt Bristol hatte er Schulden, die er nicht begleichen konnte. Sein Schwiegervater, Admiral Whetstone, war tot, seine Frau begegnete ihm mit merklicher Kühle, und er hatte drei Kinder zu ernähren. Um seinen Gläubigern zu entrinnen, erklärte er sich für bankrott.

Er war ein Mann ohne besondere Schulbildung, seine Tagebucheinträge waren umständlich abgefasst, und er wollte seiner Seemannsprosa etwas mehr literarischen Glanz verleihen. Es war ihm klar, dass es ihm wenig Leser einbringen würde, zu erklären – wie Cooke es getan hatte –, Selkirks Geschichte sei »der unfruchtbarste Gegenstand, den die Natur zu bieten« hatte.

Er bat Richard Steele um Hilfe, einen dicken Mann, dem Trunk nicht abhold und zur Gicht neigend. Er ging am Stock und an schlechten Tagen auf Krücken.[4] Er hätte keinen Ziegen auf einer einsamen Insel nachlaufen oder auf einem lecken Schiff von mageren Rationen leben können. Aber er erkannte in Selkirks Geschichte den Beweis einer christlichen Sinnesart, der Eitelkeit weltlicher Güter und der Unbezwingbarkeit des menschlichen Willens.

Er war begierig, diesen Ausgesetzten kennen zu lernen. Rogers machte die beiden miteinander bekannt, und sie trafen sich Ende 1711 zu mehreren Kaffeehausgesprächen. Steele stellte Selkirk die Fragen, die ihn persönlich beschäftigten: Worüber hatte er sich mit Stradling gestritten, was hatte er zum Zeitpunkt seiner Aussetzung an Dingen bei sich gehabt, von welchen Tieren hatte ihm Gefahr gedroht, wovon ernährte er sich, wie ertrug er seine Isolation, was für eine Behausung hatte er sich gebaut, was las er, wie oft betete er, wie kam er mit seiner Rückkehr in die menschliche Gesellschaft zurecht, in welcher Hinsicht hatte ihn Die Insel verändert?

Rogers titelte sein Buch »Eine Kreuzfahrt um die Welt«

(*A Cruising Voyage Round the World*). Um mit Cooke konkurrieren zu können, erwähnte er auf dem Titelblatt »die Aufbringung des Schiffs von Acapulco und einen Bericht über Alexander Selkirk, der vier Jahre und vier Monate lang auf einer Insel lebte«. Seine Version der Ereignisse war mehr als eine Mär von tollkühnen Taten, Schatzsuche und einem Ausgesetzten, der es wieder in die Heimat geschafft hatte. Unter seiner Feder mutierte Selkirk zum Christen, zum Patrioten, zum Gouverneur Der Insel.

Rogers wiederholte die bekannten Fakten: die Aussetzung, die Dinge, die Selkirk besessen hatte, die Hütten, die er sich gebaut, die Kleidung, die er sich genäht hatte. Aber in der Vorstellung all derer, welche Die Insel nicht kennen konnten, ihre Beben, Eruptionen und böigen Winde, ihre Schluchten und zerklüfteten Gipfel, ihre gelben Orchideen, dornigen Bromelien und Kolibris, hatte Selkirk vier Jahre und vier Monate allein auf einem unbestimmten Stück Land verbracht: Sand, spärliche Palmen, und ringsum die See. Es war nicht Die Insel, die Interesse verdiente, sondern der Mensch, der als Gottes Abbild mit jeder Situation fertig wurde, in die es ihn verschlug. »Nichts anderes als die göttliche Vorsehung«, soufflierte Steele, und Rogers schrieb es, »hätte einen Menschen dort erhalten können.«

In seiner Einsamkeit vollzog Selkirk den Übergang von Freibeuterei zu Frömmigkeit, von Notzucht und Plünderung zu einem Zustand der Gnade. Auf Der Insel ausgesetzt, kopulierte er nicht mit Ziegen, haderte nicht mit dem Himmel. Nein, »er beschäftigte sich mit Lesen, Psalmengesang und Gebet.«

Ein Leben in Einsamkeit und Abgeschiedenheit von der Welt ist nicht so unerträglich, wie die meisten Leute glauben, insonderheit dann nicht, wenn man dazu aufgerufen oder unentrinnbar darein geworfen wird, wie es diesem Mann widerfuhr.

Selkirk wurde nicht von Der Insel, sondern von Gott am Leben erhalten. In seiner Nähe zu Gott »fand er Mittel, seine Bedürfnisse auf eine sehr natürliche Weise zu befriedigen«. Nach Nahrung zu suchen und Bäume zu fällen, um sich daraus eine Behausung zu bauen, war mühselig, aber die Resultate konnten sich mit den Errungenschaften »all unserer Kunst und Gesellschaft« messen. Und die Geschichte hatte auch eine Moral, die ihre Leser in Bibliotheken und Wohnzimmern goutieren konnten: Sie zeigte,

wie sehr eine schlichte und maßvolle Lebensweise der Gesundheit des Leibes und der Spannkraft des Geistes förderlich ist, welche beiden wir allzu leicht durch Ausschweifung und Üppigkeit zerstören, insbesondere im Genuss starken Branntweins, und durch die Mannigfaltigkeit und die Beschaffenheit unserer Speise und Getränke: denn als dieser Mann zu unserer normalen Ernährungs- und Lebensweise zurückkehrte, büßte er, so enthaltsam er auch blieb, viel von seiner Kraft und Gewandtheit ein. Doch muss ich diese Überlegungen abbrechen, die eher einem Philosophen oder Mann der Kirche anstehen als einem Matrosen.

Selkirk las, welch ein Mensch er war, und pflichtete der Schilderung bei. Vielleicht verhielt es sich tatsächlich so. Gott hatte den Tag bestimmt. Zeit war vergangen. Die Erfahrung war von ihm abgerückt. Die Erinnerungen waren verschwunden oder nur noch bruchstückhaft vorhanden. Die Zeit hatte alles mit sich genommen – die unvorstellbare Isolation, das Martyrium eines Lebens ohne eine menschliche Stimme. Auf Der Insel zerschellten die Wogen donnernd am felsigen Ufer.

Ein Jahr später profitierte Richard Steele selbst von Selkirks Abenteuer. Wie Rogers hatte Steele Schulden und war an den Umgang mit Gläubigern gewöhnt.[5] Etliche von ihnen hatten ihn schon wiederholt verklagt. Geld schuldete er seinem Schneider, seinem Goldschmied und seinem Möbelhändler, seinem Vermieter und verschiedenen Freunden. Sogar Joseph Addison, ein Kollege und enger Mitarbeiter seit der gemeinsamen Schulzeit, ging vor Gericht, um Geld von ihm zu bekommen.[6] Steele musste zusehen, dass er mit seiner Feder etwas verdiente.

Im Oktober 1713 gründete er eine Zeitung, *The Englishman*.[7] Er beabsichtigte damit, »in dieser geteilten Nation jenes verschollene Ding wachzurufen, das man Gemeinsinn heißt«. Der *Englishman* erschien bis Februar 1714. Er brachte ihm nach eigener Aussage »viel Hass und Schmähung« ein. Sein Kollege Jonathan Swift erklärte unverblümt, was er von Journal und Journalist hielt:

Mr. Steele publiziert jeden Tag ein Groschenblatt, geeignet, in Kaffeehäusern gelesen zu werden und ihm ein wenig Geld einzubringen… Er hat keinerlei Erfindungsgabe, noch verfügt er über einen erträglichen Stil… Da er der unklügste Mensch unserer Zeit ist, hört er nie auf die Ratschläge seiner Freunde, sondern ist auf Gedeih und Verderb Narren oder Schurken ausgeliefert oder lässt sich von seinen eigenen Launen mitreißen; wodurch er in Dingen der Ökonomie, Freundschaft, Liebe, Pflicht, Höflichkeit, Politik, Religion und Literatur mehr Abgeschmacktheiten begangen hat, als je ein einzelner Mensch zuwege brachte.[8]

Im *Englishman* schrieb Steele über Patriotismus, passiven Gehorsam und das protestantische Thronrecht. Gelegentlich schweifte er auch zu leichteren Gegenständen ab. Heft 21 beispielsweise schilderte die Freuden einer Landpartie in einer

Kalesche, Heft 34 einen Ausflug nach Oxford, und Heft 26 war Selkirks Aufenthalt auf Der Insel gewidmet.

Journalistisch-reißerisch versprach Steele am Anfang dieses Artikels, »ein so außergewöhnliches Abenteuer« zu erzählen, »dass man zweifeln darf, ob jemals einem Menschen etwas Ähnliches widerfahren ist«. Zum Beweis seiner Glaubwürdigkeit berichtete er von den Gesprächen, die er 1711 mit Selkirk geführt hatte. An dessen ganzer Art wollte Steele erkannt haben, dass Selkirk »sehr lange von aller menschlichen Gesellschaft getrennt gewesen war«. An Selkirk, schrieb er, fielen »der tiefe, aber heitere Ernst seines Blicks« auf »sowie eine gewisse Geringschätzung gegenüber den gewöhnlichen Dingen in seiner Umgebung, als sei er in Gedanken versunken«.[9]

Auf Juan Fernández war das Alleinsein die pure Idylle gewesen. Die Insel, die Steele niemals sehen würde, war »die entzückendste waldichte Wohnstatt, durchfächelt von beständigen Brisen und sanften Windhauchen«. Selkirks »Ruhe nach der Jagd« in der Hütte, die er sich gebaut hatte, »kam den sinnlichsten Freuden« des Stadtlebens gleich.

Nie wurde ihm die Zeit auch nur für einen Augenblick lang; seine Nächte waren friedvoll und seine Tage glücklich dank seiner enthaltsamen und tätigen Lebensführung.

Die Verlassenheit bereicherte ihn. Durch sie lernte er den Wert der Einfachheit kennen. Er lauschte mit Genuss dem Gebell der Robben und tanzte mit Ziegen und Kätzchen. Die Rückkehr in die Welt, sagte Steele, und zu all ihren Freuden konnte Selkirk für seinen Verlust nicht entschädigen. Und der Leser des *Englishman* durfte aus diesem Abenteuer eine wertvolle Nutzanwendung ziehen:

Diese Geschichte eines einfachen Mannes ist ein denkwürdiges Beispiel dafür, dass der am glücklichsten ist, der seine Bedürfnisse auf natürliche Notwendigkeiten beschränkt; und dass er, der in seinen Wünschen weiter geht, mit seinen Anschaffungen auch seine Bedürfnisse mehrt; oder, um seine eigenen Worte zu verwenden: Jetzt besitze ich 800 Pfund, aber ich werde nie wieder so glücklich sein wie damals, als ich keinen roten Heller hatte.

Die Tugend der Armut war ein Ideal, dem seine Verfechter nicht unbedingt persönlich anzuhängen brauchten. Steele etwa beschränkte seine Bedürfnisse keineswegs auf »natürliche Notwendigkeiten«. Er hatte ein Haus in Hampton Wick und eine vierspännige Kalesche. Er beschäftigte den Lakai Richard, einen Gärtner, einen Jungen namens Will, eine Frau namens Watts und einen Jungen, der Walisisch sprach. Er mochte seinen Kaffee heiß, seine Sessel weich und seine Weine aus den besten Jahrgängen.

Ein paar Monate nach ihren Kaffeehausgesprächen traf Selkirk Steele zufällig auf der Straße. Er grüßte ihn und erwartete, dass sie wenigstens ein paar Worte miteinander wechseln würden. Steele konnte sich nicht entsinnen, ihn jemals zuvor gesehen zu haben. Man musste ihm ins Gedächtnis zurückrufen, wer Selkirk überhaupt war. Die Geschichte hatte er sich gemerkt, den Mann allerdings nicht.

Goldbarren und zwei Fässer verdorbenen Teegebäcks 1712

Selkirk musste kämpfen, um seinen Anteil an der Beute zu bekommen – die 800 Pfund, von denen Steele so geringschätzig sprach. Kaum war die Goldgaleone in London eingetroffen, stürzten sich Eigner und Offiziere, Beamte und Anwälte wie die

Geier auf die Fracht. Man beschuldigte sich gegenseitig der Unterschlagung, des Betrugs und der Lüge.

Selkirk hatte gehofft, nach Largo fahren zu können, um seine Familie wiederzusehen. Aber ehe die Versteigerungen abgeschlossen sein und die Gerichte entschieden haben würden, wer was bekommen sollte, wollte er in London bleiben. Er befürchtete, leer auszugehen, falls er die Stadt verlassen oder auf einem neuen Schiff anheuern sollte.

Die Einlagerung und Inventarisierung der Fracht begann am 11. Dezember 1712 und fand unter der Aufsicht Robert Pattersons statt. Seine Honorarabrechnung belief sich auf 311 Pfund, für 623 Arbeitstage à 10 Shilling. Dies war nur eine von unzähligen Ausgaben, die am Schluss vom Gesamterlös abgezogen wurden. Es gab Rechnungen für die Anfertigung von Kisten und Fässern, für das Einsacken von Roh- und Zwirnseide, für das Sortieren von Spitzen, das Abpacken von Pfeffer, für die Anmietung von Lagerhäusern und Verkaufsräumen, für das Drucken und Aufhängen von Plakaten, für die Entlohnung von Packern, für Kaffees und Tees in »Wills Coffee House« und Wein in der »Dolphin Tavern«.

Der Bootsführer, der die Schiffe die Themse hinauflotste, stellte 34 Pfund 16 Shilling in Rechnung. Mr. Montague wollte für das Sortieren von Seide 107 Pfund 10 Shilling. 300 Pfund gingen für »Zechen und Bewirtungen« drauf. Henry Coleman berechnete 54 Pfund 8 Shilling für die Einkleidung von schwarzen Sklaven, damit sie bei ihrer Versteigerung anständig aussähen. Samuel Smith stattete sie für 3 Pfund 15 Shilling mit Schuhen aus.

In den Jahren 1712 und 1713 fanden im »Marine Coffee House« in Cornhill und in »Edmund Crisp's Coffee House« insgesamt acht Versteigerungen von Beute »nach der Kerze« statt: Für jedes Objekt durfte jeweils nur so lange geboten werden, wie ein Kerzenstummel brannte. Das letzte Gebot, bevor das Licht verlosch, erhielt den Zuschlag.

Goldbarren, »Achterstücke« und Perlen brachten einen Erlös von 4000 Pfund. Aber ein großer Teil der Wertsachen war verschwunden. Besatzungsmitglieder wiederholten ihre Anschuldigung, Woodes Rogers habe in Batavia Schätze versteckt, um sie sich später heimlich holen zu können.

Diese Auktionen lockten Kaufleute aus dem ganzen Königreich an. Versteigert wurden Porzellan, Ballen von Seide, Seidenstrümpfe, Leinenwaren, Handtücher, Kaliko, Gewürze, Gusseisen, Bienenwachs, Bänder und Taft, eine Truhe Priestergewänder, sechs Dutzend Handglocken, 24 Bilder, in Öl auf Kupfer gemalt, ein »großes Hifthorn«, Kakao, Garn, geblümter Musselin, Chintz, Federbetten, Hemden, Blusen, Unterhosen, Unterröcke und 45 mit Seide bestickte Bettdecken.[10]

Der Gesamterlös der Beute belief sich auf 147975 Pfund 12 Shilling 4 Pence, eine Summe, die weit unter den Erwartungen der Männer lag. Der Lordkanzler entschied, dass zwei Drittel davon an die Eigner und ein Drittel an die Besatzung gehen sollten, wie in der ursprünglichen Vereinbarung festgelegt. Aber bevor irgendwelche Zahlungen erfolgen konnten, musste das Chancery-Gericht die eidlichen Aussagen, Eingaben, Beschwerden und Gesuche aller Beteiligten prüfen und darüber entscheiden.

Es flossen Schmiergelder. Die East India Company, die auf ihrem Vorwurf beharrte, ihre Handelsprivilegien seien verletzt worden, konnte 6000 Pfund plus 161 Pfund 5 Shilling für einen ungenannt bleibenden Beamten einstreichen.[11] Zahlungen wurden auch an die Genossenschaft der Seidenzwirner geleistet, die den Import von Seide aus Persien, China und Ostindien kontrollierte. Bestechungsgelder in Höhe von insgesamt 149 Pfund landeten in den Taschen von Beamten der Zollbehörde.

Wie nicht anders zu erwarten, kam die Besatzung am schlechtesten weg. Drei Jahre gingen ins Land, ehe die Männer irgendwas erhielten. Sie behaupteten, ihnen stünden 1000 Pfund pro

Anteil zu, nicht die mageren 42 Pfund 6 Shilling, die der Chancery-Richter zu guter Letzt bewilligte. In unterzeichneten Petitionen bezichtigten sie die Eigner und Schiffsoffiziere »niederträchtiger heimlicher Machenschaften«, als da wären die Vernichtung der Frachtbriefe, der Verkauf gekaperter Schiffe und die Beiseiteschaffung von Silbergeschirr auf Schiffen der Ostindischen Kompanie.

Es war, so die Matrosen, nur ihrer »Kühnheit und ausgestandenen Lebensgefahr« zu verdanken, dass die Schatzgaleone aufgebracht worden war. 70 von ihnen waren auf der Fahrt gestorben. Die Überlebenden und deren Familien »starben aus Mangel an Brot und wurden täglich ins Gefängnis geworfen«, während all ihre Beschwerden auf taube Ohren stießen.

Selkirk konnte mit seinen zweieinhalb Anteilen zufrieden sein. Er bekam 800 Pfund, vier Goldringe, eine silberne Tabaksdose, einen Stock mit Goldknauf, zwei goldene Kerzenständer und einen Degen mit Silberheft. Davon war bereits abgezogen worden, was er den Eignern für Nähseide, Serge, eine Jacke und Tabak schuldete. Er kam besser weg als Christopher Dewars, der zu denen gehörte, die unterwegs der Tod ereilt hatte. Seine Mutter nahm die 3 Pfund 8 Shilling 6 Pence, die man für angemessen hielt, entgegen und quittierte den Empfang mit ihrem Daumenabdruck. All diejenigen, welche die Not zwang, wieder anzuheuern oder sonst die Stadt zu verlassen, erhielten für ihre Kühnheit und ausgestandene Lebensgefahr nicht einen Penny. Sie wurden, so ihr Anwalt, »geblendet und im Dunkeln gehalten, ja, auf heimtückische und ungerechte Weise betrogen«.

Zu denen, die eine Scheibe vom Acapulco-Kuchen abhaben wollten, gehörten auch die Erben Thomas Estcourts. Es wurmte sie, dass Dampier von diesem Fischzug profitieren sollte. Sie hatten den Verlust ihres Geldes durch das Fiasko von 1703 noch immer nicht verwunden und machten für den Untergang ihrer Schiffe und ihres Vermögens einzig Dampier verantwortlich.

Er war 1708, ohne die Entscheidung in dem gegen ihn anhängigen Verfahren abzuwarten, wieder zur See gefahren, und sie beabsichtigten, ihn um sämtliches Geld zu erleichtern, das er hatte oder auf das er Anspruch haben mochte. Er war 61 und krank, und es stand nicht zu erwarten, dass er wieder auf einem Schiff verschwinden würde.

Estcourts jüngere Schwester und Erbin, Elizabeth Cresswell, und ihr Ehemann bereiteten ihre Klage gegen ihn vor. Ihre Anschuldigung lautete, dass er die Expedition von 1703 schlecht geführt, Beute versteckt und unterschlagenes Geld aus der ersten Fahrt zur Finanzierung der zweiten verwendet habe. Sie bezahlten Selkirk, damit er gegen ihn aussagte.

Selkirk hatte keine Probleme damit, das zu sagen, was die Leute hören wollten, solange es zu seinem Vorteil war. Am 18. Juli 1712 übergab er dem Agenten der Cresswells die erwünschte unterzeichnete schriftliche Aussage.[12] Er wohnte zu dem Zeitpunkt im Haus eines gewissen Thomas Ronquillo, nahe Saint Catherine in der Grafschaft Middlesex. Er hatte eine Frau kennen gelernt, die er als eine »liebevolle Freundin« bezeichnete, Katherine Mason. John, ihr Ehemann, betrieb eine Schneiderei.

Selkirk gab sein Alter mit 32 und seinen Beruf mit Seemann an. Er beabsichtigte nach eigener Aussage, »in kurzer Zeit eine lange Reise zu gewissen fernen Inseln jenseits der Meere zu unternehmen«. Er machte keine näheren Angaben zum letztendlichen Ziel dieser Reise. Vielleicht war es Die Insel seines Alleinseins, jenes Eiland, das ihm vertraut war.

Das Zeugnis, das er Dampier ausstellte, war vernichtend. Die *Cinque Ports* und die *Saint George*, erklärte er, waren gute Schiffe gewesen, zusammen etwa 6000 Pfund wert. Sie gingen unter, weil sie nicht verhäutet worden waren:

Und es war ein großer Fehler von Seiten des Dummkopfs Dampier, nicht zu empfehlen, dass man sie verhäutete… denn da er schon vor der genannten Reise mehrere Reisen in die Südsee unternommen hatte, musste er wissen, dass die Würmer dort Schiffe zerfressen, denn sie tun es dort ganz außerordentlich schlimm und so schlimm wie nur sonst wo auf der Welt, und das Nichtverhäuten der Schiffe St. George & Cinque Ports Galley *war das Todesurteil für beide Schiffe, denn sie gingen unter, weil von Würmern zerfressen.*

Wie Selkirk sie schilderte, war die ganze Expedition von 1703 von Misswirtschaft, Betrug, Inkompetenz, Feigheit und Gier gekennzeichnet gewesen. Er sagte (oder ließ sich vorsagen), sämtliche Artikel der Vereinbarung zwischen Offizieren und Mannschaft seien gebrochen worden. Weder über Art noch Wert erbeuteter Güter wurde jemals Buch geführt. »Dampier, Morgan und Stradling machten alles unter sich ab, ohne andere zu Rate zu ziehen…« Sie unterschlugen Geld und Silbergeschirr, »trafen sämtliche Entscheidungen in aller Heimlichkeit« und zahlten der Mannschaft keine Gewinnanteile aus.

Selkirk schilderte, wie erbarmungslos Dampier seinen Ersten Leutnant James Barnaby ausgesetzt hatte. Er sagte, das französische Schiff, das Ende Februar 1704 von Der Insel aus gesichtet wurde, sei 12 000 Pfund wert gewesen, und wenn man den Männern erlaubt hätte, es anzugreifen, dann hätten sie es auch aufgebracht. Es war Dampier gewesen, der ihnen diese Gelegenheit mit der Erklärung verweigert hatte, »er wisse, wie sich auf andere Weise Vorteil aus der Reise schlagen lasse«.

Im März und April 1704, so Selkirk weiter, hatten sie fünf spanische Schiffe gekapert. Er schätzte ihren Gesamtwert auf 50 000 Pfund. In einem befanden sich »verschiedene Truhen Silbers mit einem Wert von 20 000 Pfund«. Dampiers Weigerung, den Männern zu gestatten, das Schiff zu durchsuchen, habe das Ende der Expedition bedeutet.

Andere Zeugen, Ralph Clift und William Sheltram, bestätigten Selkirks Behauptungen.[13] Clift räumte zwar ein, Analphabet zu sein, gleichwohl gab auch er an, über die Reise sei in keiner Weise Buch geführt, noch seien Beratungen abgehalten worden. Dampier, sagte er, habe die Empfehlung der Eigner, die Schiffe verhäuten zu lassen, mit der Begründung abgewiesen, »dort, wo sie hinführen, gebe es keine Würmer«. Er »verhielt sich während der ganzen Reise sehr übel und sehr grob und sehr unflätig gegenüber seinen Offizieren ebenso wie der Mannschaft«. Er und Morgan schafften »Barren von Silber wie auch von Gold« beiseite. Diese seien wenigstens 10 000 Pfund wert gewesen, und sie verkauften sie in Batavia. Es waren Dampiers »Schuld und Missregierung« und seine Drohung, dem Rudergänger in den Kopf zu schießen, was dazu geführt hatte, dass man sich das »Acapulca-Schiff« entgehen ließ und den Eignern einen Verlust von »zwei Millionen Geld« einbrachte.

Sheltram pflichtete dem bei. Es war Dampiers Schuld, dass das »Acopulca-Schiff« entkommen konnte.[14] Er »lehnte es ab, sich zu integrieren« oder auf irgendjemandes Rat zu hören. Die *Saint George* sah aus »wie ein Sieb, so sehr war sie von den Würmern zerfressen«. Die Männer mussten »Tag und Nacht pumpen, um das Wasser aus ihr herauszubekommen«. Dampier »verhielt sich höchst unanständig, indem er Offiziere und Mannschaft beleidigte und mit einer sehr gemeinen und schimpflichen Ausdrucksweise anredete«. Er und Morgan »nahmen eine sehr beträchtliche Menge Perlen und zwei Ballen Seidenstoff« an sich und versteckten alles in Batavia und Amsterdam. Alles, was er, Sheltram, jemals erhalten habe, seien zehn »Achterstücke« gewesen.

Die Klage der Cresswells gegen Dampier kam nie zur Verhandlung. Die Behauptungen der Matrosen ließen sich nicht beweisen. Ihre Aussagen konnten präpariert worden sein. Dampier war krank und eindeutig nicht reich. In einem mit 1714 datierten Testament bezeichnete er sich als »körperlich krank und geschwächt, aber im Vollbesitz seiner geistigen Kräfte«. Er starb im darauf folgenden Jahr im Alter von 61 Jahren und hinterließ Schulden in Höhe von rund 2000 Pfund.

1712 *Die Südsee-Seifenblase*

Es gab immer eine weitere Reise zu unternehmen, weitere Schätze zu erbeuten. Wie es aussah, würde Selkirk seine »lange Reise zu fernen Inseln jenseits der Meere« im Dienste der neuen Südsee-Kompanie antreten. 1712 stand der Friedensschluss zwischen England und Spanien unmittelbar bevor, und damit würde die Südsee auch den Engländern offen stehen. Ein riesiges Expeditionskorps sollte entlang der Küste Südamerikas Handelsposten einrichten. Es würde im Juni in See stechen. »Eine Unternehmung von solcher Bedeutung hat es seit Menschengedenken nicht gegeben«, schrieb Daniel Defoe in einem »Essay über den Südseehandel«.[15]

Unter dem Schutz, im Namen und im Auftrag Ihrer Majestät werden wir jedes uns geeignet erscheinende Gebiet in Amerika – Hafen oder Ort, oder Orte, Land, Territorium, Reich oder Herrschaft, oder wie man es auch nennen mag – *besetzen, in Besitz nehmen und* als unseren Besitz behalten. *Behalten schließt Bepflanzen, Besiedeln, Bewohnen, Ausdehnen und alles Weitere ein, was in solchen Fällen üblich ist. Und* wenn dies getan ist, *was sollen wir dann damit tun? Nun, Han-*

del sollen wir treiben, Waren nach *dort und* von *dort aus verschiffen;* Wohin? *Wo auch immer wir mit Spaniern oder wem auch immer Handel treiben können.*

Die Tätigkeit der Kompanie, erklärte er, konnte sich »ohne weiteres zum größten, wertvollsten, einträglichsten und am stärksten wachsenden Zweig unseres gesamten britischen Handels entwickeln«. Ihre Gewinne würden die Tilgung der Staatsschuld – die sich auf neun Millionen Pfund belief – ermöglichen, zu Handelsabkommen mit Spanien führen und alle Beteiligten reich machen.[16]

Die Expeditionsflotte von 1712 sollte 20 Kriegsschiffe und Bombenfahrzeuge, 40 Transport- und Lazarettschiffe umfassen und mit 4000 Soldaten bemannt sein. Woodes Rogers würde das Oberkommando erhalten. Er traf sich im South Sea House mit dem Vizedirektor der Südsee-Kompanie, Sir James Bateman.

Auch Selkirk würde daran teilnehmen. Seine Insel würde kolonisiert werden. Er kannte ihre Tugenden. Sie bot Schiffen einen sicheren Hafen. Sie würde Großbritannien mit Reichtümern überhäufen. Sie hatte ihn beschenkt, sie würde auch andere beschenken. Er würde als Kenner ihrer Buchten und Gezeiten, ihres Geländes und ihres Klimas die Flotte lotsen und angeben, wo am besten gebaut und wo gepflanzt werden konnte.

Die Kompanie gab 120000 Pfund für die Ausrüstung der Schiffe aus, aber es waren noch weitere Investitionen erforderlich. Im März versprach der Minister Henry Saint John, dass die Regierung Gelder für diese Reise »zur Ausweitung des Handels auf jene Gegenden« bereitstellen werde.[17] Königin Anne ließ verlauten, es würde ihr »eine Freude sein, diese Kompanie mit einer ausreichenden Streitmacht zu unterstützen«.

Selkirk blieb im Hafen von Bristol und vertrieb sich die Zeit in den Kneipen. Monat um Monat verging – die Gelder für das gewaltige Unternehmen ließen auf sich warten. Der Vertrag von

Utrecht wurde unterzeichnet. Er beendete den Krieg gegen Spanien und räumte der Südsee-Kompanie Handelsrechte ein. Doch Briefe der Kompanie an den Höchst Ehrenwerten Robert Earl von Oxford, Ersten Lord der Schatzkammer von Großbritannien, und an Königin Anne blieben unbeantwortet.

Selkirk harrte aus. Er war davon überzeugt, dass diese Reise doch noch stattfinden würde. Es erschien unvorstellbar, dass so großartige Pläne im Sand verlaufen und so viel Mühe und Geld für nichts und wieder nichts vergeudet werden sollten. Er wollte wieder mit Rogers segeln, dem Mann, der ihn gerettet hatte, der ihn Gouverneur und Herrscher nannte. Er wollte Die Insel wiedersehen.

Der sichere Zeitpunkt für die Abreise verstrich. Die aufgekauften Schiffe lagen ungenutzt vor Anker. Ihre Fracht verdarb. Das Südseeprojekt war nichts als eine Seifenblase, schimmernd und voll Luft. Die Insel, entlegen und fern jenseits der Meere, verblasste wieder am Horizont. Selkirk würde nicht zu ihr zurückkehren. Langeweile und Alkohol führten zu Ärger. Am 23. September 1713 wurde er im Kirchspiel Saint Stephens in Bristol der Körperverletzung angeklagt. Er hatte Richard Nettle, einen Matrosen, zusammengeschlagen. Wie schon zu früheren Gelegenheiten, als er mit dem Gesetz in Konflikt geraten war, ließ er sich bei der Verhandlung nicht blicken.[18] Er tauchte für ein paar Monate in London unter und kehrte dann ins heimatliche Largo zurück.

6

In der Heimat

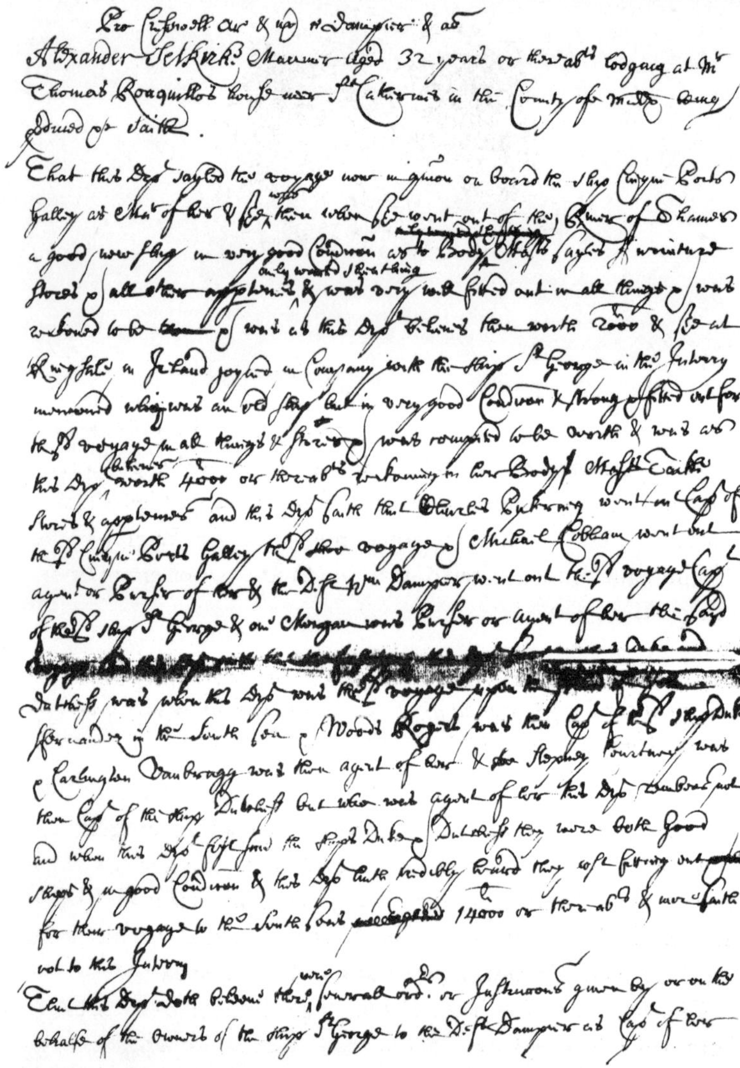

Pro Cinque Ports &c. ... Dampier & al

Alexander Selkirk Mariner aged 32 years or thereabouts lodging at Mr Thomas [illegible] house near St Katherines in the County of Midd[x] being sworne saith.

That this Dept sayled the voyage now in question on board the ship Cinque Ports Galley as Master of her & she was then when she went out of the River of Thames a good new ship in very good Condition as to body masts sayles & victualls stores & all other appurtenances & was very well fitted out in all things & was reckoned to be [illegible] & was as this Dept believes then worth 2000 & she at Kingsale in Ireland joyned in Company with the ship St George in the [illegible] which was an old ship but in very good Condition & strong & fitted out for the said voyage in all things & stores & was reckoned to be worth & was as this Dept believes worth 4000 or thereabouts reckoning her body masts tackle stores & appurtenances and this Dept saith that Charles Pickering went out Capt of the said Cinque Ports Galley the said voyage & Michael Cobham went out agent or purser of her & the Deft Wm Dampier went out the said voyage Capt of the said ship St George & one Morgan was purser or agent of her the said [illegible]

Dutchess was when this Dept was the said voyage [illegible] afterwards in the South Sea & Woodes Rogers was then Capt of the ship Duke & Stephen Courtney was [illegible] Carlington Vanbrugh was then agent of her & [illegible] this Dept [illegible] Vanbrugh not then Capt of the ship Dutchess but was agent of her this Dept [illegible] and when this Dept first saw the ships Duke & Dutchess they were both good ships & in good Condition & this Dept doth verily believe they cost [illegible] 14000 or thereabouts & more saith for their voyage to the South Seas [illegible] not to the [illegible]

Then this Dept doth believe there were [illegible] instruments given by or on the behalfe of the owners of the ship St George to the Deft Dampier as Capt of her

Selkirks schriftlich fixierte Zeugenaussage von 1712 und sein Geburtshaus (Seite 201).

Flip oder Punsch 1714

Mit 800 Pfund in der Tasche war man in Largo ein Krösus. Der Familienlegende zufolge kehrte Selkirk eines Sonntagmorgens im Frühling mit goldgeschnürten Schuhen in seine Heimatstadt zurück. In seinem Vaterhaus traf er niemanden an. Er ging in die Kirche. Seine Eltern waren dort. Seine Mutter »stieß einen Freudenschrei aus« und

stürzte sich, dort mitten im Hause Gottes, in seine Arme, ohne Bewusstsein der Ungehörigkeit ihres Verhaltens und der dadurch verursachten Unterbrechung des Gottesdienstes.[1]

Er hatte als Lohn seiner ausgestandenen Gefahren einiges vorzuweisen: »mehrere Summen Geldes«, Silber und Gold, »einen beachtlichen Packen Linnenzeug«, seine Seebücher und Instrumente, die Schilderungen seiner Abenteuer aus der Feder Edward Cookes, Woodes Rogers' und Richard Steeles.

Gleichfalls bei sich hatte er seinen glasierten tönernen Flip-Humpen und vier Jahre und Monate unauslöschliche Erinnerungen an Die Insel. Trinken war wieder eine Sucht, eine Zuflucht. In den Humpen war ein Gedichtchen eingraviert:

Alexander Selkirk, um das eine bitt ich:
Nimmst du mich mit an Bord, das ist mein Wunsch,
Fülle mich voll mit Flip oder mit Punsch.[2]

Largo war unverändert – die weite Bucht, die graue See und der niedrige Himmel, die am Hafen zusammengedrängten Häuser, die kleinen Fischerboote. Man schlug sich auf die immer gleiche Weise durch: schlachtete Vieh, trocknete seine Haut, erntete die Feldfrüchte, sprach sonntags die gleichen Gebete, die gleichen Dankbarkeitsbekundungen, die gleichen Bitten um Vergebung, Profit und das ewige Leben.

Seine Mutter, Euphan, war krank. Sein Bruder David hatte die Gerberei übernommen. Er hatte einen Sohn namens Alexander. Selkirk zog zuerst zu seinen Eltern, dann zu seinem Bruder John und dessen Frau Margaret. Aber er war dem häuslichen Leben mehr denn je entfremdet. Er kam mit der Enge und Bedächtigkeit, den belanglosen Gesprächen, den gemeinsamen Mahlzeiten am Tisch nicht zurecht. Er hielt sich aus dem täglichen Einerlei heraus, war wortkarg, weinte mitunter.

Hinter dem Haus seines Vaters erhob sich ein felsiges Gelände, steil und zerklüftet. Dort baute er sich eine Art Höhle. Es war der Trost seiner Tage, dort allein zu sitzen und die See zu betrachten. Vielleicht hielt er nach einem vorüberziehenden Segel Ausschau. »O meine geliebte Insel«, soll er gesagt haben, »ich wünschte, ich hätte dich niemals verlassen!«

Er versuchte, sich das zivilisierte Leben zu schaffen, das er sich auf Der Insel ausgemalt hatte. Er kaufte sich ein großes Haus bei der »Felsenquelle« (*Craigie Well*) in Largo. Er kaufte auch verschiedene angrenzende »Äcker, Pachtungen, Scheunen, Blumen-, Gemüse- und Krautgärten«. Er fand eine naive und gefügige Frau – Sophia Bruce, die Tochter eines Kleinpächters –, die er sich als sein Eheweib vorstellen konnte. Ihre Eltern waren gestorben, und sie lebte von der Mildtätigkeit dreier Onkel, durchweg Geistliche: »Mr. Harry Rymer, Mr. James Rymer und noch ein anderer«.[3]

Selkirk traf sich gern heimlich mit ihr hoch oben im Wald von Keil's Den oder in den Ruinen von Pitcruvie Castle, inmitten von Farnen, Gräsern und Glockenblumen. Sie ertrug seine Trinkerei, seine Stimmungsschwankungen und seine Gewalttätigkeit, war von seiner Geschichte gerührt und von seinem Reichtum beeindruckt. Sie bedauerte ihn wegen all der Jahre in der Einsamkeit eines unvorstellbaren Ortes. Er dachte sich, dass er sie heiraten könnte, auch wenn sie ihm nicht mehr bedeutete als die Ziegen Der Insel, die Frauen von Guayaquil oder »eklige Negerinnen« aus einem gekaperten Schiff. Er nannte sie seine »geliebte Freundin«, aber die Sümpfe von Darién, die wütenden Winde des südlichen Ozeans, die spöttischen und hämischen Reden an Bord, das einsame Jäger- und Sammlerleben auf Der Insel... nichts davon hatte ihn aufs Eheleben vorbereitet.

Die See, die Gewalt der Gezeiten waren realer als eine Frau. Die Insel hallte in ihm nach. Er kaufte sich ein Boot und segelte durch die Bucht hinaus zu den Klippen von Kingscraig Point. Er verweilte dort, wo Land und See aneinander stießen, betrachtete die Unentschlossenheit des Tangs, die rufenden Vögel.

Er verließ Largo überstürzt, um nie wieder zurückzukehren. Nach einer Zecherei hatte er einen jungen Mann fast zu Tode geprügelt.[4] Man hielt diesen schon für verloren. Und wieder entzog sich Selkirk der nachfolgenden Untersuchung. Er gab seine Bemühungen um Ehrbarkeit auf, verließ das Haus und das Land, das er gekauft hatte. Er nahm seine Beutestücke, sein Geld und Sophia Bruce mit. Seine Seemannskiste, seine Kleider und den Flip-Humpen ließ er zurück.

Er mietete sich ein Haus an der Pall Mall und fand wieder Zuflucht in den Straßen von London. Die Abenteuer der Vergangenheit traten mehr und mehr zurück. Dampier war tot, Rogers war zum Gouverneur der Bahamas ernannt worden und säuberte gerade das Gebiet von »liederlichen Leuten und Piraten«.[5] Selkirk strebte ein unscheinbareres Leben an. Sophia Bruce bat ihn, sie zu heiraten, und er willigte ein.

Die See lockte, also meldete er sich zur Marine. Er kam als Maat auf die *HMS Enterprise*. Es war ein wenig Aufsehen erregender Posten. Die *Enterprise* war ein Handelsschiff, das Waren zwischen den Häfen der Kanalküste beförderte. Ihre Bestimmung waren keine »fernen und entlegenen Inseln jenseits der Meere«. Hier gab es weder Piraten noch Prisen, weder Stürme noch Vulkane, weder Ziegenjagden noch Baumhäuser.[6]

Während das Schiff ausgerüstet wurde, machte er ein Testament. Er unterzeichnete es in Wapping am 13. Januar 1717. Er »gedachte [darin] der Gefahren und Fährnisse der See und anderer Ungewissheiten dieses vergänglichen Lebens«. Hauptbegünstigte und Erbschaftsverwalterin war Sophia Bruce. Zehn Pfund sollte Katherine Mason erhalten, die Selkirk getröstet hatte, als er nach London zurückgekehrt war. Sein Vater, der alt und krank war, sollte, solange er noch lebte, das Haus in Largo haben. Dann sollte es an Sophia fallen. Sie sollte es verwalten, Mietzinse einstreichen und davon »in jeglicher Hinsicht so nutznießen, wie ich es selbst tun würde oder könnte, wenn ich persönlich anwesend wäre«. Nach ihrem Tod sollte es in den Besitz seines Neffen Alexander übergehen.[7]

Sein gesamtes verfügbares Vermögen sollte seine »liebende Freundin« Sophia erben: seine Grundstücke, Blumen- und Gemüsegärten, seine Heuer, sein Geld, Gold, Silber, seine Kleider, sein »Linnenes und Wollenes«, alles, worauf er als Seemann Anspruch haben mochte, »Lizenzen, Renten, Prisengelder, Schmerzensgelder, Legate und Löhne«.

Sie sagte, er habe sie geheiratet. Sie gab als Hochzeitstag den 4. März 1717 an, aber was den Ort der Zeremonie und die Trauzeugen anbelangte, legte sie sich nicht fest. Vielleicht strich ein Notar die Gebühr ein und vergaß, das entsprechende Dokument auszustellen. Woodes Rogers hatte ja berichtet, dass die Männer in Kinsale »in einem fort heirateten«. Kurz darauf verließen sie ihre Angetraute auf Nimmerwiedersehen.

Selkirk blieb acht Monate auf See. Nach seiner Rückkehr führten er und Sophia weitere neun Monate lang eine Art Eheleben. Er war wortkarg und geistesabwesend. Er trank zu viel, war gewalttätig und rastlos, aber sie tröstete sich mit dem Gedanken daran, dass sie den Status seiner Ehefrau hatte, die Sicherheit der Erbschaft, etwas wie ein Versprechen seinerseits. Als die *Enterprise*, und mit ihr er, wieder in See stach, fasste sie dies als den Preis auf, den sie als Frau eines Seemanns zu zahlen hatte: zusammen zu sein, dann getrennt, allein und dann wieder vereint. Sie hatte Grund, ihm zu glauben. Er hatte seine Intentionen in der Sprache des Gesetzes festgelegt. Es stand geschrieben, dass sie seine »getreue und liebende Freundin« war, seine »uneingeschränkte und alleinige Erbschaftsverwalterin«. Sollte er sterben, befahl er seine Seele in die Hände des Allmächtigen, bat, dass sein Leib der Erde oder der See überantwortet würde, und hinterließ all seine irdischen Güter ihr.

Und so wurde Selkirk Seeoffizier – mit geregeltem Einkommen, Pensionsanspruch und familiären Verpflichtungen. Die Geschichte seiner Aussetzung geriet in Vergessenheit, wie Nachrichten des Tages. Er hatte allein, aller menschlichen Unterstützung beraubt, auf einer unwirtlichen Insel überlebt. Er hatte diese Insel zu seiner Heimat gemacht. Aber die Rettung bedeutete die Rückkehr in die Gesellschaft. Und jetzt fuhr er auf der *HMS Enterprise*, die zwischen den nicht sehr bemerkenswerten Hafenstädten Sheerness und Woolwich, Plymouth und Portsmouth verkehrte.

Während er auf diesem Küstensegler seinen Pflichten nachging, griff Daniel Defoe die Geschichte wieder auf. Selkirks »Ruhm als des Mannes, der vier Jahre und vier Monate allein auf der Insel *Juan Fernandez* gelebt hatte«, inspirierte Defoe dazu, einen Roman zu schreiben. Er überschrieb ihn »Das Leben und die seltsamen, überraschenden Abenteuer des Robinson Crusoe, eines Seemanns aus York. Welcher 28 Jahre ganz allein auf einer unbewohnten Insel an der amerikanischen Küste, nahe der Mündung des großen Oronoque[8] lebte, wohin er nach einem Schiffbruch, bei dem die ganze Besatzung außer ihm selbst ums Leben kam, verschlagen wurde. Nebst einem Bericht, wie er zuletzt auf wunderbare Weise durch Piraten gerettet wurde. Geschrieben von ihm selbst.«

Es war der erste englische Roman und wurde als *Robinson Crusoe* bekannt. Als er ihn schrieb, ging Defoe schon auf die sechzig zu. Er wohnte »sehr standesgemäß« in einem Haus in Stoke Newington. Er hatte eine ansehnliche Bibliothek, Pferde, einen großen Garten und sieben Kinder.

Wie Steele war er verschuldet und ständig in Geldnot. Er brauchte Bares, um die Hochzeit seiner Tochter Maria auszurichten.[9] *Robinson Crusoe* kostete ihn nur ein paar Monate Arbeit und war seine 412. Publikation.[10] Er rang nicht mit Formulierungen. Er war der Verfasser von täglich erscheinenden Flugschriften, von politischen und religiösen Pamphleten, Verssatiren, Oden und Kirchenliedern. Er war ein Fürsprecher von Toleranz, Vernunft und praktischer Arbeit, trat für den freien Handel, die Union von Schottland und England, die Einrichtung von Sparkassen und eine Änderung der Konkursgesetze ein. Er prangerte Bestechungsversuche bei Wahlen und die Verfolgung von Dissenters an.[11]

Die erzählende Literatur war für ihn allerdings ein völlig neues Gebiet. Der *Robinson Crusoe* war als bloßes Gewinn bringendes Seemannsgarn konzipiert. Er erschien anonym am 25. April 1719, wurde am 9. Mai nachgedruckt, dann wieder am 4. Juni, am 7. August und anschließend immer so weiter. Es gab gar kein endgültiges Manuskript. Die erste Auflage wurde noch in der Setzerei umgeschrieben.[12]

Das Buch geriet zu einem Bombenerfolg. Hier war die »Überlebens-Geschichte« par excellence: ein vom Rest der Welt abgeschnittener Mann, der auf Gott vertraute und sich selbst half. Die Kritiker warfen Defoe zwar »Solözismen, einen liederlichen und fehlerhaften Stil, Unwahrscheinlichkeiten und stellenweise Unmöglichkeiten« vor, doch das störte seine Leser nicht im Mindesten.[13] Sie identifizierten sich, projizierten und fragten sich: Was würde *ich* tun, wenn ich in diese Lage geriete?

Robinson Crusoe erschien nach und nach in Fortsetzungen, in gekürzten, nicht autorisierten, adaptierten, dramatisierten und purgierten Ausgaben. Es wurde bereits 1720 ins Französische und Deutsche und in den 1760er-Jahren ins Niederländische und Russische übersetzt. 1756 kam es in Spanien auf den Index. Eine gekürzte französische Ausgabe von 1769 gab Richard Steele als Verfasser an. In den 1770er-Jahren erschien es als so genanntes *chapbook* – eine Art Taschenbuch, das auf einem einzigen Bogen gedruckt, zwölfmal gefalzt und dann von fliegenden Händlern, den *chapmen*, verkauft wurde, die im Auftrag der Drucker überall im Land auf Märkten unterwegs waren.

Der *Robinson* wurde ein »Weltklassiker«. 1863 wurde er in die *Shilling Entertaining Library* aufgenommen, 1869 erschien Mary Godolphins farbig illustrierter »Robinson Crusoe in einsilbigen Wörtern«, und spätestens ab der Jahrhundertwende wurde das Buch von Lebensmittelhändlern als Werbegeschenk verteilt. Crusoe inspirierte Literaturwissenschaftler und Hersteller von Bilderbüchern, Pop-up-Büchern, Comics und Puppen. Sein Bild war universell bekannt. Dargestellt wurde er allein auf einem runden Fleck Sand stehend, neben ihm eine Palme und ringsum Meer; barfuß in Ziegenfellen, mit einer Muskete auf der Schulter und einem sinkenden Schiff im Hintergrund; an einen Felsen gelehnt, mit Fernrohr und Sonnenschirm; Ziegen schießend, Freitags Fußabdruck im Sand entdeckend.[14]

Im Laufe der Jahre wurde Selkirk von Crusoes mythischer Welt aufgesogen. Seine eigene Wirklichkeit verschwamm. Nachdem zunächst Journalisten sie vereinnahmt hatten, wurde seine Zeit auf Der Insel in der leuchtend bunten Welt der Belletristik neu erfunden. Was sich tatsächlich zugetragen hatte und wer er war, spielte keine Rolle mehr. Was zählte, war die Geschichte – nicht Die Insel oder der Mann.

Defoe bemühte sich, aus *Crusoe*s Erfolg möglichst viel Kapital zu schlagen. Binnen Jahresfrist brachte er zwei Fortsetzungen auf den Markt: zunächst »Die weiteren Abenteuer des Robinson Crusoe; zweiter und letzter Teil der seltsamen, überraschenden Schilderung seiner Reisen durch drei Erdteile« und dann, 1720, ein scheußlich frömmelndes Werk, das bereits ein Jahr darauf in deutscher Übersetzung erschien: »Ernstliche und wichtige Betrachtungen des Robinson Crusoe, welche er bei den erstaunungsvollen Begebenheiten seines Lebens gemacht hat.

Nebst seiner Vision von der Engelswelt«. Im Vorwort zu letzterem Werk bemerkte Defoe:

Es lebt ein wohl bekannter Mann, dessen Taten und Erlebnisse der eigentliche Gegenstand dieser Bände sind und auf welchen die Geschichte, oder der größte Teil von ihr, ganz unmittelbar anspielt.

Der zweite Teil erschien in großer Auflage, wenn sie auch keine entsprechende Leserschaft fand. Der dritte Teil war, kaum gedruckt, auch schon wieder vergessen. Und unter den Tausenden von Verweisen und Anspielungen auf Robinson Crusoe, die folgen sollten, bezog sich keine einzige auf Crusoe in China, Russland, Frankreich, Persien, Indien oder der Engelswelt. Sie galten alle dem zentralen Thema: dem einsamen Mann auf der Insel.

Ein großer irdener Topf 1719

Obwohl Crusoe sie 28 Jahre lang bewohnte, blieb seine Insel ein anonymer Ort. An ihr Ufer wurde er von einem Sturm gespült, dem sein Schiff und alle anderen, die sich an Bord befanden, zum Opfer fielen. Die See, die ihn rettete und die anderen ertränkte, war so »hoch wie ein großer Hügel… und grimmig wie ein Feind«[15]. Sie begrub ihn unter zehn Meter hohen Wellen.

Seine Insel war, wie Selkirks Original, vulkanischen Ursprungs, Teil eines Archipels und unbewohnt. Sie wurde von Erdbeben, plötzlichen Flutwellen und Orkanen heimgesucht, die gewaltige Regenfälle brachten und Bäume entwurzelten. Sie war mit Bergen und einem klaren murmelnden Bach ausgestattet. Aber eigene Realität besaß sie so gut wie keine. Sie existierte nur um Crusoes willen. Die Vorsehung hatte verfügt, dass sie seine Besitzung werden sollte. Sie »sah aus wie ein angepflanzter Garten«. »Der Markt von Leadenhall hätte meine Tafel nicht besser beliefern können.« Sie versorgte ihn mit Tauben, Hasen, Hummern, Tabak, Zucker, Melonen, Trauben, Kakao, Orangen, Zitronen und Limonen.

Aber mehr als dieser geheimnisleere Markt-Garten war Crusoes eigentlicher Hoflieferant das Wrack des Schiffes, von dem er sich gerettet hatte. Aus ihm holte er sich alles, was er für ein zivilisiertes Leben benötigte. Seine Fracht konnte sich mit der einer ganzen Flotte von Handelsschiffen messen. Es war erstaunlich, wie viel die hügelhohe grimmige See letzten Endes verschont hatte.

Er baute sich ein Floß und barg nach und nach Vorräte für mehr als ein ganzes Menschenleben: kübelweise alkoholische Getränke (genug für 28 Jahre), Kisten voll Brot, Reis, Käse, Dörrfleisch und Getreide, Fässer voll Tabak, Mehl und Zucker, Taue, Leinen, Tischlerwerkzeug, Fässer voll Schießpulver, Unmengen Munition, Pistolen, Degen, zwei Dutzend Beile, einen Mühlstein, Brechstangen, säckeweise Nägel, Kleidung, Hängematten, Bettzeug, Segel, Takelwerk, Leinwand, Eisenbeschläge, Scheren, Messer, Gabeln, Schreibfedern, Tinte, Papier, Kompasse, mathematische Instrumente, Karten, Navigationsbücher, »ein Perspektiv«, drei Bibeln und ein paar portugiesische Gebetsbücher.

So ausgestattet, isolierte sich Crusoe von seiner fiktiven Insel. Er wohnte nicht, er residierte, in einem »Landhaus«, komplett mit Laube, Küche, Nutzgarten und Vorratsspeicher. Er war »aller Schlechtigkeit der Welt entrückt... der Lust des Fleisches, der Lust des Auges, der Hoffärtigkeit des Lebens«. Kein sodomisches Vergnügen für Crusoe. Wie Selkirk ging er barfuß, aber anders als er hatte er eine Schere, mit der er sich Haar und Bart schneiden und seinen Schnurrbart zu einem »mohammedanischen Schnauzer« stutzen konnte.

Er aß Rosinen zum Frühstück, Ziegenbraten zu Mittag und

Schildkröteneier zu Abend. Er baute Hütten und eine Scheune für sein Getreide. Er zimmerte Tische und Stühle, höhlte einen Baumstamm zu einem Kanu aus, bastelte sich einen Schirm, flocht »eine Vielzahl nützlicher Körbe«, schneiderte sich Hosen und Westen und sogar einen Hut. Er nähte sich einen Gürtel aus Ziegenfell, an dem er Axt, Säge und Pistolen mit sich tragen konnte, und er stellte aus Ziegentalg sehr gute Kerzen her. Er fing sich einen Papagei und nannte ihn Poll; der Vogel lernte Crusoes Namen sagen.

Kein Mensch hätte fleißiger sein können. Seine Produktivität war erstaunlich, und sie kam ausschließlich ihm zugute. Er überstand die Einsamkeit, indem er sich beschäftigte. Seine Aktivität ging weit über alle praktische Notwendigkeit hinaus. Sie war eine regelrechte Sucht. Er baute Dinge, machte Dinge, reparierte Dinge. Er betrachtete die Sterne mit nicht tieferer Verwunderung oder schenkte den Lilien keine größere Beachtung, als ein Hund es tut. Er glaubte an Gott den Schöpfer und Richter, las in einer seiner Bibeln die beruhigende Zusicherung »Rufe mich an in der Not, so will ich dich erretten«, und widmete dann seine ungeteilte Aufmerksamkeit dem Gewöhnlichen. Weder von Geschlechtstrieb noch von Kummer, Einsamkeit oder der Komplexität des Lebens beunruhigt, verflossen seine 28 Jahre allein auf einer vulkanischen Insel auf dem Spannungsniveau der landwirtschaftlichen und handwerklichen Anforderungen des Tages.

Zwei Jahrhunderte später deutete die Schriftstellerin Virginia Woolf in einem lobenden Essay Crusoes prosaisches Wesen als eine Tugend. Defoe, schrieb sie, behielt konsequent seine persönliche Perspektive bei:

Es gibt keine Sonnenauf- und -untergänge; es gibt keine Einsamkeit und keine Seele. Es gibt, ganz im Gegenteil, krass und offensichtlich, nichts anderes als einen großen irdenen Topf.[16]

Crusoes Töpfe waren aus feuerfestem Ton. Er bereitete sich darin Fleisch und Fisch und Suppen zu. Er konstruierte auch Keramiköfen, in denen er Gerstenbrot, Reiskekse und Kuchen backen konnte.[17]

Mit all seinen Vorräten und Dingen – und mit Gott, dem Papageien und einer Ziege als Gesellschafter – gelangte er, wie Selkirk vor ihm, zu der Erkenntnis, dass er in der Einsamkeit glücklicher sei als »mit dem bösen, verruchten, abscheuungswürdigen Leben früherer Zeiten«. Unter anderem hatte er aus dem Wrack auch einen Beutel Geld geborgen, der ihm folgende Predigt entlockte:

Du Quark… wozu bist du nütze? Für mich bist du nichts wert, nicht einmal dass ich dich vom Boden aufhebe… Ich kann dich nicht brauchen, bleib, wo du bist, und gehe unter… ![18]

Was er hingegen brauchen konnte, waren all die nützlichen Dinge, für die man gemeinhin Geld braucht. Und als er nach 23-jährigem Alleinsein erst den Abdruck eines nackten Fußes im Sand fand und dann den Mann, der ihn hinterlassen hatte, war seine Souveränität vollkommen:

[Ich] gab… ihm zu verstehen, er solle Freitag heißen, weil ich ihn an einem Freitag gerettet hatte und mich gerne in Zukunft daran erinnern wollte. Zu mir aber sollte er »Herr« sagen.

Freitag war 26, stark, groß und männlich. Er hatte eine olivfarbene (nicht zu dunkle) Haut, glattes schwarzes Haar und ebenmäßige weiße Zähne. Crusoe machte einen Engländer aus ihm. Er untersagte ihm, Menschen zu fressen, nähte ihm aus Leinen Beinkleider, Wams und Mütze und begann, »ihn in der Erkenntnis des wahren Gottes zu unterweisen«:

Ich sagte zu ihm, dass der große Schöpfer aller Dinge dort oben lebe, und deutete dabei zum Himmel; dass er die Welt mit eben der Macht und Weisheit regiere, mit der er sie erschaffen habe; dass er allmächtig sei und uns alles geben und nehmen könne, und öffnete ihm auf solche Weise allmählich die Augen. Er hörte mit großer Aufmerksamkeit zu und nahm mit Freude die Botschaft in sich auf, dass Jesus Christus gesandt worden sei, uns zu erlösen und zu lehren, auf welche Weise wir zu Gott beten müssten, damit er uns droben im Himmel erhöre.

Und so war für Crusoe alles geregelt: Ein Sklave leistete ihm Gesellschaft, Gott war der Alltröster, und es gab viel zu tun. Die Verlassenheit war überhaupt keine Verlassenheit. Und was »des Sonnenaufgangs Scharlach« anbelangt, so bekam er gar nichts davon mit.

Mein vielgeliebtes Eheweib Frances 1720

Frauen waren für Selkirk und Crusoe von peripherer Bedeutung. Auf ihrer jeweiligen Insel gab es keine. Crusoe fand seine ideale Beziehung mit einem männlichen Sklaven. Selkirk musste sich mit Ziegen behelfen.

Nach der Rückkehr in die Gesellschaft sah die Sache allerdings anders aus. Ein Mann war kein Mann ohne eine Frau. Wieder in England, heiratete Crusoe im Alter von 58 Jahren und nach einer Reise, die 35 Jahre gedauert hatte. Um den Gang der Handlung nicht unnötig zu verlangsamen, gebar seine bedeutungslose Frau drei Kinder und starb, alles im selben Absatz.

Ebenso wenig gelang es Selkirk, in der Ehe ein Gefühl von Zugehörigkeit zu finden. Ein ausgefüllter Tag wurde durch ein Schiff, einen Ozean und einen Humpen Flip definiert. Frauen waren verschwommene Kreaturen: schwarze Nymphen, Engel,

Flittchen und Verführerinnen, nur dazu da, in Gesellschaft anderer Männer verspottet und genommen zu werden.

November 1720 war er im Hafen von Plymouth. Den Weg nach Haus zu seiner »liebenden Freundin« Sophia Bruce fand er nicht. Er heuerte als Erster Maat auf dem Kriegsschiff *HMS Weymouth* an, das bald zu einer »Fahrt nach Guinea« in See stechen sollte. Ein paar Wochen lang wurde es ausgerüstet und verproviantiert: »Rum und Zwieback (20 Säcke)«, gesalzenes Rind, Schwein, Trockenerbsen, Hafermehl, Butter und 15 Käselaibe.

Selkirk trank seine Flips in einer Seemannskneipe in Oarston. Frances Candis, die Wirtin, konnte es an Abgebrühtheit und Geldgier mit jedem Freibeuter aufnehmen. Von anderen Gästen angefeuert, flirtete er mit ihr. Er erzählte ihr von der Galeone aus Manila und dass er 1000 Pfund besitze.[19]

Sie weigerte sich, mit ihm zu schlafen, ehe er sie nicht heiratete. Er würde sie ehelichen, sagte er, bevor die *Weymouth* in See steche. Sie sagte, er sei »sehr zudringlich«. Sehr betrunken war er auch. Auf die Frage, ob er eine Frau habe, »erklärte er feierlich, er sei ledig und unverheiratet«. Sie meldete Zweifel an: ein Mann seines Alters und Vermögens … Seine Saufkumpane schworen, er sei frei. Sie wusste, dass betrunkenen Matrosen nicht zu trauen war.

Sie behauptete, ihn nicht heiraten zu wollen, aber er bedrängte sie weiter. Sie beteuerte, an einen Mann wie ihn könne sie sich nicht binden. Sein Schiff lief in einem Monat aus. Ihn erwarteten die Gefahren und Fährnisse der See. Sie würde binnen Jahresfrist Witwe sein. Sie wollte Sicherheit; sollten sie also heiraten, würden sie von der Kirche direkt zu ihrem Notar gehen müssen. Selkirk musste ein Testament aufsetzen, in dem er seine Heuer, sein Vermögen und alles, was er besaß, ihr vermachte.

Die Hochzeit fand, von ihr organisiert, am 12. Dezember 1720 in der Pfarrkirche Saint Andrew's in Plymouth statt. Es war eine Zeremonie nach anglikanischem Ritus. Vikar Robert Forster stellte das Heiratszertifikat aus. Frances Candis behauptete später, ihr Bräutigam sei zu dem Zeitpunkt nüchtern gewesen. Ihre Bekannten William Warren, John Kimber und Samuel Rhodes fungierten als Trauzeugen.

Unmittelbar nach der Zeremonie ging sie mit ihm zu einem Notar. Mr. Samuel Bury brachte das, was er als Selkirks Wünsche verstand, in Form eines Testaments zu Papier. Es wurde ein schlichteres Dokument als dasjenige, das drei Jahre zuvor zugunsten von Sophia aufgesetzt worden war – die knappe Bescheinigung eines Verrats. Katherine Mason, Largo, seine Familie oder Sophia kamen darin mit keinem Wort vor. Selkirk widerrief mit dieser letztwilligen Verfügung kurzerhand alle früheren Testamente, befahl seine »Seele Gott, der sie gab«, vertraute seinen Körper der Erde oder der See an und vermachte all seine irdische Habe – ihm zustehende Heuer, Sold, Geld, Ländereien, bewegliche und unbewegliche Güter – seinem »vielgeliebten Eheweib Frances Selkirk aus Oarston und ihren Rechtsnachfolgern für alle Zeit«.[20]

In der Insel seines Geistes war es nur ein Stück Papier, der Preis für Sex. Diese Frau war nicht mehr sein »Eheweib« als Sophia Bruce. Er war ein Opportunist, lebte für den Augenblick, ohne jede Rücksicht auf die Regeln der Gesellschaft. Hätte sein Schiff in Wapping angelegt, so wäre er möglicherweise zu Sophia zurückgekehrt. Aber es fuhr eben nach Plymouth.

Schon wenige Tage später war er auf dem Weg zur Westküste Afrikas: Die Jagd war vorbei, die Kerbe eingeschnitten. Wieder waren der Wind und die See seine Rettung. Die See holte ihn aus allem heraus. Die *Weymouth* hatte den Auftrag, Handelsschiffe zu beschützen und Piraten aus dem Golf von Guinea zu vertreiben. Auf dem vertrauten Ozean galt es, einen mannhaften Kampf auszufechten, eine Fahrt zu bestehen.[21]

Die Fahrt stand unter einem ungünstigen Stern. Sie führte ihn noch weiter fort vom Herzen Der Insel und hinab zum Grund des Ozeans. Er begab sich auf die Suche nach Piraten, die englischen Schiffen auflauerten, und fand lediglich den Tod. Es störte ihn nicht, ein Überläufer zu sein, gegen seinesgleichen zu kämpfen. Auf dem Schiff herrschten die vertrauten Ghetto-Bedingungen: knappe Rationen, Meuterei und Gewalt.[22]

Im März 1721 erreichte die *Weymouth* die Mündung des Gambia. Es war stürmisches Wetter, mit hohem Seegang und schlechter Sicht. Es erschien wie ein böses Vorzeichen, als Alexander Clark, der zum Reffen an die Marsrah geschickt worden war, »vom Segel über Bord geschlagen wurde und ertrank«. Im Wind und Regen lief das Schiff dann auf eine Sandbank. Ein Anker brach, ein Kabel wurde beschädigt. Bei Flut gab es nur viereinhalb Meter Wasser, bei Ebbe zwei. Vier Tage lang musste sich die Mannschaft abrackern, ehe das Schiff wieder flott war.

Die Bewohner der Dörfer entlang dieser Goldküste hatten keine Veranlassung, sich gegenüber diesen kolonisierenden Weißen besonders freundlich zu verhalten. Abgesandte des Schiffes, die nach Wasser verlangten, wurden als Geiseln genommen. Als Ranzion verlangten die Eingeborenen Gold und Lebensmittel.

An den Flüssen und Wasserstellen, in den dunklen Wäldern, in denen die Männer Holz schlagen gingen, war die heißfeuchte Luft trüb vor Moskitos. Man betrachtete sie zwar als eine lästige Plage, nicht aber als Geschöpfe, deren Stich töten konnte. Doch im Juni begannen die Männer der *Weymouth* zu sterben: Mr. White, Zahlmeister, verschieden. Mr. Peine, Schulmeister, verschieden. Charles Fanshaw schied aus diesem Leben. John Pritchard starb heute.

Die Leidenden konnten nicht ahnen, dass ihre tödliche Krankheit von einem Virus verursacht wurde, den Mücken übertrugen, die erst infizierte Affen stachen und dann sie. Die Wundärzte machten die mephitische Luft, die Nähe von Schwarzen verantwortlich. Sie setzten ihre nutzlosen Mittel ein: Aderlass und Gewürztränke.

Gegen Ende September lagen schon so viele Männer im Sterben, dass an Land ein improvisiertes Lazarett eingerichtet wurde. Man musste 20 Schwarze zwangsrekrutieren, da das Schiff sonst nicht mehr manövrierfähig gewesen wäre. Am 23. Oktober informierte der Gouverneur von Cape Coast Castle, der Hauptstadt der britischen Besitzungen an der Goldküste, den Kapitän der Weymouth, Mungo Herdman, Piraten hätten viel Schaden angerichtet und ein Schiff der Royal African Company aufgebracht. Der Gouverneur bat Herdman, eine Musterung durchzuführen und festzustellen, wie viele diensttaugliche Männer er an Bord habe. Zum Appell traten 72 Mann an: »Offiziere, Matrosen und Neulinge, alle inbegriffen«. Am folgenden Tag waren es noch 57.

Die Todesfälle wurden täglich ins Logbuch eingetragen, in einem Atemzug mit lakonischen Bemerkungen zum Wetter und Angaben zu sonstigen Vorkommnissen: Meuterer in Halseisen gelegt und unter Aufsicht des Bootsmanns zum Schwabberdienst abkommandiert, von Schiff Soundso Männer und Proviant übernommen, als letzten Ausweg »Neger« angeheuert.

Gegen Ende November wurde auch Selkirk dienstuntauglich. Er zeigte die gleichen Symptome wie die anderen Männer auch: glühendes Fieber und Schüttelfrost, Kopf- und Muskelschmerzen, Erbrechen und blutigen Durchfall. Er wusste, dass es mit ihm zu Ende ging. Es war nicht die einsamste Reise seines Lebens, auch nicht das strenge Gericht, das er von Seiten der allmächtigen Insel befürchtet hatte. Er befand sich in menschlicher Gesellschaft. Es war ein Trost. Als er starb, blutete er aus Augen und Mund.[23]

Am 13. Dezember schrieb John Barnsley, Erster Leutnant

der *Weymouth*, in sein Logbuch: »Nord auf Nordwest. Leichte Brise und klar. 3 Engländer aus niederländischem Schiff übernommen, und 8 Uhr abends Alexander Selkirk und Wm. King gestorben.« Am folgenden Tag war die Reihe an William Worthington, Owen Sullivan und Abraham Hudnott.

Mittwoch, der 13. Dezember, war kein besonderer Tag, nicht anders als die Tage davor oder danach. Selkirks Seele wurde Gott überantwortet, sein Leichnam der See, und es wurden die üblichen Gebete gesprochen. Es waren nicht, wie er angenommen hatte, die von ihm gezähmten Katzen Der Insel, die sich letzten Endes an seinem Fleisch gütlich taten, sondern die Fische des Atlantiks.

Indem er starb, verpasste er die Piratenjagd und deren dramatischen Abschluss: den Prozess an Bord der *Weymouth*; die Errichtung eines Galgens am Ufer; den Auftrieb der für schuldig Befundenen; das Absingen von Psalmen für deren Seelen; die Exekution von sechs Männern an dem einen, von 14 weiteren am folgenden Tag.

In Defoes Roman erreichte Crusoe ein gesegnetes hohes Alter. Der Tod gestaltete sich für ihn als eine weitere fiktive Reise: Er fuhr in den Himmel in Begleitung von Engeln, Gott und Jesus Christus. Selkirk war 41, als er starb. Sein Tod wurde in seinem Heuerbuch vermerkt. Es gab keine weiteren Kommentare zu seinem Ableben. Es trat so schweigend und ungeklärt ein wie die Nacht auf Der Insel. Geld andererseits war wie immer der Erwähnung wert. Der Selkirk zustehende Sold belief sich auf 35 Pfund 15 Shilling 9 Pence. Von diesem Betrag abgezogen wurden 15 Shilling für die ihm ausgegebene Seemannskiste und sieben Shilling und »Sixpence« für 15 Monate Krankenversicherung beim Hospital von Greenwich.

In ihrem Wirtshaus in Plymouth erfuhr Frances Selkirk vom Tod ihres Gatten auf See. Da gedachte sie dessen »Sold, Vermögen und Effekten«, dessen »Hab und Gut und Wechsel«. Und sie fasste den Wunsch, einen passenderen Mann zu ehelichen, Francis Hall, einen Wachszieher.[24]

Sie beantragte beim königlichen Marineamt in der Broad Street die Auszahlung von Selkirks Bezügen für seinen Dienst auf der *Weymouth*. Ihr Antrag wurde blockiert. Sophia Bruce hatte bereits einen früheren Anspruch geltend gemacht. Auch sie behauptete, Selkirks Witwe zu sein. Sie hatte sich ihr Testament vom Prärogativgericht in Canterbury bestätigen lassen.[25] Darin hatte er ihr letztwillig »Heuer, Sold, Güter, Einkünfte, Erträge, Geld, Gold, Silber, Kleidung, Schuldverschreibungen, Bücher und jegliches andere Ding« vermacht.

Die Witwen nahmen sich Anwälte. Sophia beteuerte, sie habe Selkirk im März 1717 geheiratet. Ihre Klage war mehr als berechtigt. Sie erklärte, das spätere Testament sei ungültig. Er habe nicht das Recht gehabt, eine andere Frau zu ehelichen. Sollte er sich tatsächlich einer Trauungszeremonie unterzogen haben, dann konnte das nur geschehen sein, »als er sehr berauscht war und nicht zurechnungsfähig«.

Frances war fest entschlossen, um jeden Penny zu kämpfen, den diese Sophia aus Selkirks Nachlass haben mochte. Sie titulierte sie als »eine Person von sehr mittelmäßigem Charakter und Ruf«. Sie heiratete ihren Wachszieher und erzählte ihm, ihr früherer Ehemann sei ein nichtswürdiger Schuft gewesen.

Wie die aufmerksame Lektüre von Sophias Testament ergab, war Frances' Mann-für-eine-Woche reicher gewesen, als sie zunächst angenommen hatte. Sie erfuhr vom Haus in Largo, von Pachteinkünften, Gold und Silber, Wechseln, Schuldscheinen und Schmerzensgeldern.[26] Sie legte beim Gericht von Canterbury Einspruch ein. Dem wurde stattgegeben. Das Gericht erklärte Sophias Testament für null und nichtig, seine gerichtliche Bestätigung wurde widerrufen.

Dann reichte Frances *ihr* Testament zur formellen Bestätigung ein. Sophia focht den Antrag an und reichte ihren Antrag ein zweites Mal ein. Frances und ihr neuer Mann verklagten sie wegen ihrer Weigerung, sich von Selkirks beweglichen und unbeweglichen Gütern zu trennen, »obwohl sie von unseren Rechtsberatern mehrmals auf freundliche Weise dazu aufgefordert worden« sei. Sie besitze »Goldstücke, Goldringe und andere Dinge und Effekten von beträchtlichem Wert«.

Sophia wurde festgenommen, konnte die ihr angebotene Kaution von 500 Pfund nicht bezahlen und landete daher im Gefängnis. Während Sophia inhaftiert war, erwirkte Frances die gerichtliche Bestätigung ihres Testaments. Sie ließ sich Selkirks ausstehenden Sold für den Dienst auf der *Weymouth* auszahlen, fuhr dann nach Largo und erhob Anspruch auf sein Haus und jeglichen dazugehörigen Grundbesitz bei Craigie Well.

Doch das war noch nicht genug. Als Sophia aus der Haft entlassen wurde, verlangte Frances von ihr die Herausgabe all dessen, was sie noch besaß und ursprünglich Selkirk gehört hatte. Doch davon wollte Sophia sich nicht trennen – das waren *ihre* Erbstücke: seine silberne Tabaksdose und der Stock mit dem Goldknauf, seine Kleider und Seebücher, der Degen mit dem Silberheft »und andere ihr zur Verwahrung überlassene Gegenstände«.

Trotz aller Schikanen und Überredungsversuche wollte sie nicht nachgeben. Wenn Selkirk überhaupt verheiratet gewesen war, dann mit ihr. Sie war es, die ihm nach seinem langen einsamen Aufenthalt auf Der Insel Trost gespendet hatte, zu ihm gehalten hatte, als er mit dem Gesetz in Konflikt geraten war, und viele Monate lang mit ihm zusammengelebt hatte – nicht lediglich einige wenige Tage, wie diese raffgierige Person, die hinter seinem Geld her war, aber sich keinen Deut um sein Leben scherte.

Die Prozesse zogen sich lang hin.[27] Frances' Petition kam Januar 1723 im Chancery-Gericht zur Verhandlung. Als er um ihre Hand anhielt, sagte sie, habe Selkirk geschworen, er sei ledig. Sie wiederholte, dass sie ihn gar nicht hatte heiraten wollen, er sich aber nicht abweisen ließ. Sie legte Dokumente vor, die Datum und Ort der Eheschließung sowie deren standesamtlicher Eintragung und die Namen der Trauzeugen belegten, sowie das – am selben Tag unterzeichnete – bestätigte Testament.

Sie verlangte, dass Sophia ihrerseits belegte, wo und wann sie geheiratet hatte, »in welcher Pfarrkirche diese angebliche Trauung vollzogen«, wo sie eingetragen worden und wer als Zeuge zugegen gewesen sei. Sophias Testament, argumentierte sie, hatte nichts zu besagen; falls Selkirk es wirklich selbst aufgesetzt hatte, musste er zu dem Zeitpunkt betrunken und unzurechnungsfähig gewesen sein, und im Übrigen war es ja weit älteren Datums als ihres, es war null und nichtig, seine amtliche Bestätigung war widerrufen worden.

Fast ein Jahr später, am 6. Dezember 1723, wurde über Sophias Antrag befunden. Das Testament zu ihren Gunsten wurde verlesen. Sie gab an, Selkirk am 4. März 1717 geheiratet zu haben. Dann habe er auf der *Enterprise* angeheuert. Nach acht Monaten sei er zurückgekehrt und habe fast ein Jahr lang mit ihr in London zusammengelebt.

Diese Frances, sagte sie, habe gewusst, dass er schon verheiratet gewesen sei. Sie war »eine Bekanntschaft [mit Selkirk] eingegangen«, während er darauf wartete, dass die *Weymouth* in See stach. Wenn er sich wirklich mit ihr habe trauen lassen, dann müsse er betrunken gewesen sein. Sie habe ihn dazu verführt.

Sophia beantragte eine einstweilige Verfügung, die Frances und ihrem neuen Ehemann untersagen sollte, weitere gerichtliche Schritte gegen sie zu unternehmen und in ihrem Besitz befindliche Vermögenswerte zu beschlagnahmen. Die beiden schikanierten sie. Sie hatten ihre ungerechtfertigte Inhaftierung erwirkt und sie des Nachlasses ihres verstorbenen Mannes beraubt.

Frances' eidliche Replik wurde Februar 1724 in Plymouth zu Protokoll genommen. Sie könne nicht sagen – da sie über keine diesbezüglichen Beweise verfüge –, ob Selkirk irgendwann wirklich Sophia geheiratet habe. Aber als er in ihrem Wirtshaus in Oarston um ihre, Frances', Hand anhielt, habe er »geschworen, ledig und unverheiratet« zu sein. Er sei nicht betrunken gewesen. Er habe gewusst, was er tat. Ebenso wenig wisse sie etwas von einem früheren Testament. Das einzige ihr bekannte Testament sei das in ihrem Besitz befindliche. Es widerrief alle etwaigen früheren Testamente. Es war von Zeugen unterzeichnet, notariell eingetragen und formell bestätigt worden. Der Erblasser hatte keinerlei späteren Testamente, Schenkungen oder letztwilligen Zuwendungen gemacht. Sie und ihr neuer Ehemann beantragten, Selkirks ihnen bereits ausgezahlten Sold in Höhe von 40 Pfund behalten zu dürfen; des weiteren sollte ihnen das Gericht ihren Anspruch auf Selkirks gesamten testamentarischen Nachlass bestätigen. Schließlich sollten sämtliche Gerichtskosten und Gebühren zu Lasten Sophias gehen.

Sophia verlor alles außer ihrer Überzeugung, Mrs. Selkirk zu sein. Der Winter 1724 war bitter kalt. Einer der Bettelbriefe, die sie verschickte, war an den Reverend Say in der Parochie von Westminster gerichtet. Sie stellte sich als »eine in große Not geratene Person« vor. Sie sei »die Witwe Mr. Selchrigs, der für vier Jahre und vier Monate auf der Insel John Ferinanda verlassen wurde«. Es tue ihr Leid, Mr. Say zu belästigen. Sie flehe um seine Unterstützung. Sie sei eine gläubige und gottesfürchtige Christin. Ihre drei Onkel hätten in Schottland als Prediger gewirkt.[28]

Selkirk war ein Meister in der Kunst, sich den Folgen einer Schlägerei in der Kirche, eines tätlichen Angriffs, falscher Versprechungen oder der Bigamie zu entziehen. Wäre er nicht ums Leben gekommen, könnte er in einem anderen Hafen oder Wirtshaus irgendeine andere Frances oder Sophia begehrt, mit Beutestücken verführt, mit der Parodie einer rechtlichen Absicherung eingewickelt, wie eine Inselziege markiert haben.

Selkirk hatte mit nichts und mit niemandes Hilfe überlebt. Die Konstante seines Lebens war der Ruf der See gewesen. Sie lockte ihn mit der Aussicht auf Reichtümer zu Kämpfen, die er für mannhaft hielt, zum Herzen Der Insel, zu seinem Grab auf dem Grund des Ozeans.

Aber an seinem Ende lag nur eine Liste erbeuteter Dinge: Ringe, Kleidungsstücke, Soldzahlungen und ein Degen mit Silberheft. Sein Vermächtnis war ein Gerangel um diese Dinge, eine Folge von Klagen und Gegenklagen, die Verelendung einer naiven Frau, eine gerichtliche Rechtfertigung der Raffgier. Es war ein Echo des Gezerres um die Beute sämtlicher Fahrten, an denen er je teilgenommen hatte. Es verstellte die Sicht auf seine Suche nach der Galeone von Manila, seine Navigation nach der Sonne und den Sternen, seine Isolation auf der unerbittlichen Insel.

Die Insel konnte er weder in Worten noch in Natura vermachen. Die Insel, auf der er nach einem Segel Ausschau gehalten hatte, das erst eines Tages kam, auf der sein Mut auf die Probe gestellt wurde, auf der er, einsam und verlassen, überlebt hatte, erhalten und beschützt von ihren klaren Bächen, ihren stöbernden Geschöpfen, ihren Pflanzen und Bäumen.

7

Die Insel

Eine prachtvolle Wildnis 1896

Die Insel veränderte sich und blieb doch dieselbe. Ungefällte Sandelbäume (*Santalum fernandezianum*) legten Jahresringe an. Palmen und Farne verwirrten sich dichter in Tälern und Schluchten. Dickichte von *Dendroseris micrantha* reckten spitz zulaufende Blätter über erodierte Felsen.

Jahr für Jahr machten Plünderer reiche Beute. Die Seebären der Insel (*Arctocephalus philippii*) wurden wegen ihres Pelzes erschlagen, fast bis zur völligen Ausrottung massakriert. Im Jahr 1801 schaffte ein einziges Schiff eine Million Felle zum Londoner Markt. Nur Robben auf unzugänglichen Felsen und in verborgenen Buchten überlebten und sorgten für die Erhaltung der Art. Die riesigen Seelöwen (*Otaria jubata*) wurden restlos abgeschlachtet, die Sandelbäume wurden gefällt, die Langusten gefangen und die Wale harpuniert.

Besucher kamen und gingen. Sie priesen die »wilde, unregelmäßige Schönheit« der Insel, ihre Wälder und tiefgrünen Täler und lebensrettenden Bäche. Die letzten englischen Freibeuter, die an ihren Ufern strandeten, waren die Männer der *Speedwell* im Jahr 1719.[1] Sechs Monate lang waren sie die Gäste auf Der Insel.

Um es solchen Leuten künftig unmöglich zu machen, Die Insel als Speisekammer zu nutzen, ließen die Spanier Doggen in den Tälern frei. Ein paar Ziegen konnten sich retten, indem sie sich in die Gipfelregionen der Berge zurückzogen. Die meisten wurden zerfleischt. Später überlegten es sich die Spanier anders, erschossen die Hunde, setzten neue Ziegen aus und töteten sie dann, als sie sich wieder vermehrt hatten, wegen ihrer Felle.

Im Jahr 1740 führte Lord Anson eine Flotte von englischen Kriegsschiffen in die Südsee. Während der albtraumhaften Überfahrt verloren Männer Finger, Gliedmaßen und Leben in eisigen Stürmen. Über und über mit Läusen bedeckt, »auf jedem Mann ein Sipmaß davon«, erduldeten sie Hunger, Ruhr und Skorbut. Von ursprünglich 2000 Mann erreichte nur ein Drittel Die Insel. Ihre Freude war groß:

Es war kaum glaubhaft, mit welchem Eifer und Entzücken wir die Küste betrachteten, und mit welch großer Ungeduld wir uns nach den Gemüsen und anderen Erfrischungen sehnten, die wir dort sahen, und insbesondere nach dem Wasser… Nur wer lange Zeit Durst gelitten hat, kann die Rührung ermessen, mit der wir eine gewaltige Kaskade des klarsten Wassers beäugten, die sich, unweit des Schiffes, von einer fast 30 Meter hohen Klippe ins Meer ergoss…[2]

Die Spanier wollten nicht, dass ihre Feinde Die Insel mit »Entzücken und Rührung betrachteten«. Sie bauten eine abschreckende Festung mit steinernen Verliesen und einer ständigen Besatzung. In der Nähe entstand so etwas wie ein Dorf: ein Dutzend Hütten, ein paar Frauen und Kinder, 80 Kühe, Schweine und Schafe. Die Festung diente auch als ausbruchsicheres Gefängnis.

1748 endete der Krieg gegen England. Die Festung wurde

aufgegeben, die Dorfbewohner kehrten aufs Festland zurück, das Feindbild änderte sich. Das chilenische Volk strebte die Freiheit von der spanischen Kolonialherrschaft an. Chilenische Patrioten wurden von den Spaniern auf Die Insel verbannt. In feuchten Höhlen untergebracht, erfuhren sie nichts von ihrer Gastlichkeit.

Schiffbrüchige, Matrosen, Soldaten, Gefangene, Jäger, alle kamen und gingen. Die Brandung spülte das Blut der Robben von den Buchten Der Insel. Im Jahr 1823 spazierte eine britische Reisende, Maria Graham, zwischen den Ruinen von Festung und Verliesen, den verlassenen Hütten, den am Ufer rostenden Harpunen und Kanonen.[3] Sie bezeichnete Die Insel als eine »prachtvolle Wildnis« und war »entzückt von der wilden Schönheit der Landschaft«. Drei Viehhirten waren die einzigen menschlichen Bewohner. Sie sah ein abgehalftertes Pferd, vernachlässigte Felder, die verkohlten Überreste eines alten Lagerfeuers. Sie ruhte sich zwischen Myrten aus, die Berge ragten rings um sie auf, auf sie fiel ein Hauch der »absoluten Einsamkeit«, die Selkirk verspürt haben musste.

Ein in allen schriftlichen oder mündlichen Reiseberichten immer wiederkehrendes Motiv war die Möglichkeit, Die Insel zu kolonisieren. 1877 unterbreitete ein Schweizer Emigrant, Alfred de Rodt, den chilenischen Behörden einen Plan: Er würde 60 Menschen und 1000 Rinder auf Die Insel schaffen, Holzkohle produzieren und die dort heimischen Palmen exportieren. Er würde Landwirtschaft und Fischerei betreiben, Langusten fangen sowie Wale und was von den Robben noch übrig war, erlegen.

De Rodt wurde zum »Kolonisations-Inspektor« ernannt. Er warb Familien aus Spanien, Frankreich, Deutschland und der Schweiz an. Sie hießen González, Chamorro, Charpentier, Camacho, Recabarren, López, Schiller. Wie andere nicht bedrohte Arten vermehrten sie sich. Als de Rodt 1905 starb, besaß Die

Insel bereits eine Population von 122 Menschen, und sie betrachteten sie als ihr Eigentum.

2000 *Isla Robinson Crusoe*

Heute gehört Die Insel zu Chile. De Rodts Kolonie ist gewachsen, aber nur auf 500 Menschen. Ihre Siedlung heißt *San Juan Bautista* (Sankt Johannes der Täufer). Holzhütten und -häuser säumen die Große Bucht, an der Selkirk allein jagte und sammelte.

Die Inselbewohner bewahren Selkirks Gedächtnis. Im Jahr 1966 stellte Blanca Luz Brum, Malerin und Eigentümerin der *Hostelria Daniel Defoe*, einer Ansammlung von Hütten am Meer, bei der chilenischen Regierung den Antrag, Die Insel von *Isla Más a Tierra* in *Isla Robinson Crusoe* umzubenennen. Sie dachte dabei an den Fremdenverkehr. Die andere größere Insel des Archipels, die *Isla Más Afuera*, wurde in *Isla Alejandro Selkirk* umgetauft, obwohl Selkirk diesen unwirtlichen Felsen, der eine Gefahr für die Schifffahrt bedeutete, niemals betreten hatte.

In den Hütten, die auf der *Isla Robinson Crusoe* als Läden fungieren, werden Crusoe-T-Shirts und Selkirk-Wandbehänge feilgeboten. Ein Holzschild weist dem Reisenden den Bergpfad, der zum *Mirador del Selkirk* führt, der einsamen Passhöhe, von der aus der Ausgesetzte nach einem Segel Ausschau hielt.[4] Die Höhle nahe dem vorspringenden Felsen an der Nordwestbucht oder *Puerto Inglés*, wo er sich niemals aufhielt, ist als »Selkirks Höhle« bekannt.

Die Unwegsamkeit Der Insel und die weite umgebende See schrecken den *Homo sapiens* ab. Es ist möglich, sich ins World Wide Web einzuklinken, aber die Telefonverbindungen brechen oft zusammen. Ein Generator erzeugt ab und an Strom. Es gibt ein, zwei Autos und keine Straßen, Zeitungen, Briefträger oder Banken. Kreditkarten und Schecks werden nicht akzeptiert und Steuern keine eingezogen. Es gibt einen Arzt, einen Zahnarzt, eine Hebamme, aber keine Apotheke, kein Krankenhaus und keinen Tierarzt. Sechs uniformierte *carabinieros* vertreiben sich die Zeit mit Fußballspielen und holen bei regnerischem Wetter kleine Kinder von der Schule ab. Ältere Kinder gehen aufs Internat nach Valparaíso; ein Schiff der chilenischen Marine fährt sie im März zum Festland und kurz vor Weihnachten zu den Sommerferien zurück auf Die Insel.

Das Zusammenleben der Insulaner wird durch einige wenige Bestimmungen geregelt. Die 1980 gegründete Gemeindeverwaltung erhebt Gebühren für die Versorgung mit Wasser aus den Bergen und die Instandhaltung des Piers – am entgegengesetzten Ende der Bucht gelegen, von da aus betrachtet, wo Selkirk seine Retter an Land winkte. Im Postamt (*Correos*) erklärt ein Aushang, dass kraft Gemeindeverordnung das Anbinden von Vieh an den Torpfosten des Fußballplatzes strengstens untersagt ist. Zuwiderhandlungen werden mit einer Geldstrafe geahndet.

Die Insulaner sprechen vom chilenischen Festland als vom »Kontinent«, der ihnen wie eine ganz andere Welt erscheint. Wegen stürmischen Wetters festsitzende Besucher beobachten den Himmel. Bei klarem Wetter fliegt eine kleine Maschine (der »Robinson Crusoe Airlines«) zu einem der Flughäfen der chilenischen Hauptstadt Santiago.[5] Sie transportiert ein paar Passagiere, Post und, während der Saison, Kisten von Langusten. Ihre Start- und Landebahn ist eine unbefestigte Piste bei *El Puente* (»die Brücke«), dem einzigen ebenen Gelände auf Der Insel, am flachen westlichen Ende, wohin Selkirk mit Dampier ruderte, um Ziegen zu fangen. Reisende unternehmen die gleiche ungemütliche Bootsfahrt von der Großen Bucht zur

Bahia del Padre, die sie an Ehrfurcht gebietenden Klippen entlangführt, und Felsen, auf denen Pelzrobben sich sonnen und von der Brandung besprühen lassen. Ein klappriger Jeep erledigt den Zubringerdienst; dann folgt ein dreistündiger Flug über den Ozean.

Die Inselbewohner leben vom Meer. Sie handeln mit Langusten. Es ist dieselbe endemische Art (*Jasus frontalis*), die Selkirk sah, aber damals wimmelte das Ufer von den bis zu einem Meter langen Tieren. Heutzutage sind sie eine aussterbende Rasse, eine gefährdete Spezies. Von Jahr zu Jahr werden die Fänge und die Langusten kleiner. Die Bestimmung lautet, dass gefangene Tiere von Schwanz zu Thorax wenigstens elfeinhalb Zentimeter messen müssen. Kleinere Exemplare sollten wieder ins Meer geworfen werden. Aber das Geschäft mit zu kleinen Langusten lässt sich nicht unterbinden.[6] Solche Tiere landen in *empanadas* oder auf den Tellern der Inselbewohner.[7]

Einmal im Monat kommt ein Versorgungsschiff, die *Navarino*, »vom Kontinent« herüber und bringt Fässer mit Diesel für die Fischerboote, Gasflaschen, frisches Gemüse, Lebensmittel, Baumaterialien und Kinderspielzeug. Im Sommer fährt es dann weiter zur anderen Insel, wo 30 Langustenfischer acht Monate des Jahres verbringen. Sie sehen so wild aus wie Selkirk und fahren mit ihren Booten hinaus zum Schiff. Es ist ihre Verbindung zur Außenwelt und bringt ihnen Briefe, Zigaretten und *pisco*, einen Branntwein aus Trauben. Sie ihrerseits schicken Geschenke an ihre Angehörigen auf der *Isla Robinson Crusoe:* eine Kiste Fisch, einen Johannisbeerstrauch, eine verängstigte Ziege.

Die Langusten werden in Valparaíso verarbeitet. Zur dortigen Fabrik kehrt die *Navarino* mit ihrer Fracht zurück. Die Tiere krabbeln und wimmeln in Salzwasserbehältern mit aufgenagelten Netzen. Ein Fabrikangestellter zählt sie ab. Die Fischer bekommen ein paar hundert Pesos pro Tier.[8] Zu kleine Langusten werden ins Meer zurückgeworfen: Sie reißen die Augen auf, schlucken und machen, dass sie verschwinden. Die übrigen landen binnen 24 Stunden via Flugzeug in Europa oder in den Küchen der Luxusrestaurants von Santiago.

Um sie vor dem Aussterben zu bewahren, erklärte man die noch verbleibenden Pelzrobben 1978 zu einer geschützten Spezies. Der Mensch verbot sich selbst, mehr von ihnen zu töten. Heute leben im ganzen Archipel ein paar tausend Tiere. Ihre Stimmen hallen in den Buchten wider. Meeresbiologen beobachten ihre Ernährungsweise, ihre Kolonien, ihre Fischgründe und die Aufzucht ihrer Jungen.

Abseits von Naturschützeraugen ist noch die gleiche Gleichgültigkeit gegenüber tierischem Leiden zu beobachten wie zu Selkirks Zeiten. Braucht man Fleisch, so wird ein Stier mit dem Lasso eingefangen und dann von den Hügeln heruntergeschleift. Auf seiner langen, widerstrebenden Wanderung brüllt er und wird mit Stöcken geprügelt. Die Männer zerren mit solcher Kraft am Seil, dass ihre Hände bluten. Hunde kläffen und schnappen nach den Beinen des Tieres. Besiegt, erreicht es schließlich den primitiven Schlachthof. Es wird am knorrigen Stamm eines Baums festgebunden und darf dort seine letzte Nacht verbringen. In seinen Augen spiegelt sich Hoffnungslosigkeit oder vielleicht auch Wut.

Am nächsten Morgen dringt aus dem Schlachthof ein Geruch von ausgelassenem Fett. Grob gehacktes Fleisch wird auf eine Schubkarre geladen. Bald erscheinen hier und da in den Fenstern Pappschilder mit der gekritzelten Aufschrift: *Hoy empanadas con carne*.[9]

Abseits von solchen Aktivitäten: die reglosen Berge und rissigen Klippen, die tiefen Wälder, Dickichte von *Luma* und *Chonta*-Palme, die Baumfarne und Gräser. Die Insel hat ihr unbeobachtetes Leben, ihre eigenen Gesetze. Das Feuer, das sie vor vier Millionen Jahren erschuf, brennt noch immer. Der

Wind rollt durch die Täler. Erdstöße und Tsunamis warnen. Wogen bäumen sich aus einer stillen See auf und fangen Regenbogen von Sonnenlicht in ihrer Gischt.

2000 *Ein Weltreservat der Biosphäre*

Die Berge und Täler und Schluchten Der Insel sind jetzt vermessen und kartiert. Mit der gleichen Passion für die Inventur, die einst die Freibeuter beseelte, wurden und werden ihre Vögel, Schnecken, Flechten, Algen, Psocoptera, Palmen und Peperomien, Bryophyten und Gymnospermien gezählt, klassifiziert, benannt und sortiert. 60 Prozent der Pflanzen kommen ausschließlich hier vor. Es gibt 131 Moosarten und 20 verschiedene Farne.

Im Jahr 1935 wurde Die Insel zum Nationalpark erklärt. Dies geschah größtenteils als Reaktion auf die Arbeit eines schwedischen Botanikers, Carl Skottsberg.[10] Es faszinierte ihn, dass hier Pflanzen existierten, die einen Kontakt mit Salzwasser nicht überlebt hätten und dem Menschen um eine Million Jahre voraufgegangen waren – dass ihre Vorfahren die Weiten des Ozeans unbeschadet überquert oder auf diesem letzten Fragment eines versunkenen Erdteils überdauert hatten. In seinen Augen war Die Insel ein einzigartiges Ökosystem, eine mikrokosmische Welt, die es zu schützen und zu bewahren galt.

Die Insulaner aber betrachteten sie, wie Selkirk, als ihren Besitz. Jahrzehntelang lebten sie ohne Regeln oder Verbote. Sie fällten die endemischen Palmen, um daraus ihre Boote und Häuser zu bauen, pflanzten Brombeeren, die sich wie Unkraut ausbreiteten und die einheimische Flora erstickten, und sie importierten Schafe, Rinder und Ziegen, welche die

Vegetation abweideten und zur Erosion des Bodens beitrugen.

Im Jahr 1969 legte Carlos Muñoz Pizarro der chilenischen Akademie der Wissenschaften einen Bericht vor. Er trat dafür ein, dass endlich die genauen Grenzen des Naturparks festgelegt wurden, dass innerhalb dieser Grenzen keine Bautätigkeit und kein motorisierter Verkehr gestattet sein sollten, dass Rind, Ratte, Kaninchen, Nasenbär (*Nasua nasua*, aus Uruguay eingeführt) und Brombeere eliminiert und der Primärwald wiederhergestellt werden sollten.

Vier Jahre später übernahm die CONAF[11], die Nationale Forstverwaltung Chiles, die Verantwortung für Die Insel. Ziel war, sie zu erhalten und ihre gefährdeten Spezies in ihrem Bestand zu sichern. Ein Verwalter und etliche Waldhüter trafen ein. Den Insulanern wurde verboten, künftig Bäume zu fällen oder Pflanzen zu sammeln. Sie nahmen die obrigkeitliche Einmischung übel und betrachteten die Waldhüter als Eindringlinge. Sie beschimpften sie, wurden zum Teil sogar gewalttätig.

Für die Naturschützer aber ging die Bedeutung Der Insel weit über nationale und erst recht lokale Interessen hinaus. Sie sahen hier auf kleinstem Raum die Probleme, welche die ganze Welt bedrohen: Bodenerosion, Überfischung, Ausrottung nicht nachzüchtbarer Arten, Zusammenbruch der Interdependenz von Lebensformen.

Im Jahr 1977 erklärte die UNESCO Die Insel zu einem »Weltreservat der Biosphäre«. Die Absicht dabei war, den Bestand ihrer Spezies zu sichern und ihr Ökosystem zu stabilisieren. Die Niederlande beteiligten sich mit einer Spende von zweieinhalb Millionen Dollar, die Tschechoslowakei sandte Vorkeimgefäße, Gewächshäuser und Chemikalien zum Abtöten der Brombeersträucher. Chile zahlte die Gehälter des CONAF-Personals. Die Grenzen Der Insel wurden abgesteckt: 150 Meter oberhalb des Dorfes fing das Weltreservat an. Den Insulanern wurden 400 Hektar Land rund um San Juan Bautista sowie die Rollpiste zugeteilt. Das Reservat beanspruchte den Rest des Archipels: rund 10 000 Hektar auf den zwei größeren Inseln und dem Inselchen Santa Clara.

Nach und nach steigt der Primärwald dank konsequenter Wiederaufforstung von den Höhen in immer tiefere Lagen herab. Die Bodenerosion wird mithilfe von Dämmen angehalten. Rinder und Ziegen dürfen nur noch auf ganz bestimmten Hügeln weiden, für den Abschuss von Kaninchen werden Kopfbeziehungsweise Schwanzprämien bezahlt. Der weiß blühende Strauch *Dendroseris neriifolia*, die stachelblättrige *Ochagavia elegans*, die gelb blühende *Robinsonia thurifera*, die *Yunquea tenzii*, die Myrtenart *Ugni selkirkii*, weiße und rote Glockenblumen, die seltene malvenfarbene Orchidee *Herbetia lahue*[12] – sie alle werden unter den für sie jeweils günstigsten Bedingungen vorgekeimt, angezogen und anschließend behutsam ausgepflanzt. Das Klima begünstigt die Regeneration: viel Sonnenschein, Regen und milde Winter. 300 Pflanzen werden täglich in die ihnen gemäße Umgebung zurückgeführt. In einem neu eingerichteten Zentrum können sich Touristen, Insulaner und Kinder über Flora und Fauna, Geologie und Geschichte der Insel informieren.

Als noch größerem Schädling denn Ratte oder Kaninchen ist dem Menschen der dauernde Aufenthalt im Reservat untersagt. Die Insulaner bekommen, was sie nach Ansicht der Behörden benötigen. Die CONAF hat ihnen schnellwüchsige Zypressen und Eukalyptusbäume angepflanzt, deren Holz sie für Haus- und Bootsbau verwenden können. Man erklärt ihnen, das der »Ökotourismus« Geld bringen wird. Sie werden als Parkwächter beschäftigt. Junge Männer beteiligen sich an der Wiederaufforstung, vergiften Brombeeren und Ratten und schießen Ziegen und Kaninchen.

Das Konzept ist nicht unproblematisch. *Diese* Insel ist – anders als John Donne es sich vorstellte – nicht »vollständig in sich«. Ihre Küstengewässer sind fast leer geplündert, ihr Klima hat sich verändert. Wenn alle Kaninchen ausgerottet werden, dann haben auch die Rotrückenbussarde Der Insel (*Buteo polyosoma exul*) keine Nahrung mehr. Wenn erst alle Brombeersträucher vergiftet sind, erodiert der Boden und müssen die Drosseln auf ihre Lieblingsnahrung und die Insulaner auf eine Kuchenspezialität verzichten. Wie Crusoes Herrgott entscheidet die CONAF, was leben und was sterben soll. Solch ein radikaler Konservativismus hat seine Tücken. Die Insel könnte durchaus das letzte Wort haben. Kapuzinerkresse, Mohn und Amaryllis, aus Südamerika und Südafrika eingeführt, sind unwillkommene Gäste. Die Kaninchen konnten nichts dafür, dass sie mit einer solchen Fortpflanzungsfähigkeit und Gefräßigkeit gesegnet waren oder dass sie durch ihre Baue zur Bodenerosion beitrugen. Gleich Rindern, Ziegen, Ratten, Hunden und Katzen gelangten sie durch den Menschen auf Die Insel und durften dann zusehen, wie sie sich in ihrer neuen Umwelt behaupteten.

Des Menschen jüngster Traum ist mehr als Crusoes Markt-Garten. Es ist ein Abbild des Gartens, der die Welt hätte sein können. Selkirk war ein ungehobelter Mensch und so schlecht und gedankenlos wie andere auch, aber Die Insel war gezwungenermaßen seine Welt. Mochte er sich auch noch so sehr danach sehnen, sie zu verlassen, mochte er auch jeden Tag nach dem rettenden Segel Ausschau halten – er war von ihr abhängig und wurde durch sie am Leben erhalten. 300 Jahre danach ist es des Menschen Privileg, die Robben ungestört jagen zu lassen, die Erosion aufzuhalten, die Sandelbäume wieder einzuführen, den Wald zu erweitern, die endemischen Arten, die Lebewesen mit ihrer Vergangenheit und uns alle miteinander verknüpfen, zu bewachen, zu behüten und zu beschützen.[13] In solch einem

Eingriff äußert sich ein Traum, der über den unheiligen Hunger nach Gold hinausgeht. Es ist ein Ausdruck von Ehrerbietung gegenüber der Anmut Der Insel und dem Herzen eines ausgesetzten Mannes.

Anmerkungen

1. Die Insel

1 Die Klassifizierung der Flora und Fauna Der Insel begann 1824 mit der Expedition des schottischen Agronomen David Douglas; ihm folgte 1830 der italienische Botaniker Carlo Bertero, in den Neunzigerjahren des 19. Jahrhunderts der chilenische Botaniker Federico Johow und Anfang des 20. Jahrhunderts der schwedische Wissenschaftler Carl Skottsberg. Fortgeführt wird diese Arbeit durch einen französischen Botaniker, Philippe Danton, und seinen chilenischen Kollegen, Clodomiro Marticorena.

2 Sie wird »Selkirks Höhle« genannt, obwohl er nie in ihr Zuflucht suchte oder auch nur in der – heute *Puerto Inglés* genannten – Bucht kampierte, in der sie sich befindet.

3 Vögel scheinen sich häufig auf Die Insel verirrt zu haben. Allein während meines Aufenthalts im Dezember 1999 wurde ein vom Sturm zerzauster Pinguin ans Ufer gespült, und ein Trauerschwan, den der Wind von einem See südlich von Santiago herübergeweht hatte, wurde per Flugzeug in die Heimat zurückgebracht.

2. Die Reise

1 Ein um 1698 von Thomas Murray in Öl gemaltes Porträt Dampiers hängt jetzt in der National Portrait Gallery, London. Hans Sloane, Sekretär der Royal Society, gab es seinerzeit in Auftrag. Für biographische Informationen siehe Anton Gill: *The Devil's Mariner* (1997),

B.M.H. Rogers: »Dampier's Debts« und »Dampier's Voyage of 1703«, in *Mariner's Mirror*, 25 (1924), Joseph Shipman: *William Dampier: Seaman-Scientist* (1962), Glyn Williams: *The Great South Sea* (1997).

2 Siehe (auch im Folgenden) Dampiers veröffentlichte Tagebücher: *A New Voyage Around the World* (1697; dt. *Freibeuter: 1683 – 1691. Das abenteuerliche Tagebuch eines Weltumseglers und Piraten*, 1970, 1997), *A Collection of Voyages* I–IV (1729) und John Masefield (Hrsg.): *Dampier's Voyages* (1906).

3 Dieses Zitat stammt aus einer Sammlung von Seekarten, die Dampier benutzte. Dieser Seeatlas fiel einem früheren Bukanier, Bartholomew Sharp, auf einem gekaperten Schiff in die Hände. Er war vom niederländischen Kartografen L.J. Waghenaer 1584 veröffentlicht worden. Der Londoner Kartenmacher William Hack übersetzte und gestaltete die englische Version des Kartenwerks. Ein Exemplar davon befindet sich im Londoner National Maritime Museum.

4 Siehe Glyn Williams: *The Prize of All Oceans* (1999), eine Darstellung von Lord Ansons Jagd nach der Galeone von Manila.

5 *Piece of eight* (Spanisch *pieza de ocho*), also »Stück von Acht« oder eben »Achterstück« nannten Freibeuter den spanischen Dollar, Peso oder »Piaster«.

6 Die Galeone wurde nach ihrem jeweiligen Abgangshafen benannt – segelte sie also nach Westen, war sie »das Schiff von Acapulco«, segelte sie nach Osten, »das Schiff von Manila«.

7 Eine Galeone ist ein Kriegsschiff, eine Pinasse ein großes Beiboot eines Kriegsschiffes und eine Barke ein kleines Segelschiff.

8 Siehe William Dampier: *Voyages and Descriptions*, Bd. II (1699).

9 Die Akten der Gerichtsverhandlung von 1702 gegen Dampier befinden sich im Public Record Office, London (Adm. I/1692).

10 Dampier an die Admiralität. Gekürzt in John Masefield (Hrsg.): *Dampier's Voyages*, Bd. II.

11 Meangis ist eine der in der Celebes-See zwischen Sulawesi und Mindanao gelegenen Talaud- und Sangihe-Inseln.

12 Aus Dampiers handschriftlichen Aufzeichnungen (Sloane MS 3236f.203v). Hans Sloane kaufte außer diesem auch die Tagebücher vieler anderer Bukaniere. Sie konstituieren heute die Sloane Collection der British Library.

13 Dieses Flugblatt befindet sich mit anderen, ähnlichen Annoncen in der Manuskriptsammlung der British Library (552 d.18(2)).

14 Siehe *Prince Giolo Son of the King of Moangis or Gilolo: Lying Under the Equator in Long. of 152 Dig. 30 Min. a Fruitful Island Abounding with Rich Spices and Other Valuable Commodi-*

ties (1692), und Thomas Hyde: *An Account of the Famous Prince Giolo* (1692).

15 Basil Ringrose: *Bucaniers* II, British Library (Sloane MS 48f.86).

16 Dampier: *A New Voyage Around the World.*

17 Dieser in George Anson: *A Voyage Round the World* (1748) zitierte Bericht stammt aus einer späteren Zeit als meine Erzählung. Vielleicht übten Robben mehr als nur einmal Vergeltung.

18 Siehe *Bucaniers* II, British Library (Sloane MS 48f.87), Glyn Williams: *The Great South Sea* und B.R. Burg: *Sodomy and the Pirate Tradition* (1984).

19 Die Miskito sind ein mittelamerikanischer Indianerstamm von der Atlantikküste des heutigen Honduras und Nicaragua.

20 Siehe John Masefield (Hrsg.): *Dampier's Voyages* (Bd. I).

21 »Unsere Liebe Frau von der immer währenden Nothilfe«.

22 Die heilige Cäcilia war die Schutzpatronin der Musik. Sie wurde im Jahre 230 enthauptet, weil sie sich geweigert hatte, Götzenbilder anzubeten.

23 Nach der englischen Übersetzung in R.L. Woodward: *Robinson Crusoe's Island – A History of the Juan Fernandez Islands* (1969).

24 Siehe »Letters and Papers Relating to the Voyage of the *St George*«, in: John Masefield (Hrsg.): *Dampier's Voyages* (Bd. II) sowie B.M.H. Rogers: »Dampier's Voyage of 1703«, in: *Mariner's Mirror*, 15 (1924).

25 Masefield, op. cit.

26 Siehe die Burney Collection (Sammlung früher Zeitungen) in der British Library.

27 Wie Dampier in *A New Voyage* (1697) erklärte, wird »Arrak aus Reis und anderen Dingen destilliert«.

28 Zum Leben an Bord eines Schiffes des 18. Jahrhunderts siehe N.A.M. Rodger: *The Wooden World* (1988).

29 Brief William Price' an Edward Sothwell vom 10. Juli 1703. Zitiert in Anton Gill: *The Devil's Mariner* (1997).

30 Bezüglich der Größe der *Cinque Ports* liegen widersprüchliche Aussagen vor. Die von mir gemachten Angaben sind ihrem im Public Record Office aufbewahrten Kaperbrief (HCA 26/18) entnommen. William Funnel spricht in seinem *Voyage Round the World* (1707) dagegen von 90 Tonnen, 20 Kanonen und 63 Mann Besatzung.

31 Zu Mutmaßungen über Selkirks Rang an Bord siehe C.D. Lee: »Alexander Selkirk and the Last Voyage of the *Cinque Ports Galley*«, in: *Mariner's Mirror*, 73 (1987).

32 Nach eigener schriftlicher Aussage, die sich heute im Public Record Office, London, befindet (C24/1321 pt.1), wurde Selkirk 1680 gebo-

ren. In biografischen Angaben und auf Tafeln und Standbildern zu seinem Andenken wird das Jahr 1676 genannt.

33 John Howell, Selkirks erster Biograf, erhielt solche privaten Informationen und Familienanekdoten von einem Urgroßneffen Selkirks. Siehe *The Life and Adventures of Alexander Selkirk* (1829).

34 G.H. Healey (Hrsg.): *The Letters of Daniel Defoe* (1955).

35 Siehe Gemeindeakten von Largo, R.L. Mergoz: *The Real Robinson Crusoe* (1939) und A.S. Cunningham: »Upper Largo, Lower Largo, Lundin Links and Newburn« (ohne Jahr).

36 John Prebble: *The Darien Disaster* (1968).

37 William Paterson: »A Proposal to Plant a Colony in Darien« (1701). Siehe auch G.P. Insh: *The Company of Scotland Trading to Africa and the Indies* (1932).

38 Lionel Wafer: *A New Voyage and Description of the Isthmus of America* (Hakluyt Society, 1934).

39 Siehe »Upper Largo, Lower Largo, Lundin Links and Newburn«.

40 Siehe sein *Voyage Round the World* (1707).

41 Außer dem »South Sea Waggoner« dürfte Selkirk folgende Hilfsmittel benutzt haben: Mount und Page: »New Sea Atlas« (1702), Kapitän Grenville Collins (Ordentlicher Hydrograph Ihrer erhabensten Majestäten des Königs und der Königin): »Great Britain's Coasting Pilot« (1693) und John Seller: »Southern Navigation« (1703). Originale dieser Karten und Lotsenbücher finden sich im National Maritime Museum, London.

42 Siehe Derek Howse: »Navigation and Astronomy in the Voyages«, in: *Background to Discovery: Pacific Exploration from Dampier to Cook* (1990).

43 Op. cit. Siehe auch Dava Sobel: *Longitude* (1996).

44 Heute São Tiago.

45 Funnell: *A Voyage Round the World.*

46 John Welbes Anschuldigungen und Dampiers »Rechtfertigung« sind in John Masefield (Hrsg.): *Dampier's Voyages* (Bd. II) nachzulesen. Siehe dazu auch staubige Pappkartons voll von unsortierten, meerwasserfleckigen und sandknirschenden zeitgenössischen Dokumenten über die Reise in Chancery 104/160 des Public Record Office, London.

47 Funnell: *A Voyage Round the World.* Auch im Folgenden.

48 Die Bibliothek des Wellcome Institute (London) besitzt ein Archiv zur Geschichte der Medizin auf See. Für blutrünstige Details siehe John Woodall: *The Surgeon's Mate* (1617).

49 Siehe Francis E. Cuppage: *James Cook and the Conquest of Scurvy* (1994) und J.J. Keevil: *Medicine and the Navy* (1958).

50 Funnell: *A Voyage Round the World.*

51 John Welbe: »An Answer to Captain Dampier's Vindication of his Voyage to the South Seas in the Ship *St George*«, in: John Masefield (Hrsg.): *Dampier's Voyages* (Bd. II).

52 Selkirks Kritik der Reise findet sich in seiner vom 10. Juli 1712 datierten beeidigten schriftlichen Zeugenaussage, Chancery 24/1321, Public Record Office.

53 Siehe Funnell: *A Voyage Round the World*, B.M.H. Rogers: »Dampier's Voyage of 1703«, Welbes »Answer to Captain Dampier's Vindication« und Selkirks eidliche Zeugenaussage.

54 Ein Faden entspricht rund 1,80 Meter. Dies ist die Länge, die ein Erwachsener von durchschnittlicher Körpergröße mit ausgestreckten Armen, jeweils bis zur Spitze des längsten Fingers gemessen, umfassen kann.

55 Eine *league* entspricht drei Seemeilen (5,556 Kilometer).

56 Zahlreiche Seefahrer des 18. Jahrhunderts haben Die Insel in ihren veröffentlichten Reisejournalen geschildert. Bei der Wahl der Titel ihrer Bücher bewiesen sie keine allzu große Fantasie. Außer Funnells *Voyage Round the World* siehe Woodes Rogers: *A Cruising Voyage Round the World* (1712), Edward Cooke: *A Voyage to the South Sea and Round the World* (1712), George Shelvocke: *A Voyage Round the World by Way of the Great South Sea* (1726) und George Anson: *A Voyage Round the World* (1748).

57 Siehe Funnell: *A Voyage Round the World.* Auch im Folgenden.

58 John Welbe: »An Answer to Captain Dampier's Vindication«. Eidliche Aussagen, die Welbes Schilderung von Dampiers Verhalten bestätigten, machten Selkirk, William Sheltram und Ralph Clift 1712 vor dem Chancery-Gericht. Public Record Office (Chancery 24/1321).

59 Sheltrams Zeugenaussage.

60 Funnell: *A Voyage Round the World.*

61 John Woodall: *The Surgeon's Mate* (1617). Siehe auch John Kirkups Einleitung und Anhang zum reprografischen Nachdruck desselben (1978).

62 Welbes »Entgegnung« auf Dampiers »Rechtfertigung«.

63 Siehe Clifts sowie Selkirks und Sheltrams Zeugenaussage.

64 Welbes »Entgegnung« auf Dampiers »Rechtfertigung«.

65 Dampiers »Rechtfertigung«.

66 Siehe Welbes »Entgegnung« und Selkirks, Sheltrams und Clifts eidliche Zeugenaussagen.

67 Die wurmartig geformte Gemeine Schiffsbohrmuschel hat eine im Vergleich zu ihrer Gesamtlänge sehr kleine, auf den vordersten Kör-

perabschnitt beschränkte Schale, die am vorderen Ende ihrer zwei Klappen feilenartige Rillen aufweist und dem Tier als Bohrwerkzeug dient.

68 Siehe Selkirks Zeugenaussage.

3. Die Ankunft

1 Für zeitgenössische Berichte über Selkirks Aufenthalt auf Der Insel siehe Woodes Rogers: *A Cruising Voyage Round the World* (1712; deutsch: *Vierjährige Reise nach der Südsee von da nach Ostindien und weiter rund um die Welt: gethan unter dem Schifspatron Kapitain William Dampier*, 1765), Edward Cooke: *A Voyage to the South Sea and Round the World* (1712) und einen Artikel Richard Steeles in *The Englishman* (26), 1.–3. Dezember 1713.

2 Steele: *The Englishman*, Dezember 1713.

3 Siehe John Howell: *Alexander Selkirk* (1829), Edward Cooke: *A Voyage to the South Sea*, Woodes Rogers: *Cruising Voyage*, Richard Steele in: *The Englishman*.

4 Der Dichter William Cowper (1731–1800) schrieb 1782 *Vorgebliche Verse des Alexander Selkirk, verfasst in seiner Einsamkeit auf der Insel Juan Fernandez:*
Ich bin Herrscher, so weit das Auge späht,
Denn wer bestritte mein Recht?
Von der Inselmitte rings an die See
Dient mir alles, was fliegt und kriecht.
O Einsamkeit – wo ist er, der Reiz,
Den die Weisen an dir entdeckten?
Besser leben inmitten von Feldgeschrei
Als herrschen am Ort solcher Schrecken.
Et cetera.
(Deutsch von Werner von Koppenfels, in: W. v. Koppenfels und M. Pfister [Hrsg.]: *Englische und Amerikanische Dichtung* [2000], Bd. 2).

5 Woodes Rogers: *A Cruising Voyage.*

6 Steele: *The Englishman.*

7 Schriftliche Zeugenaussage, 1712.

8 C.D. Lee: »Alexander Selkirk and the Cinque Ports Galley«, in: *Mariner's Mirror*, 73 (1987).

9 Siehe John Masefield (Hrsg.): *Dampier's Voyages* (Bd. II) sowie Selkirks, Clifts und Sheltrams Aussagen.

10 Funnell: *A Voyage Round the World.*
11 Woodes Rogers: *A Cruising Voyage.*
12 Ebenda.
13 Als ich in Woodes Rogers' Tagebuch darüber las, begriff ich, dass Selkirks Ohrgeschlitze eine sexuelle Bedeutung hatte. Ein Insulaner, Jaimie Sidirie, erklärte mir 1999, dass »Selkirk die Ziege schnitt, weil er sie benutzt hatte«. Es passiere noch immer, sagte er. Es sei ein Zeichen von Eroberung. »Es ist auf der ganzen Welt die gleiche Geschichte, wenn ein Mann allein ist.« Jaimie erzählte mir auch, wie er selbst es anstellte, ohne Waffen Ziegen zu fangen und zu töten. Die Chronisten von Lord Ansons Expedition in die Südsee beobachteten 1741 altehrwürdige schlitzohrige Ziegen auf Der Insel. Sie nahmen an, Selkirk sei der Urheber dieser Markierungsmethode. Aber er hatte Die Insel bereits 33 Jahre zuvor verlassen, und Ziegen werden höchstens rund 18 Jahre alt.
14 Woodes Rogers: *A Cruising Voyage.*
15 Siehe J.M. Coetzee: *Foe* (1986; deutsch von Wulf Teichmann: *Mr. Cruso, Mrs. Barton und Mr. Foe*, 1990), Pat Rogers: *Robinson Crusoe* (1979), Derek Walcott: *The Castway and Other Poems* (1965).
16 Siehe Welbes »Antwort«, Dampiers »Rechtfertigung« und Funnels *Voyage.*
17 B.M.H. Rogers: »Dampier's Voyage of 1703«.
18 Ebenda.
19 Dampiers »Rechtfertigung«.
20 Ein kleines sowohl mit Segel als auch mit Rudern ausgestattetes Kriegsschiff.
21 Batavia ist das heutige Djakarta.
22 Das heutige Ambon (Indonesien).
23 Siehe Selkirks, Clifts und Sheltrams beeidigte Zeugenaussagen sowie Chancery-Akten 104/160 im Public Record Office.
24 »Wilder« und »Hund«.

4. *Die Rettung*

1 Für Quellenmaterial über diese Reise von 1708 siehe die veröffentlichten Tagebücher Woodes Rogers' und Edward Cookes, David J. Starkey: *British Privateering Enterprise* (1990), Glyn Williams: *The Great South Sea* (1997), B.M.H. Rogers: »Woodes Rogers's Privateering Voyage of 1708–11«, in: *Mariner's Mirror* 19 (1928).

2 Dr. Dover trug den Spitznamen »Dr. Quecksilber«, weil dieses Element sein bevorzugtes Mittel zur Behandlung der verschiedenartigsten Leiden war, von Unfruchtbarkeit bis hin zu Malaria. Er behauptete auch, ein Heilmittel gegen den Skorbut entdeckt zu haben – ein Achtelliter heiße Milch, unter anderem mit Kalium versetzt: »Mehr bedarf es nicht, um dieses Leiden, das die Ärzte aller Zeiten vor ein Rätsel gestellt hat, zu kurieren.«

3 Chancery 104/160, Public Record Office.

4 HCA 26/18, Public Record Office.

5 Chancery 104/160, Public Record Office.

6 Chancery 104/160, Public Record Office.

7 Woodes Rogers: *A Cruising Voyage*. Auch im Folgenden.

8 Ein Knoten ist eine Seemeile (1552 Meter) pro Stunde.

9 Woodes Rogers an die Eigner, Februar 1709. Chancery 104/160, Public Record Office.

10 Woodes Rogers: *A Cruising Voyage*.

11 Edward Cooke: *A Voyage to the South Sea*.

12 Woodes Rogers: *A Cruising Voyage*.

13 Edward Cooke: *A Voyage to the South Sea*.

14 Ein Viertelscheffel.

15 Woodes Rogers kaufte diese Perücke für sieben Pfund.

16 Woodes Rogers: *A Cruising Voyage*.

17 Woodes Rogers: *A Cruising Voyage*, Edward Cooke: *A Voyage to the South Sea*, Bryan Little: *Crusoe's Captain – Being the Life of Woodes Rogers, Seaman, Trader, Colonial Governor* (1960).

18 Woodes Rogers: *A Cruising Voyage*. Auch im Folgenden.

19 Siehe Chancery 104/160 und 104/161, Public Record Office.

20 Vanbrugh in einem Brief an die Eigner vom 11. Dezember 1710. Chancery 104/160, Public Record Office.

21 Woodes Rogers: *A Cruising Voyage*.

22 Richard Hitchman in einer undatierten Erklärung an Dr. Dover, Chancery 104/161, Public Record Office.

23 Hatley und seine Gefährten wurden von den Spaniern gefangen genommen, gefoltert und halb verhungert in dasselbe Limaer Gefängnis geworfen wie Stradling. Sie kamen erst bei Friedensschluss, 1713, wieder frei.

24 Woodes Rogers: *A Cruising Voyage*.

25 Charles Darwin: *The Origins of Species by Means of Natural Selection* (1859; deutsch: *Über die Entstehung der Arten durch natürliche Zuchtwahl*), Nora Barlow (Hrsg.): *Charles Darwin's Diary of the Voyage of* HMS Beagle (1933).

26 Siehe die Eintragung in Kapitän Courtneys Hauptbuch für den 29. August 1709. Chancery 104/36 (Teil 2), Public Record Office.

27 Woodes Rogers: *A Cruising Voyage*, Edward Cooke: *A Voyage to the South Sea*, Bryan Little: *Crusoe's Captain*.

28 Alfred Tennyson: *Enoch Arden*. Dieses im Winter 1861 entstandene Gedicht erzählt von drei Liebenden, einer einsamen Insel und einer tragischen Heimkehr.

29 Woodes Rogers: *A Cruising Voyage*. Auch im Folgenden.

30 Edward Cooke: *A Voyage to the South Sea*, Bryan Little: *Crusoe's Captain*.

31 Begoña war ein Wallfahrtsort im nordspanischen Baskenland.

32 Woodes Rogers: *A Cruising Voyage*, Edward Cooke: *A Voyage to the South Sea*. Auch im Folgenden.

33 Woodes Rogers an die Eigner, 25. Juli 1710, Chancery 104/160, Public Record Office.

34 Thomas Dover an die Eigner, 11. Februar 1711, Chancery 104/60, Public Record Office.

35 Woodes Rogers an die Eigner, 25. Juli 1710, Chancery 104/160, Public Record Office.

36 Woodes Rogers: *A Cruising Voyage*. Und siehe Bryan Little: *Crusoe's Captain*.

37 Kapitän Opay, der Kommandant eines englischen Ostindienfahrers, kaufte sie und verkaufte sie dann an chinesische Händler weiter.

38 Siehe Woodes Rogers: »An Abstract of the Most Remarkable Transactions«, 6. Februar 1711, und Stephen Courtneys, Edward Cookes, Thomas Dovers und Woodes Rogers' Briefe an die Eigner, alle in Chancery 104/160, Public Record Office.

39 Woodes Rogers an Eigner, 25. Juli 1710, Chancery 104/160, Public Record Office.

40 Siehe die Hauptbücher der Schiffe, Teil eins und zwei, Chancery 104/36, Public Record Office.

41 Thomas Dover an die Eigner, 11. Februar 1711, Chancery 104/60, Public Record Office.

42 Batchelor starb im November 1711, kam also nie in den Genuss seines Anteils an der Fracht des nach ihm benannten Schiffes.

43 James Hollidge, Kaufmann und Bürgermeister von Bristol, an die Eigner, 18. August 1711, Chancery 104/160, Public Record Office.

44 Siehe D/19 und E/13, 1711, in der Oriental and India Office Collection der British Library.

45 Siehe die Burney Collection (Sammlung früher Zeitungen) in der British Library.

5. *Londoner Schreiberlinge*

1 William Funnell: *A Voyage Round the World.*

2 Dampiers »Rechtfertigung«.

3 Woodes Rogers: *A Cruising Voyage* und siehe G.E. Manwarings Einleitung zum Nachdruck von 1928.

4 Woodes Rogers machte Steele mit Frauen bekannt, die ihn, wie er erklärte, dazu bringen würden, »seinen Stock wegzuwerfen und ein Menuett zu tanzen«. Einer dieser Damen, einer gewissen Mrs. Roach, zahlte Steele mehrere hundert Pfund.

5 Siehe George A. Aitken: *The Life of Richard Steele* (1889).

6 Addison und Steele teilten sich als Studenten ein Zimmer in der Bury Street. Sie gaben gemeinsam die Zeitschrift *The Tatler* heraus. Addison war der Pate von Steeles ältester Tochter, Elizabeth. 1711 schuldete Steele seinem Freund 100 Pfund.

7 Am 1. Oktober 1713 erschien die letzte Ausgabe, Nr. 175, des *Guardian*. Am 6. Oktober wurde das erste Heft des *Englishman*, der Untertitel »Fortsetzung des *Guardian*«, veröffentlicht.

8 Siehe *The Post-Boy*, 29.–31 Oktober 1713.

9 Zwischen 1708 und 1711 war Selkirk nicht einen Augenblick von der »menschlichen Gesellschaft getrennt« gewesen. Zum Zeitpunkt der Kaffeehausgespräche hatte er Die Insel bereits seit drei Jahren verlassen.

10 Die Inventare und Abrechnungen liegen völlig ungeordnet in staubigen Kisten in Chancery C104/36, im Public Record Office, London. Und siehe David J. Starkey: *British Privateering Enterprise in the Eighteenth Century* (1990).

11 Siehe Korrespondenz der East India Company E1/3 und D/92, Oriental and India Office Library Collection, British Library, und Glyn Williams, *The Great South Sea* (1997).

12 (C24/1321 Teil 1) Public Record Office.

13 Ebenda.

14 Man beachte die unterschiedliche Schreibweise von Acapulco.

15 »Essay on the South-Sea Trade«, in: *Review*, Nr. 68, 30. August 1711.

16 Korrespondenz über Vorschläge zu diesem Südseeprojekt findet sich in Add MS 28, 140, British Library. Siehe auch John E. Flint & Glyndwr Williams: *Perspectives of Empire* (1973).

17 Add MSS 25, 494, British Library.

18 W.H. Hart stieß auf diese Anklageschrift, während er Akten der Queen's Bench Division aus dem 18. Jahrhundert sichtete. Siehe *Notes and Queries*, 30. März 1861.

6. *In der Heimat*

1 Diese Anekdote erzählte ein Urgroßneffe Selkirks dessen erstem Biografen, John Howell. Siehe *The Life and Adventures of Alexander Selkirk* (1829).
2 John Howell: *The Life and Adventures of Alexander Selkirk.*
3 Siehe R.L. Megroz: *The Real Robinson Crusoe* (1939).
4 Siehe Henry Cadwallader Adams: *The Original Robinson Crusoe* (1877).
5 Siehe Bryan Little: *Crusoe's Captain.*
6 Siehe die Logbücher der *Enterprise* und der *Weymouth*, Admiralty Records 52/316, Public Record Office.
7 Dieses Testament wurde im *Scots Magazine*, Bd. 67 (1805), veröffentlicht.
8 Orinoko.
9 Maria Defoe heiratete einen Salzhändler, einen gewissen Mr. Langley.
10 Defoe spottet jeder Bibliografie. Er dürfte an die 560 Titel – Bücher, Pamphlete und Zeitschriften – geschrieben haben. 16 davon erschienen 1719, also im selben Jahr wie *Robinson Crusoe.*
11 *The Shortest Way with Dissenters* (1703) satirisierte extrem konservative (*Tory-*)Ansichten und zog ihm den Zorn der Obrigkeit zu. Um der drohenden Verhaftung zu entgehen, tauchte Defoe in Spitalfields unter. Der Denunziant, der ihn schließlich aufspürte, erhielt eine Belohnung von 50 Pfund. Defoe wurde zu drei Tagen am Pranger und anschließender Haft im Newgate-Gefängnis verurteilt. Seine Satire wurde öffentlich verbrannt.
12 Siehe Thomas Wright: *The Life of Daniel Defoe* (1894), James Sutherland: *Defoe* (1937), Pat Rogers: *Robinson Crusoe* (1979).
13 Zu den Unstimmigkeiten der ersten Auflage gehörte etwa, dass das Wrack von Crusoes Schiff vom Sturm außer Sichtweite getragen wurde, aber ein paar Seiten später zum Vorschein kam. Der Held zog sich aus, um zum Wrack zu schwimmen, wo er sich die Taschen mit Zwieback füllte.
14 Die Flut der wissenschaftlichen Publikationen über *Robinson Crusoe* ist wahrhaft überwältigend. Eine 1998 erschienene, mehr als tausendseitige Konkordanz gibt beispielsweise darüber Aufschluss, wie oft Defoe welche Wörter in seinem Buch verwendete: »Vorsehung« (55-mal), »Insel« (183-mal), »Zeit« (294-mal), »Erdbeben« (8-mal).
15 Deutsch von Hans Reisiger (Daniel Defoe: *Robinson Crusoe*, 1957).
16 Siehe Virginia Woolfe: *The Common Reader* (1925; deutsch: *Der*

gewöhnliche Leser, 1989). Dieser Essay erschien zuerst am 24. April 1919 im *Times Literary Supplement*.

17 1694 besaß Defoe in Tilbury eine Ziegelei. Er wusste, wie man Keramik brennt.

18 Deutsch von Hans Reisiger (Daniel Defoe: *Robinson Crusoe*, 1957). Auch im Folgenden.

19 Die Petitionen der Frances Candis und Sophia Bruce befinden sich in Chancery II/52/31 und Chancery II/297/61 (1714–58), Public Record Office.

20 Selkirks Testament von 1720 befindet sich ebenfalls im Public Record Office.

21 Die Logbücher der *Weymouth* befinden sich in Admiralty 4/53 und Ad. Rec. 52/316, Public Record Office.

22 Für die Heuerbücher der *Weymouth* siehe Admiralty 33/308 im National Maritime Museum.

23 Siehe J.J. Keevil: *Medicine and the Navy* (1958).

24 Hersteller (und Verkäufer) von Talglichten.

25 Ein *Prerogative Court* war ein erzbischöfliches Gericht mit der Vollmacht zur formellen Bestätigung von Testamenten. Im Jahr 1857 wurde diese Zuständigkeit auf das Nachlassgericht (*Probate Court*) übertragen.

26 Gezahlt als Entschädigung für bleibende oder andere Verletzungen, die ein Seemann sich in Ausübung seiner Dienstpflichten zuzog.

27 Siehe Chancery II/52/31 und 297/61, Public Record Office.

28 Siehe »The Say Papers« in: *Monthly Repository*, 1810. Siehe auch R.L. Megroz: *The Real Robinson Crusoe*.

7. Die Insel

1 Sie waren unterwegs nach der peruanischen Hafenstadt Payta gewesen, um »die Schiffe des spanischen Königs [anzugreifen], die mit dessen Schätzen von Lima nach Panama segeln«.

2 Siehe Richard Walter: *Anson's Voyage Round the World* (1928) und Glyn Williams: *The Prize of all Oceans* (1999).

3 1824 veröffentlichte sie »A Journal of a Residence in Chili, and a Voyage from Chili to Brazil in the years 1822-3«.

4 Die Insulaner bezweifeln, dass Selkirk wirklich jeden Tag zum *Mirador* hinaufkletterte.

5 Flughafen »Los Cerrillos«.

6 In den Fünfzigerjahren mussten Langusten noch eine Mindestlänge von 15,5 Zentimetern (von Schwanz zu Thorax) erreicht haben, ehe man sie verzehren durfte. Die Grenze wurde später auf 13 Zentimeter und im Jahr 2000 auf elf Zentimeter heruntergesetzt.

7 *Empanadas* sind halbmondförmige, in Fett oder im Ofen gebackene gefüllte Teigtaschen.

8 100 chilenische Pesos sind (Stand März 2002) rund 15 Euro-Cent wert (A.d.Ü.).

9 »Heute Empanadas mit Fleisch«.

10 Siehe Carl Skottsberg (1880–1963): *The Natural History of Juan Fernandez and Easter Island* (1922), *Studien über die Vegetation der Juan-Fernandez-Inseln* (1914).

11 Corporación Nacional Forestal.

12 Siehe Philippe Danton: *Les Iles de Robinson* (1999).

13 Zwei Sandelbäume sind, hoch oben im Primärwald auf dem Yunque-Berg, der Abholzung entgangen. Vielleicht sind sie die Keimzellen eines neuen Waldes.